5 TAGE LIEBE

Adriana Popescu

Das Buch:

„Erst jetzt sehe ich, wie wunderschön sie wirklich ist. Und obwohl vermutlich jeder von ihrer Figur abgelenkt wäre, kann ich nur in ihr wunderschönes Gesicht starren. So sehr will ich ihre Wange streicheln, die Lippen küssen."

„5 Tage Liebe" ist eine moderne Geschichte, wie sie uns allen passieren könnte. Passiert ist sie nun aber ausgerechnet Jonas, der uns in diesem Roman an seinem Leben teilhaben lässt.
Dies ist seine ganz persönliche Story über Liebe, Hoffnung, wahre Freundschaft und eine Couch.

Als der chaotische Jonas sich Hals über Kopf in die charismatische Stripperin Maya verliebt, ist nichts mehr wie es war. Noch ahnt er nicht, auf welche Achterbahnfahrt er sich eingelassen hat und welche Überraschungen Maya noch für ihn bereithält.
"5 Tage Liebe" ist eine wundervoll ehrliche und emotionale Geschichte über den holprigen Beziehungsstart zweier füreinander bestimmter Menschen.
Ein perfektes Sommerbuch für die Strandtasche.

Adriana Popescu

5 TAGE LIEBE

Roman

Sommer-Edition

Adriana Popescu

Alle Rechte, einschließlich das des vollständigen oder auszugsweisen Nachdrucks in jeglicher Form, sind vorbehalten.

Copyright © 2013 Adriana Popescu

E-Mail: info@adriana-popescu.de

Korrektorat und Lektorat: LArt

Satz: Grace Gibson – Text & Grafik

Umschlaggestaltung: Grace Gibson – Text & Grafik

www.5-tage-liebe.de

http://www.facebook.com/Adriana.Popescu.Autorin

ISBN: *1481233874*

ISBN-13: *978-1481233873*

5 TAGE LIEBE

Für alle, die immer daran geglaubt haben.

Adriana Popescu

5 TAGE LIEBE

PROLOG

Mein Name ist Jonas Fuchs. Ich trinke am Wochenende zu viel Bier, schaue gerne Big Brother und hasse es, wenn beim Tischfußball gekurbelt wird. Dies ist meine ganz persönliche Liebesgeschichte. Vielleicht ist sie nicht ganz so aufgebauscht wie mancher New Adult-Roman, aber dafür ist sie ehrlich. Sie ist schmutzig, süß, bitter und echt. Wenn man im 21. Jahrhundert lebt, kann man nicht davon ausgehen, dass alles nach einem bestimmten Plan verläuft. Man lässt sich zu sehr vom Leben mitreißen, wacht dort auf, wo man hingetrieben wird, ob es einem passt oder nicht. Die Frage „Bist du bereit dafür?" bleibt im Jahre 2013 aus. Zumindest bei mir. Ich habe mich einfach verliebt. Damit fing das ganze Unheil an. Aber ich bereue keine Minute, außer vielleicht die Tatsache, mein Handy in ein spanisches Feld geworfen zu haben. Die Spielregeln für das Leben habe ich ebenso wenig verstanden wie die Gebrauchsanweisung meines Stehmixers. Vermutlich habe ich deswegen keinen Plan (geschweige denn einen Plan B) für meine Zukunft. Ich habe nur das echte Leben – und das, was es für mich bereithält.

Adriana Popescu

5 Tage Liebe

BESTE FREUNDE

Angefangen hat alles mit Patrick, meinem besten Freund. Es war nur eine Frage der Zeit. Er war zarte fünfzehn Jahre alt, als er mir 2003 in der Schule mit ernster Miene verriet, dass er eines Tages Melanie Wächter heiraten wolle. Ich hielt das für kompletten Unfug, immerhin war Melanie für uns alle eine unerreichbare Göttin. Sie war hübsch, groß, hatte für ihr Alter perfekt geformte Brüste – zumindest meinten wir, das unter dem Strickpulli erkennen zu können – und Lippen, die einen von allem ablenken konnten. Nein, Melanie Wächter und mein bester Freund Patrick Häberlin? Das würde niemals Realität werden.

Hätte ich ahnen können, dass es Patrick so ernst damit meinte? Und dass er den Rest der Schulzeit damit verbringen würde, sie zu beeindrucken und ihre Aufmerksamkeit zu erhaschen?

Patrick und ich waren nette Jungs. Wir fielen nicht besonders auf. Wir waren nicht cool genug, aber auch keine einsamen Streber. Kategorie: harmlose Spinner mit gutem Herz. Aber reichte das, um Melanie Wächters Herz zu erobern? Ich hätte, das gebe ich zu, mein ganzes Hab und Gut (inklusive dem vollständig ausgefüllten Panini-Heft der Fußball-WM 2006 in Deutschland) gegen meinen besten Freund gewettet. Mit dieser Einstellung stand ich damals nicht alleine da.

Adriana Popescu

Wie oft hatten wir vor den coolen Partys in der Kälte gefroren, weil wir nicht am Türsteher vorbeikamen, um Melanie zu einem der damals unheimlich angesagten Eurodance-Songs tanzen zu sehen. Ich hatte die Hoffnung schon lange vor Patrick aufgegeben, aber er hatte diese kindliche Naivität und das innige Gefühl, sie wäre die einzig Richtige für ihn. Für sie tat er einfach alles. Er belegte in der elften Klasse sogar das Nebenfach Spanisch, nur um mit ihr weitere zwei Stunden nachmittags in der Schule rumhängen zu können. Ich konnte nur müde den Kopf schütteln, wann immer Patrick einen neuen Versuch startete, um Melanies Herz zu erobern. Er war ein verliebter dummer Junge. Aber, das muss man ihm lassen, er war hartnäckig.

Zugegeben, manche würden ihn dumm nennen, bedenkt man das sehr eindeutige Angebot von Verena Schlaufer, ihm auf der Kursfahrt im Abschlussjahrgang nach Rom einen zu blasen – und zwar auf der Toilette der Jugendherberge. Alle, und damit meine ich wirklich alle, hätten dieses Angebot angenommen. Vielleicht war Verena nicht so hübsch wie Melanie, aber das war noch lange kein Grund, ein solches Angebot abzulehnen.

Patrick wusste genau: wäre er schwach geworden, dann hätte Melanie sicher davon erfahren, und dann wären seine Chancen bei ihr auf null gesunken. Nein, er würde sich aufheben, ihm wahrsten Sinne des Wortes, nur für Melanie.

Ich war nicht ganz so stark, weder mein Geist noch das Fleisch. Also nahm ich als zweite Wahl Verenas Angebot dankend an und wurde, was oralen Sex angeht, 2005 in Rom entjungfert. Für Patrick hatte ich in diesem Moment nur noch Mitleid, hatte er doch ein Highlight unserer Jugend verpasst. Die Tatsache, dass ich die zweite Wahl ge-

5 TAGE LIEBE

wesen war, störte mich reichlich wenig. Blowjob ist schließlich Blowjob, oder nicht?

Ich hätte ihn ja verstanden, wenn er mit all seinen Aktionen auch nur ein kleines Stück näher an seine Traumfrau gekommen wäre; aber nichts ließ seine Hoffnung auf ein Date oder eine gemeinsame Zukunft auch nur im Geringsten realistisch erscheinen. Nein. Melanie ging in der gesamten Schulzeit mit nur zwei Jungs: Markus Bieber und Tobias Schmal. Beiden konnten weder Patrick noch ich das Wasser reichen.

Markus war Schülersprecher, Kapitän der Schulmannschaft im Handball, und hatte vor uns allen Bartwuchs. Er sah aus, wie man sich einen Beau in der Schule vorstellt. Vor allem aber umgab ihn diese Aura des Mysteriösen. Er war zu cool, und die Weiber liebten ihn. Er hatte in jeder Jahrgangsstufe einen Fanclub.

Tobias war der klassische Bad Boy. Er fuhr schon Vespa, als wir noch mit Scout-Rucksäcken aus dem Schulbus stolperten. Er rauchte, als wir noch Capri-Sonne mit Kirschgeschmack tranken und davon träumten, mit den Mädchen aus der Oberstufe zu knutschen.

Patrick war so weit von den beiden Jungs weg wie London von Tokio. Aber selbst, wenn ich ihm im Vollsuff klipp und klar ins Gesicht lallte, wie gering seine Chancen bei Melanie waren – er hörte nicht auf mich.

Auf einer Abi-Party schüttelte ich ihn so heftig, als wollte ich den alkoholischen Inhalt seines Magens zu einem Cocktail mixen. Aber Patrick lächelte nur, so wie er es immer tat, wenn er über Melanie sprach, und sah mir in die glasigen Augen. Ich höre seine Stimme immer noch so klar wie an diesem Abend.

„Jonas, du verstehst das nicht. Das ist Liebe. Die gibt man nicht auf. Wir sind füreinander bestimmt."

Und dann kotzte er mir aufs T-Shirt und kippte nach hinten um. Zu blöd nur, dass er mit dem Hinterkopf unglücklich auf eine Bank prallte und so stark blutete, dass wir den Notarzt rufen mussten.

Wir standen ungefähr drei Wochen vor unserem mündlichen Abi. Kurz hatte ich die Panik, wegen einer solchen Dummheit vielleicht meinen besten Freund zu verlieren. Das Blut machte mir schrecklich Angst, aber ich stand wie fest gefroren neben ihm, unfähig mich zu bewegen, ihm zu helfen oder etwas zu sagen.

Dann schubste mich jemand heftig zur Seite.

Melanie Wächter!

Sie hatte einen Erste-Hilfe-Kurs gemacht, zog sofort ihr Shirt aus und präsentierte ihre perfekten Brüste in einem schwarzen BH, während sie ihr Shirt auf Patricks Hinterkopf drückte und sanft seine Wange streichelte.

„Ganz ruhig, der Krankenwagen ist unterwegs. Alles wird gut, hörst du?"

Er zwingt mich auch heute noch, diese Geschichte zu erzählen. Und das immer und immer wieder. Er wäre so gerne dabei gewesen. Aber der Alkohol und die Platzwunde hatten ihr Übriges getan, um ihn das Bewusstsein verlieren zu lassen. Ein Glück, dass ich als Zeuge dabei war und ihm in allen blumigen Details erzählen konnte, wie wunderbar Melanie ausgesehen hatte. Wie sich ein Kreis aus Schaulustigen um uns bildete, und wie sie zum Sanitäter sagte, sie sei seine Freundin und müsse mit ins Krankenhaus.

Da haben Sie doch den Beweis. Das Leben ist ein Arschloch.

5 Tage Liebe

Über vier Jahre hat mein Freund sich im wahrsten Sinne des Wortes den Arsch aufgerissen, um ihre Aufmerksamkeit und vielleicht einen Kuss zu bekommen. Er hat sich zum Vollhorst gemacht, hat Spanisch gelernt, Referate freiwillig gehalten, auf Orgasmen in fremden Städten verzichtet – und wofür? Für nichts und wieder nichts! Dann kippt er volltrunken gegen eine Bank, und schon hält seine Angebetete seine Hand und lässt sie nicht mehr los.

Fast zehn Jahre später hat er um selbige angehalten, und sie hat *„Ja!"* gesagt. Patrick und Melanie sind so ziemlich die verrückteste Liebesgeschichte, die ich kenne. Beinahe hätte ich mein gesamtes Teenagervermögen verloren. Zusammen mit meinem Panini-Album, das inzwischen mehrere hundert Euro wert ist.

Ich muss heute lächeln, wenn ich an diesen Tag zurückdenke. Da ändert sich plötzlich alles von einem auf den nächsten Tag. Ich dachte damals, ich kenne Patrick wie kein zweiter Mensch, und doch habe ich an ihm gezweifelt. Er hat mich eines Besseren belehrt, irgendwie bin ich ihm dafür dankbar. Manchmal, wenn man hart genug kämpft und fest genug daran glaubt, gehen auch die größten Träume in Erfüllung.

Patrick hat gestern, zusammen mit mir als Trauzeugen, seinen Anzug für die Hochzeit ausgesucht. Schwarz, schlicht, schick. Nichts erinnert mehr an den durchgeknallten Typen, der in der Schule gerne mit zwei verschiedenfarbigen Basketballschuhen auftrat. Er ist fast dreißig Jahre alt, studiert, und ist immer noch genauso verliebt wie damals. Er sieht mich über den Spiegel an, hält zuerst die rote Krawatte an seinen Hals.

„Was meinst du? Rot oder schwarz?"

Ich sehe mir das Bild genau an. Patrick im Anzug, bereit eine Frau zu heiraten. Nicht irgendeine Frau, nein, die Frau seiner Träume, um die er gekämpft hat, und die ihn ebenfalls über alles liebt.

„Rot."

Er wirft einen prüfenden Blick in den Spiegel und nickt zufrieden.

„Also rot."

Und dann ist es wieder da, das große und breite Grinsen, ganz wie früher. Manche Dinge ändern sich eben nie. So wie unsere Freundschaft, auch zehn Jahre später, immer noch das Beste ist, was mir in meinem Leben passiert ist.

„Es wird ernst, mein Lieber."

Wie recht er hat. Er wird bald Ehemann und dann irgendwann Papa sein. Dann wird er wirklich einer dieser Kerle, die ihr Leben in den Griff gekriegt haben und lieber die Abende mit der Familie beim Essen verbringen, als mit mir durch die Stadt zu ziehen. Ich habe es kommen sehen, aber jetzt macht es mich doch ein bisschen traurig. Er bemerkt meinen Gesichtsausdruck und dreht sich langsam um.

„Kopf hoch. Du findest auch noch die Richtige."

Sicher. Das werde ich. Ausgerechnet ich. Der ewige Junggeselle, der sich zwar auf Blowjobs auf der Toilette einlässt, aber sich ums Biegen und Brechen nicht verlieben will.

„Liebe ist etwas, das ich gerne aus der zweiten Reihe bei euch miterlebe."

Das habe ich schon immer gesagt und es stimmt. Ich glaube nicht an die große Liebe. Wobei das eine Lüge ist. Ich glaube an sie, aber ich bin nicht dafür gemacht. Patrick, der wusste schon immer, was er wollte, und jetzt ist er nur einen Steinwurf davon entfernt. Er wird sie kriegen, vor

5 TAGE LIEBE

der Kirche, dem Gesetz, allen Verwandten und Freunden, seine große Liebe. Ich hingegen bin eher fürs Alleinsein gemacht. Mir wird es zu viel, wenn eine Frau meint, mich verändern zu müssen. Ich bin wie ich bin. Und die Wahrscheinlichkeit, eine Frau zu finden, die so mit mir leben will, ist eher gering. Vielleicht war ich auch das ein oder andere mal verknallt, leicht verliebt, aber nie wollte ich für immer mein Leben mit jemanden verbringen. Nein danke.

„Du weißt, Melanie hat eine Schwester. Die würde für dich sofort ihren Mann verlassen."

Das Schlimme an dieser Geschichte: sie ist tatsächlich wahr. Melanies Schwester Saskia würde ihren kleinen italienischen Mann sofort in den sizilianischen Wind schießen, wenn sie dafür mit Katze und Klavier bei mir einziehen könnte. Ich hingegen kann mir genau dieses Szenario kein bisschen vorstellen.

„Das ist nett gemeint, Patrick, aber so nötig habe ich es dann doch nicht."

Er zuckt die Schultern und gibt auf. Was Frauen angeht, habe ich noch nie auf ihn gehört. Er hat mich vor den Falschen und vor den Richtigen gewarnt. Obwohl ich immer wusste, dass er recht behalten würde, hörte ich weg und rannte mit vollem Anlauf in mein Verderben. Die Falschen machten mir das Leben zur Hölle, und den Richtigen machte ich das Leben zur Hölle in der Hoffnung, sie würden aufgeben. Vielleicht wollte ich sie auch nur testen. Wie viel von mir könnten sie vertragen und würden sie dulden? Selbst die Damen mit scheinbar unendlicher Geduld brachte ich zur Weißglut und schließlich zur Trennung. Ich blieb allein und musste niemand etwas erklären.

„Wenn du mit mir schon nicht über Frauen reden willst, dann sag mir zumindest, dass du die Junggesellenparty im Griff hast."

Ich nicke, denn diesmal habe ich wirklich alles im Griff. Seit Wochen versuche ich, alles zu seiner vollsten Zufriedenheit zu arrangieren. Diesmal soll es perfekt werden – anders als bei seinem achtzehnten Geburtstag. Ich hatte einen Tisch in einem angesagten Club reserviert und wir kamen trotzdem nicht rein, weil wir nicht alt genug aussahen und unsere Ausweise gefälscht waren. Nein, solche Fehler kann ich mir an seinem letzten Abend als freier Mann nicht erlauben. Und das werde ich auch nicht. Alles ist genau geplant. Nur das i-Tüpfelchen fehlt noch, aber das werde ich im Laufe des Tages organisieren.

„Jonas, wenn ich eine Stripperin kriege, dann bringt mich Melanie um."

Ich muss grinsen, denn obwohl er mir das immer und immer wieder sagt, sehe ich dieses Leuchten in den Augen. Das gehört dazu, und das wissen wir beide. Wann sonst kann ein Mann einer anderen Frau beim Ausziehen zusehen, ohne ungestraft davonzukommen? Als wir noch Grünschnäbel waren, hatten wir versucht, die Mädchen in der Schule beim Duschen zu bespannen. Ohne großen Erfolg, was auch daran liegen mag, dass dreizehnjährige Mädels selten die Kurven haben, die wir bei anderen Frauen in Magazinen gesehen hatten. Aber wenn eine Stripperin auf der Junggesellenparty tanzt, wer kann sich dann beschweren? Niemand. Alleine das wäre ein Grund für mich, vielleicht doch den Bund fürs Leben einzugehen ... Aber das klingt nicht romantisch genug, um den Gedanken wirklich laut auszusprechen.

„Melanie geht zu einem Auftritt der Chippendales. Wieso sollte sie dir dann eine Tänzerin verbieten?"

5 TAGE LIEBE

Patrick legt den Arm um mich. Wenn ich unser Spiegelbild betrachte, fällt es mir schwer zu glauben, dass wir die gleichen Jungs sind, die damals mit dem Yps-Zelt zusammen in die weite Welt aufbrechen wollten.

„Siehst du, das Wort Tänzerin wird sie beruhigen. Eine Tänzerin, da denkt man doch eher an Jennifer Grey in ‚Dirty Dancing' als an eine feurige Brasilianerin, die mir halbnackt einen Lapdance vorführen wird, findest du nicht?"

Ich lache, weil mir das Bild gefällt. Ja, das könnte ich mir allerdings auch vorstellen.

„Sag mal, als bester Freund und Trauzeuge, da kann ich doch eigentlich auch besagten Lapdance bekommen, oder?"

„Erst wenn du beschließt, in den heiligen Hafen der Ehe zu segeln."

Wir beide wissen, das wird nicht passieren. Obwohl mir das manchmal tief im Inneren ein bisschen Angst macht, grinse ich jetzt doch. Ich bin fast dreißig und genieße mein Leben noch immer. Ich brauche keinen Ring an meinem Finger um zu wissen, dass ich glücklich bin.

„Mensch Jonas, eines Tages musst auch du sesshaft werden."

„Einfamilienhaus etwas außerhalb mit Kiesauffahrt und zwei Kindern?"

„Plus Hund."

„Ich passe."

Patrick sieht mich nachdenklich an. Ich spüre, der Spaß ist weg, die Leichtigkeit dahin. Wir werden nicht mehr lange beste Freunde bleiben. Das hat weniger etwas mit Melanie zu tun als vielmehr mit mir. Ich bin stehen geblieben, während Patrick große Schritte in die richtige

Richtung gemacht hat. Das fühlt sich nicht schlimm an, wenn ich mein ganzes Leben betrachte. Es macht mich nur traurig, weil ich weiß, dass unsere Tage als beste Freunde gezählt sind. Er hat dann immer noch Melanie, die er schon sein ganzes Leben geliebt hat, und mir bleibt der zweite Controller meiner Playstation.

„Du weißt, das Angebot mit Saskia steht immer ..."

Ich lache und schiebe seinen Arm von meiner Schulter.

„Vorher besorge ich mir einen Hund."

Wir lachen beide und wissen doch genau, irgendwie wird sich sehr bald alles ändern. Und obwohl wir es noch nicht wissen können, werden wir beide recht behalten. Nur nicht so, wie wir angenommen haben.

5 TAGE LIEBE

WAS IST DEINE SCHWÄCHE?

Ein Blick auf die Liste lässt mich zufrieden lächeln. Nach dem lustigen Zug durch die Stadt, bei dem sich Patrick gehörig zum Affen machen wird, ist ein Raum in einem angesagten Club gemietet. Das kostet uns ein kleines Vermögen, aber es ist nichts verglichen mit den unzähligen Gehirnzellen, die ich während Patricks Schulbalzerei wie Konfetti weggeworfen habe.

Die Getränkepreise habe ich auf ein faires Level gehoben und auch der DJ, der zum Glück ein guter Freund ist, sollte uns mit genug tanzbarer Musik beschallen. Soweit steht alles. Die Gäste wissen Bescheid, die T-Shirts sind bestellt und werden morgen früh von einem Kumpel abgeholt. Der letzte Punkt auf der Liste ist dann noch die Entkleidungskünstlerin, die wir zur Tarnung nur „Tänzerin" nennen wollen, um möglichst wenig Ärger mit der weiblichen Gegenseite zu bekommen. Eine Stripperin muss her, aber ich gestehe, wenig Erfahrung mit genau diesen Frauen zu haben. Sicher, gesehen habe ich einige, aber kenne ich welche? Nein. Zumindest nicht persönlich.

Vermutlich bin ich die ganze Sache falsch angegangen. T-Shirts kosten so ihr Geld, genauso die Miete eines Hinterzimmers im Club ... Woher hätte ich ahnen können, dass eine Frau, die sich vor lüsternen und betrunkenen Männer auszieht, so verdammt viel Geld verlangen darf? Das wäre vielleicht noch das kleinste Problem. Aber die Ansprüche? Ich sage ja, Frauen! Kennst du eine, kennst du alle. Aber alleine diese Erkenntnis löst noch lange nicht mein Problem. Mit genug Alkohol würde ich vielleicht eine alte Freundin dazu bringen, sich auszuziehen; allerdings wäre das weder erotisch noch im Takt der Musik, also scheitert auch mein Plan B.

Und dann fällt mir Moritz ein. Moritz und mich verbindet eine ganz seltsame Freundschaft. Eigentlich kennen wir uns nur von verschiedenen Gesprächen an der Theke, meistens ist dann einer von uns betrunken, oder wir sind es beide. Ich beneide ihn um seinen Job. Er ist Rausschmeißer in einem Strip-Club, der eigentlich ein Bordell ist. Er kennt alle Frauen, nackt wie angezogen, und darf gratis gerne ihren Brüsten zusehen, wie sie sich beim Tanzen auf und ab bewegen. Welcher Mann würde ihn da nicht beneiden?

Irgendwo habe ich seine Nummer auf einem Bierdeckel, so wie ich die meisten meiner Kontakte notiere, die ich nach unzähligen Kneipentouren dann daheim auf dem Schreibtisch sammle und nie sortiere, auch wenn ich es mir zu Silvester immer vornehme. Moritz könnte mir vielleicht helfen, einen Freundschaftspreis bei einer der Damen zu bekommen, immerhin hat er einen guten Draht zu ihnen. Sie sehen ihn als Beschützer und harmlosen Freund, wie er es mir beschreibt. Er selbst schaut gerne zu, wenn sie tanzen, aber er hat sie nie angemacht oder sexuell begehrt. Verwirrend, aber ich denke, das ist wie bei einem Kuchenbäcker. Wenn man den ganzen Tag mit dem

5 TAGE LIEBE

Süßkram zu tun hat, will man abends nicht auch noch eine Sachertorte ohne Sahne auf dem Teller haben.

Jetzt ist Moritz meine Rettung, denn er nennt mir ein Mädchen. Sie nennt sich „Lucy" und würde oft mal auf Partys tanzen, für rund hundert Euro, was in meinem Budget noch enthalten ist. Ich soll sagen, ich sei ein Freund von Moritz, und ich soll sie ja gut behandeln. Perfekt, genau das werde ich noch schaffen. Aber ob sie so kurzfristig Zeit hat?

„Maya Schreiner?"

Ich werfe einen erneuten Blick auf die Nummer, die ich neben dem Namen Lucy notiert habe. Gut, Zahlen mögen nicht meine Stärke sein, aber ich war mir sicher, Moritz genau zugehört zu haben.

„Oh. Verzeihung, ich muss mich verwählt haben."

„Zu wem wollten Sie denn?"

„Zu einer gewissen Lucy."

Ein kurzes Frauenlachen ist zu hören. Es klingt jung.

„Ich bin Lucy. Allerdings ist das nicht mein richtiger Name. Wie kann ich Ihnen denn helfen?"

Jetzt verstehe ich und wundere mich über meine Naivität. Als ob sie sich mit „Hier spricht Lucy und ich ziehe mich für dich aus, wenn du mir hundert Euro in den Schlüpfer schiebst" melden würde.

„Ich habe Ihre Nummer von Moritz, ich bin ein Freund von ihm."

Das ist nur minimal gelogen, aber er selbst hat mich ja zu dieser Notlüge aufgefordert. Wenn so meine Chancen gut stehen, billiger an nackte Haut zu kommen, umso besser.

„Aha, verstehe. Nun, ich arbeite heute nicht, vielleicht können wir aber einen Termin nächste Woche finden."

Adriana Popescu

„Termin?"

„Ja. Sind Sie kein Freier?"

Ouch, Moment mal. Wie? Freier? Ich? Ja, ich war frei, aber nein, ich musste bisher noch kein Geld für Sex zahlen. So weit war ich dann doch nicht, obwohl das manchmal bestimmt leichter wäre, als eine Frau mit Komplimenten zu überhäufen, in der Hoffnung mit nach Hause und am besten noch ins Bett genommen zu werden.

„Oh nein, nein, das haben Sie missverstanden."

Oder hatte ich etwas missverstanden? Ich wollte eine Tänzerin und keine Nutte.

„Ich bin auf der Suche nach einer Tänzerin für den Junggesellenabschied meines besten Freundes."

So ausgesprochen klingt es wie eine peinliche Ausrede, weil ich bei dem Wort „Freier" so erschrocken bin. Aber nein, es ist keine Lüge. Ich suche wirklich nur ganz harmlos eine Tänzerin.

„Sie meinen eine Stripperin."

Okay, ja, ich meine natürlich eine Stripperin, aber ich habe mich schon an das Wort Tänzerin gewöhnt und finde, es wertet auch die Dame etwas auf, oder nicht? Himmel, da will man mal nett sein.

„Richtig."

„Nun, dann sind Sie auch richtig. Ich strippe auch bei Gelegenheit. Wann wäre das denn?"

Wieso habe ich mir eine verruchte Stimme vorgestellt? Kratzig vom vielen Alkohol und den Zigaretten? Aber Lucy – also Maya – hat eine klare Stimme. Sie klingt so, als ob sie lächeln würde, während sie spricht.

„Etwas kurzfristig. Schon morgen Abend."

Pause.

Ich warte.

Pause.

5 TAGE LIEBE

Ich höre ein Rascheln.

„Okay, morgen Abend hätte ich Zeit."

„Wirklich? Das ist toll. Was würde der Spaß denn kosten?"

„Hundertzwanzig Euro."

Hm.

Pause.

Ich denke nach.

Pause.

„Ich kann auch hundertfünfzig Euro sagen. Weil es so kurzfristig ist."

„Hundertzwanzig sind perfekt."

„Okay. Und ich habe ein paar Bedingungen."

„Die da wären?"

Ich habe in den letzten zwei Tagen so viele Bedingungen gehört, von „ ... nur wenn Paul Kalkbrenner auflegt ..." über „Ich brauche eine weiße Couch in meiner Garderobe!" bis hin zu „Zahlen Sie auch das Koks?" Ich bin auf alles gefasst.

„Es werden keine Fotos oder Videos gemacht. Und niemand fasst mich an. Ich fasse an. Und das nur, wenn ich es will."

Das klingt für mich vernünftig mit einem Schuss Professionalität.

„Alles klar. Das wäre kein Problem."

„Okay, dann ist das ein Deal."

Grinsend streiche ich den letzten Punkt auf der Liste vor mir durch und bin zufrieden mit mir. Ich habe es geschafft. Das wird eine Sause, die keiner von uns so schnell vergessen wird.

„Eine Frage noch."

Vermutlich würde sie jetzt mit dem Haken rausrücken.

„Die da wäre?"

„Könnte ich abgeholt werden? Ich habe kein Auto."

„Sicher. Wo denn?"

„Am Rotebühlplatz? Wäre das möglich, so bis kurz nach 22 Uhr? Ich hab da meinen VHS-Kurs Spanisch."

Ich notiere mir die Adresse, die sie nennt und ihren Namen. Maya Schreiner. Das klingt so gar nicht nach Lucy, ihrem Alter Ego auf der Tanzfläche. Ich bin gespannt, was Patrick sagen wird.

Sie beschreibt sich kurz und ich denke, ich werde sie finden. Für den Notfall tauschen wir Handynummern aus. Somit steht dem perfekten Abschied nichts mehr im Wege. Ich habe zwar noch keinen Anzug für die Hochzeit, aber das ist jetzt nicht das größte Problem.

Mit Vorfreude und etwas Wehmut lege ich mich ins Bett und frage mich, wie schnell die letzten zehn Jahre vergangen sind und wie sehr wir uns alle verändert haben. Als ich über das Bettlaken neben mir streiche, wird mir einmal mehr bewusst, dass ich seit über sechs Jahren keine Frau mehr mit nach Hause gebracht habe. Ich bin neben verschiedenen Gesichtern aufgewacht, und nicht immer war die Erinnerung an das Vergangene so greifbar. Aber zu mir nach Hause? Nein, irgendwie wollte ich das haben, was Patrick Morgen für Morgen erleben durfte: in das Gesicht seiner Traumfrau schauen. In das Gesicht der Frau, die er aufrichtig liebt und schon immer geliebt hat.

Also blieb die Seite in meinem Bett leer.

Die T-Shirts sehen genauso albern aus, wie wir uns fühlen. Das Schöne ist, der Aufdruck entschuldigt unser ganzes Verhalten. Wir lachen zu laut, wir reden zu laut, wir stolpern, weil wir vor Lachen kaum aufrecht stehen können. Sogar der erhöhte Alkoholgenuss wird durch den Auf-

5 TAGE LIEBE

druck „Patrick ist so gut wie unter der Haube" entschuldigt. Belustigte Blicke begleiten uns, manch ältere Herren scheinen mitleidig zu nicken, als wüssten sie genau, was auf den guten Jungen zukommt.

Wir sind wie junge Hunde, wir tollen umher, bellen und wollen nach allem schnappen, aber wir tun niemandem etwas. Wir wollen nur spielen. Und das tun wir auch. In mancher Kneipe bekommen wir Getränke umsonst, dafür singen wir kleine Ständchen auf Wunsch der Gäste. Wir sind weit davon entfernt, eine Boyband zu sein, aber irgendwie haben wir Charme, denn wir gewinnen einen Haufen Getränke. Damit könnte sich die siebte Klasse einer Hauptschule unserer Wahl locker ins Koma saufen.

Ich muss mich bremsen, immerhin muss ich noch Auto fahren, auch wenn die anderen das noch nicht wissen. Ich muss die Tänzerin abholen, die mir heute Morgen von Melanie noch einmal strengstens verboten wurde.

„Jonas, ich meine das wirklich ernst. Wenn sich eine Schlampe vor meinem zukünftigen Mann auszieht, dann gibt es Ärger. Und zwar für dich!"

Ich hatte gelacht und hoch und heilig versprochen, keine Stripperin zu engagieren. Natürlich war das eine weitere Lüge, aber manchmal muss ein Mann eben tun, was ein Mann tun muss. Ich könnte Melanie auch die Wahrheit sagen. Eine Stripperin, die offensichtlich auch Nutte ist. Wie gut ich dann wohl davongekommen wäre? Vermutlich ohne Penis, Kopf und Arme. Aber das Risiko muss ich nun mal eingehen. Aus reinem Selbstschutz werde ich trotzdem niemandem von Lucys alias Mayas Berufswahl erzählen. Tänzerin, das klingt schön klassisch und fast schon schüchtern. Ein wenig nach Ballettausbildung.

Adriana Popescu

Die Stimmung ist ausgelassen und gut. Patrick genießt den Abend in vollen Zügen, und da ist es wieder: dieses Gefühl, zurück auf der Schule zu sein und über nichts nachdenken zu müssen. Heute ist wieder alles herrlich einfach. Wir trinken Bier, erzählen uns schmutzige Witze und lachen hysterisch dazu. Soll noch mal einer sagen, wir Männer können uns nicht wie Weiber benehmen.

Kurz vor zehn verabschiede ich mich mit der Ausrede, noch etwas besorgen zu müssen. Keine echte Lüge, und schon fahre ich durch die Nacht auf der Suche nach einem Parkplatz vor dem VHS-Gebäude, direkt in der Stadtmitte. Ich hoffe, dort kurz anhalten zu können und, noch wichtiger, sie hoffentlich zu erkennen. Dunkle lockige Haare, klein und zierlich mit einer grauen Strickmütze. Eine genauere Beschreibung konnte ich wohl nicht bekommen. Vom Gefühl her ist das der Look, den jedes Mädchen gerade trägt. Es ist noch ziemlich kalt für Anfang April. Wieso Frauen auch alle den gleichen Geschmack haben müssen? Verwirrend! Ebenso wie die Marotte, zusammen aufs Klo gehen zu müssen. Halten Mädchen beim Pinkeln denn wirklich Händchen?

An der Kreuzung am Rotebühlplatz fahre ich langsamer und parke verbotenerweise am Bürgersteig. Zu meinem Glück steht nur ein zierliches Mädchen mit dunklen lockigen Haaren und einer grauen Strickmütze vor dem großen Gebäude. Ich winke aus dem Autofenster und sie versteht, dass ich sie meine. Mit schnellen Schritten kommt sie zu mir herüber und lächelt.

„Jonas?"

„Genau der bin ich."

Zu mehr bringen wir es erst mal nicht, weil der Wagen hinter mir hupt. Offensichtlich stehe ich ihm im Weg, aber

5 TAGE LIEBE

bevor ich eine Handbewegung machen kann, die ihm zeigt, was ich von seiner Aktion halte, dreht sich Maya schon zu ihm um.

„Hör mal, du Idiot, hupen ist ja wohl nicht das Verhalten eines Gentleman, wenn eine Frau mit einem Mann am Auto redet, was?"

Ich bin nicht nur über die Wortwahl erstaunt, sondern auch über die Lautstärke ihres Organs. Wer hätte gedacht, dass in so einer kleinen Person so ein Volumen steckt? Ich erwische mich beim Lächeln, als sie um den Wagen läuft und schließlich einsteigt.

„Sorry, aber ich hasse es, wenn ich angehupt werde."

Anhupen verboten, aber als Prostituierte arbeiten. Irgendwie eine nette Prioritätenverteilung. Ich werde es mir merken.

„Kein Problem."

Ich versuche, ihr Gesicht im Dunkeln des Autoinneren etwas besser zu erkennen, aber ich erahne nur ein zierliches Mädchengesicht, große Augen und eine Stupsnase. Sie muss ein paar Jahre älter sein als ich. Wenn man zum ersten Mal mit einer Prostituierten im Auto sitzt, dann ist das ganz anders, als man es sich immer vorstellt. Ich bin sicherlich nicht auf den Mund gefallen, aber im Moment will mir kein Thema einfallen, das unverfänglich genug wäre. So viel also zum Ausspruch: „Wir coolen Kerle können jederzeit mit jeder Situation umgehen". Auch ich werde also noch eines Besseren belehrt.

„Soll ich dir das Geld gleich geben?"

„Das machen wir, wenn wir dort sind. Kein Ding. Konzentriere dich ruhig auf die Straße.

Ich nicke. Okay, so endet der erste Anlauf also. Ich wünsche mir, Probleme beim Schalten zu haben. So hat es

Richard Gere damals gemacht. Aber da ich mit der Gangschaltung meines Wagens mehr als vertraut bin, muss ich mir etwas Besseres einfallen lassen.

„Spanisch, hm?"

Ich erinnere mich, wieso sie in der VHS war. Zumindest hatte sie das am Telefon erwähnt.

„Ja. Unbedingt. Ich liebe diese Sprache und muss sie ein wenig auffrischen."

„Urlaub?"

„Ich würde gerne mal wieder nach Barcelona."

Barcelona, eine unglaublich schöne Stadt, in der auch ich mir ein Leben vorstellen könnte – wenn mich jemand fragen würde. Komischerweise tut das niemand, deswegen bin ich noch immer hier. Was nicht schlimm ist, ich mag es ja hier. Aber alleine die Antwort „Ich lebe in Barcelona" würde doch als Anmachspruch die Frauen reihenweise beeindrucken. Blöd nur, dass mein Spanisch gerade mal reicht, um die für Barcelona falsche Fußballmannschaft anzufeuern. Wobei …

„Da hilft dir Spanisch aber nicht besonders."

Sie sieht mich fragend von der Seite an. Ich möchte nicht jetzt schon wie ein kompletter Klugscheißer daherkommen. Ein Vorwurf, den ich übrigens häufig zu hören bekomme.

„Naja, die sprechen dort doch eher Katalanisch."

„Ja, das stimmt auch wieder, aber das habe ich direkt nach der ersten Stunde aufgegeben. Da komme ich nicht mit."

Sie lacht, und ich lache auch. Wieso eigentlich? Weil ich ein netter Typ bin und gerade versuche, Konversation zu betreiben? Wenn meine Mutter mich jetzt sehen würde, ich wäre vermutlich für immer enterbt. Auf Ewigkeit. Ich und eine Nutte! Wobei sie selbst sehr viel von Richard

5 TAGE LIEBE

Gere hält – und der hat ja nun auch eine Nutte damals mit ins Auto genommen, sogar noch mit ins Hotel. Wieso denken wir alle bei dem Wort Nutte direkt an Julia Roberts und Richard Gere? Sind wir so sehr von der Filmwelt beeinflusst?

„Ich habe mir dich ganz anders vorgestellt."

Etwas überrascht sehe ich sie an. Wieso hat sie sich denn vorgestellt, wie ich aussehen könnte? Und wenn sie es schon getan hat, komme ich jetzt besser oder schlechter weg?

„Und das bedeutet ... ?"

Sie zuckt die Schultern und grinst frech. Frauen schaffen es aber auch immer wieder, uns komplett im Dunkeln tappen zu lassen. Diese Reaktion könnte beides bedeuten.

„Also um ehrlich zu sein, ich dachte du bist dicker. Und blond. Und irgendwie ... ungepflegt."

Ehrlichkeit scheint bei ihr ganz oben auf der Liste der Eigenschaften zu stehen, die man in den ersten vier Minuten des Kennenlernens zeigen sollte. Ich bin nicht dick. Blond bin ich auch nicht. Ungepflegt ... nun ja, ich bin faul, was die Beseitigung des Haarwuchses im Gesicht angeht.

„Danke auch."

Ich trage meine braunen Haare im Moment etwas zu lang für den Geschmack meiner Mutter. Allerdings bin ich noch weit davon entfernt, als Heavy-Metal-Fan durchzugehen. Aber es sind nicht nur die Haare, die meine Mutter wahnsinnig machen. Ihr passt weder mein Ohrring (ein Überbleibsel meiner Jugendrebellion), noch das Tattoo an meiner Wade. Sonst beschwert sie sich gerne über die Jeans, die ich anscheinend immer etwas zu tief trage, und die T-Shirts. Mit Hemd und gut sitzender Stoffhose würde ich doch auch mal eine gute Figur machen. Ich kann nichts dafür, dass ich ihrem Schönheitsideal nicht ganz zu entsprechen scheine. Sie fand immer, Patrick wäre ein besonders attraktiver Mann. Das ist auch leicht. Immerhin erinnert er jetzt mit seiner leicht verstrubbelten Haarpracht etwas an David Beckham, die Stilikone der Fußballwelt. Ich hingegen eher an einen hängengebliebenen Surfer-Fan, der sich davor drückt, endlich dreißig zu werden.

„Wieso? Ich finde das so viel besser."

Maya erinnert mich daran, dass ich ja noch eine Beifahrerin habe. Obwohl ich nicht lächeln will, muss ich es doch tun. Sie findet also, ich sehe gar nicht so übel aus, oder? Nun, sie wird von Patrick bei Weitem mehr begeistert sein.

„Du bist sicher auch der Trauzeuge, oder?"

„Bin ich. Und das macht mich schon ein bisschen nervös."

„Wegen der Rede? Die Verantwortung?"

„Genau! Ich meine, er ist mein bester Freund. Man wird bestimmt erwarten, ich würde unheimlich viel über uns erzählen, die Mischung treffen zwischen witzig und emotional."

„Du redest nicht gerne frei vor Menschen, oder?"

„Eigentlich habe ich damit kein Problem. Solange es Fremde sind."

„Oh, das kenne ich."

Sie sieht aus dem Fenster und die Straßenlampen werfen kurze Lichtkegel auf ihr Gesicht. Nach wenigen Sekunden, in denen ich sie unbemerkt beobachte, sieht sie zu mir herüber.

„Ich ziehe mich vor Fremden sehr leicht aus. Wenn ich die Person aber kenne, dann wird es zum Problem."

Wieder dieses helle Lachen, und wieder muss ich mitlächeln. Ich hatte mir das alles doch etwas schwerer vor-

5 TAGE LIEBE

gestellt. Aber sie macht es mir wirklich leicht. Ich kann gut mit Frauen umgehen. Zumindest rede ich mir das ein. Es ist leicht, einfach nur ein bisschen reden, ein paar Komplimente hier und da und alles schön unverbindlich halten.

„Ich würde mich nur vor guten Freunden ausziehen. Aber auch das nur mit viel Alkohol im Blut."

Sie nickt und grinst frech.

„So wie alle Männer."

Ich will fragen, wie gut sie denn meint, uns Männer zu kennen, aber ich verkneife es mir. Es würde zu anzüglich klingen; irgendwie genieße ich die Tatsache, dass wir miteinander reden können, ohne darüber nachzudenken, dass ich sie am Ende des Abends bezahlen muss. Bezahlen dafür, dass sie sich für meinen besten Freund auszieht.

„Wie heißt denn der Bräutigam?"

„Patrick. Ich kenne ihn seit der Schule. Guter Typ."

„Und wie hoch ist der Alkoholpegel bereits? Manchmal neigen Jungs dann dazu, sich nicht an Regeln zu halten."

Ich spüre ihren Blick auf mir, aber ich habe mit allen gesprochen. Alle haben die Regeln verstanden und akzeptiert. Ich spüre dieses Gefühl in meinem Bauch. Es will sich ausbreiten, aber ich halte die Flamme klein. Würde jemand es wagen, sie anzufassen – ich würde mich als Held aufspielen und sie beschützen. Wieso eigentlich?

„Keine Sorge, ich habe die alle unter Kontrolle, niemand wird sich daneben benehmen. Ehrlich."

Ich schenke ihr mein ehrlichstes Lächeln und sie scheint etwas erleichtert. Wenn man bedenkt, dass sie scheinbar ohne Hemmungen ihren Körper an Fremde verkauft, wundert es mich, wieso sie dann so unsicher ist, wenn sie tanzen soll. Verharmlose ich die Situation vielleicht bewusst?

Adriana Popescu

„Okay. Ich vertraue dir jetzt, du musst also meinen Retter spielen, wenn was schief geht."

Irgendwie gefällt mir die Rolle des Retters immer mehr, auch wenn ich eher selbst einen bräuchte. Ich nicke und versuche, so viel Selbstbewusstsein wie möglich auszustrahlen. Wenn Frauen sich sicher fühlen, dann tut das dem männlichen Ego schließlich gut. Zumindest meinem.

„Und was machst du sonst so? Wenn du nicht tanzende Frauen für deine Freunde durch die Nacht fährst?"

Ich lächle, während wir an der nächsten roten Ampel zum Stehen kommen. Eine wirklich gute Frage. Was genau mache ich denn eigentlich? Ich hoffe, sie meint meine Arbeit, denn sonst mache ich nicht viel, womit man Frauen beeindrucken kann.

„Ich bin selbstständig. Freiberufler."

„Selbstständiger Freiberufler? Ist ja interessant. Was machst du genau?"

„Ich bin Webdesigner."

Sie sieht mich an, ich spüre ihren Blick, sehe sie an, und diesmal erkenne ich etwas mehr von ihrem Gesicht. Sie ist ausgesprochen hübsch, würde ich sagen. Sehr sogar.

„Einer von den kreativen Köpfen?"

„An meinen guten Tagen, ja."

Sie verschränkt die Arme vor der Brust und sieht mich gespielt überrascht an.

„Wirklich? Und an deinen schlechten Tagen?"

Ich lache. An meinen schlechten Tagen schaffe ich es kaum aus dem Bett, um ehrlich zu sein. Aber auch das werde ich ihr nicht sagen.

„Da rauche ich zu viel."

„Naja, nobody is perfect, oder?"

„Wieso? Was ist deine Schwäche?"

5 TAGE LIEBE

Sie behält ihr Lächeln, auch wenn es sich ein bisschen verändert.

„Ich schlafe mit fremden Männern für Geld."

Adriana Popescu

5 TAGE LIEBE

Lucy

Im Club angekommen führe ich sie durch den Hintereingang zu einem Lagerraum, in dem viele leere Getränkekisten stehen. Sie sagt, sie müsse sich noch umziehen, wolle das aber nicht auf der Toilette machen. Ich biete ihr den Raum an, aber sie besteht darauf, dass ich vor der Tür warte. Das tue ich nun.

Die Jungs drinnen wissen Bescheid und werden auf meinen Wink hin Patrick auf einen Stuhl setzen. Maya hat mir die CD gegeben, aufgelegt ist sie schon, ich warte nur noch auf sie.

„Okay, fertig."

Sie trägt einen Hauch von Nichts und lächelt mich dabei aus dunkel geschminkten Augen an. Erst jetzt sehe ich, wie wunderschön sie wirklich ist. Und obwohl vermutlich jeder von ihrer Figur abgelenkt wäre, kann ich nur in ihr wunderschönes Gesicht starren. So sehr will ich ihre Wange streicheln, die Lippen küssen.

„Da lang geht's."

Aber ich reiße mich los. Ich muss, weil ich mich sonst hier und jetzt verliebe. Da ich das nicht kann, nicht werde und nicht weiß, wie es geht, tue ich so, als wäre alles wie immer. Als hätte ich gerade nicht vielleicht das Schönste in meinem Leben gesehen.

Sie folgt mir; als ich dem DJ den Wink gebe, Patrick auf den Stuhl geschoben wird und Maya sich noch mal zu mir dreht, will sich ein großer Klumpen in meiner Kehle bilden.

„Nenne mich vor den anderen bitte nur Lucy, ja?"

Ihr schüchternes Lächeln will nicht zum Rest passen. Ich schaffe ein Nicken und sehe zu, wie sie durch die Tür tritt. Gejohle setzt sofort ein, das Lied lässt ihre Hüften scheinbar automatisch kreisen. Ich kann meinen Blick nicht von ihr nehmen.

Ich sehe, wie sie langsam tanzend noch eine kleine Schicht von Nichts auszieht. Da steht sie dann, den kleinen Tanga an, sonst nichts. Ich betrachte ihre Brüste, ihren Hals, die Hände, die in langen Handschuhen stecken, und ende immer wieder bei ihrem Gesicht. Sie lächelt verführerisch und tanzt dabei spielerisch um Patrick herum, der mit rotem Gesicht auf dem Stuhl sitzt und versucht, nicht zu unbeholfen zu wirken. Fast muss ich lachen, wäre da nicht das laute Gejohle unserer Freunde, die ihn anfeuern, sie zu berühren, es zu genießen – und genau das stört mich plötzlich ganz ungemein. Ich wünsche mir nichts mehr, als dass es endlich vorbei ist. Ich will sie wegbringen, so weit ich nur kann. Ich spüre diesen leichten stechenden Schmerz in meinem Körper, wie tausend kleine Nadelstiche, die nicht aufhören wollen und stärker werden, je näher sie an Patrick herantanzt.

Sie soll nicht hier sein. Nicht so. Ich merke, dass sie wenig von der Maya zeigt, mit der ich mich im Auto so nett unterhalten habe. Jetzt ist sie nur noch die Lucy, die ich gar nicht näher kennenlernen will, weil es wehtut, mir die Bilder vorzustellen. Hier tanzt sie nur, sonst tut sie ganz andere Sachen. Wieso um alles in der Welt tut mir das plötzlich so weh? Was mache ich hier? Wieso stehe ich

5 TAGE LIEBE

nicht bei den anderen und juble mit, trinke Bier und genieße die nackte Frau, die meinen besten Freund gerade um den Verstand tanzen will? Wieso bin ich so wütend auf jeden einzelnen Mann in diesem Raum? Ich starre zum DJ und hoffe, das Lied ist bald zu Ende. Ich könnte bestimmt nicht mehr davon ertragen. Ich genieße rein gar nichts.

Ich sehe nur Männer, die Maya so sehen, wie sie es nicht verdient haben. Sie kennen sie doch nicht einmal und werden, wenn alles gut läuft, nach heute Nacht auch kein zweites Treffen mit ihr genießen dürfen. Ich hingegen ... ich möchte nichts mehr, als sie wiedersehen. Wieso sollte das alles nach dem Song jetzt vorbei sein?

Langsam drehe ich mich um und schlage mir mit der flachen Hand ins Gesicht. Ich muss wieder zu mir kommen. So schnell wie nur möglich. Ich muss aufhören, so zu denken. Ich muss aufhören, überhaupt zu denken. Wo ist dieses Taubheitsgefühl hin, dass ich manchmal so sehr schätze?

Das Lied scheint die 8-Minuten 40-Remix-Version zu sein, denn es will und will kein Ende nehmen. So stehe ich an der Seite und leide stumm vor mich hin. Ich habe keinen Grund, eifersüchtig zu sein. Ich habe keinen Grund, sauer zu sein. Ich habe gar keinen Grund und kein Recht auf irgendwas. Ich will das auch alles gar nicht, weil es unangebracht ist.

Das Lied ist endlich zu Ende und ich will aufatmen. Aber als die Jungs um Zugabe bitten und der DJ auch das zweite Lied auf der CD anlaufen lässt, tanzt Maya – Verzeihung, Lucy! – einfach weiter. Ich spüre, wie meine Knie weicher werden. Sie bewegt ihren Körper unglaublich verführerisch, tanzt viel zu nah an Patrick heran, und ich sehe, wie seine Hand kurz über ihren Oberschenkel gleitet.

Moment, das ist gegen die Regeln, die wir vereinbart haben, aber Lucy behält die Ruhe und tanzt weiter.

Ich wünsche mir, Melanie wäre jetzt hier. Sie würde auf die Fläche stürmen und Patrick wegzerren. Aber im Moment ist sie nicht da. Sie jubelt nackten Männern mit Waschbrettbäuchen zu. Aber ich wünschte, sie würde sehen, was ihr Bald-Ehemann da gerade abzieht. Er lässt sich von einer fremden Frau in Trance tanzen. Das ist nicht in Ordnung. Und doch werde ich das Gefühl nicht los, dass es Melanie gar nicht so viel ausmachen würde. Nicht so viel wie mir. Mir tut es weh und ich spüre dieses komische Gefühl. Diesmal richtet es sich gegen Patrick. Wie kann er mir das antun? Und Melanie natürlich auch. Ach, scheiß auf Melanie, die wird ihn ihr ganzes Leben haben. Ich aber stehe hier und schaue mit roten Augen zu, wie Lucy für Patrick und zwanzig unserer Freunde tanzt. Wenn ich mich konzentrieren könnte, dann würde sie auch für mich tanzen. Aber so stelle ich es mir nicht vor.

Dann endlich die Erlösung. Das Lied ist vorbei. Bitte, bitte, nicht noch eine dritte Runde, denn irgendwie glaube ich nicht, das überstehen zu können.

Lucy beugt sich zu Patrick und küsst ihn kurz auf beide Wangen, dann winkt sie in die Menge, bedankt sich beim DJ und steht auch schon wieder neben mir.

„Nette Jungs. Sie haben sich besser benommen als die meisten, die ich kenne."

Sie lächelt wieder und ich starre sie an. Hoffentlich bemerkt sie das alles nicht. Mein Herz schlägt schneller, ich spüre, wie die Wut langsam verdampft.

„Ich ziehe mich schnell um. Stellst du dich wieder vor die Tür?"

Ich nicke, zum Sprechen bin ich im Moment nicht in der Lage. Ich folge ihr durch den Gang, schaue kurz auf

5 TAGE LIEBE

ihren Po und bemerke seine scheinbar perfekte Form. Ihre Beine sind schlank, lang und perfekt. Wie gerne würde ich ihre Haut berühren und sie küssen. Aber ich halte meinen Abstand und konzentriere mich stattdessen lieber auf ihren Rücken. Sie scheint keine Scheu zu haben, halb nackt vor mir her zu laufen, und auch wenn ich das als kleinen Bonus auf der Vertrauensskala werte, werde ich ihr nicht so nah kommen wie Patrick gerade eben.

„Kostet das mehr, weil es zwei Lieder waren?"

Es ist mir völlig egal wie viel es kostet, aber ich versuche, eine Unterhaltung zu starten. Sie dreht sich vor der Tür zu mir um und ermöglicht mir damit einen Blick auf ihre Brüste. Ich schaue kurz hin, dann zurück in ihre Augen.

„Nein, ich hätte bis zu fünf Lieder tanzen können. Aber deinem Freund war das wohl eher unangenehm."

Meinem Freund? Patrick hat es in vollen Zügen genossen, das konnte ich nur zu gut sehen. Mir war es unangenehm. Ich wollte sie retten und durch die dunklen Straßen in meine Wohnung tragen.

„Ich ziehe mich schnell um, wartest du?"

Ich kann sehen, dass sie nichts mehr von der tanzenden Lucy hat. Ihr Gesicht ist wieder Maya – und so nicke ich, während sie die Tür hinter sich schließt. Ich lehne meine Stirn dagegen und versuche Gründe zu finden, wieso mein Verhalten komplett idiotisch ist. Zum Glück muss ich nicht lange suchen. Sie ist eine strippende Nutte, die ich engagiert habe, um für meinen besten Freund möglichst unbekleidet zu tanzen ... Wieso habe ich damit jetzt plötzlich ein Problem? Und wieso sind mir alle anderen tanzenden Nutten reichlich egal? Es ist ja nicht so, als würde ich einer Menschenrechtsorganisation angehören und hier für die

Rechte der Frauen und gegen Fleischbeschau mit musikalischer Begleitung plädieren. Nein, es stört mich nur in genau diesem Fall, und es macht mich wütend, weil es irgendwie meine Schuld ist. Ich habe sie und mich in diese Lage gebracht. Nur scheint es ihr nicht so viel auszumachen. Ich kämpfe gegen aufflackernde Bilder, die mich nichts angehen.

Sie öffnet die Tür und ich falle fast in ihre Arme vor Überraschung, so sehr hatte ich mich gegen die Tür gelehnt. Sie lacht auf und hält mich an den Schultern fest. Es ist das erste Mal, dass wir uns berühren.

„Alles okay?"

„Sicher."

Mit immer noch weichen Knien versuche ich, etwas Stabilität in meinen Stand zu bringen, wobei ihre Hände auf meinen Schultern das irgendwie boykottieren. Sie mustert mein Gesicht, und ich hoffe wirklich, dass sie nicht besonders gut ist, darin zu lesen. Ich befürchte nämlich, dass ich zu viel verraten würde.

„Ist wirklich alles okay?"

Erneutes Nicken.

„Ich hab dich in der Menge vermisst."

In meinem Kopf streiche ich die Worte „in der Menge" und spüre mein Herz pochen. Sie hat mich vermisst? Hat sie wirklich etwas in der Menge erkennen können? Oder will sie nur höflich sein? Hat sie mein Gesicht gesucht?

„Ich hab mich lieber etwas zurückgehalten."

„Konntest du von der Seite denn alles sehen?"

Sie wirft ihren Rucksack lässig über die linke Schulter und geht langsam los. Ich folge ihr. Bald heißt es Abschied nehmen. Ich gehe betont langsam.

„Klar. Ich hab die Jungs im Auge behalten. Es wurden keine Videos und Fotos gemacht, wie abgemacht."

5 TAGE LIEBE

„Habs bemerkt, danke."

„Sorry wegen Patrick. Du sagtest ja ohne Anfassen."

Sie kichert kurz und schüttelt den Kopf.

„Das macht nichts. Es war nicht unangenehm."

Wie schade eigentlich.

„Die meisten Kerle grapschen mir an den Po oder die Brüste. Das nervt. Patrick hat mich ja mehr gestreichelt."

Ich will mich übergeben. Er hat sie gestreichelt, dabei wird er in wenigen Tagen heiraten. Fällt so etwas schon unter die Bezeichnung „fremdgehen"? Wenn ja, dann sollte ich lieber Melanie davon erzählen.

Wir treten zurück auf die Straße. Es ist für diese Jahreszeit nachts noch immer erstaunlich kalt. Ob der Frühling sich absichtlich so viel Zeit lässt? Ich spüre, dass mein Gehirn langsam wieder anfängt, normal zu denken. Zumindest sendet es extreme Signale an mich:

„Jonas, du Volltrottel! Sie ist eine tanzende Nutte, und du wirst sie in wenigen Minuten das letzte Mal sehen. Dann geht ihr Leben weiter und deines auch. Also hör auf, dich wie ein pubertierender Teenager zu benehmen!"

Natürlich hat mein Gehirn recht. Es hat immer recht. Es warnt mich immer davor, nicht betrunken gegen den Wind zu pinkeln oder Wetten einzugehen, bei denen es immer so endet, dass ich gelben Schnee essen muss. Ich höre nie auf mein Hirn, wieso sollte ich ausgerechnet jetzt damit anfangen?

„Hundertzwanzig Euro."

Ich habe die Scheine genau abgezählt und lege sie ihr in die Hand, bedacht, ihre Haut nicht zu berühren, auch wenn ich nichts sehnlicher möchte als genau das.

„Danke. Ich muss sagen, das war wirklich mal wieder ein Job, der Spaß gemacht hat."

Sie greift nach meiner Hand, hält sie fest und drückt sie einen Moment. So fühlen sich also 400 Volt im Körper an. Mein Blut rauscht in den Ohren und meine Lippen verziehen sich zu einem verdammt ehrlichen Lächeln, das wir Männer eigentlich nur nach dem Sex haben, wenn wir glücklich, befriedigt und entspannt sind. Maya schafft es mit einem Händedruck.

„Freut mich."

Wieso ich die Hand nicht wieder loslasse, ist mir vollkommen klar, aber ihr vielleicht nicht. Deswegen lockere ich meine Finger nur sehr widerwillig.

„Ich besorge mir mal ein Taxi. War echt nett, dich kennengelernt zu haben, Jonas."

Meine Chance. Jetzt oder nie.

„Taxi? Quatsch! Ich fahre dich heim, ist doch klar."

Ein prüfender Blick. Ich halte den Atem an, dann ein Lächeln.

„Das wäre echt super nett von dir."

Wo ist noch mal die Pausentaste fürs Leben? Wenn man kurz die Außenwelt anhalten und dann in aller Ruhe einen Siegestanz aufführen kann? Das wäre einer dieser Momente, da würde ich zu gerne die Zeit für nur sechzig Sekunden anhalten. Mehr Zeit brauche ich nicht, denn bereits nach dreißig Sekunden fangen meine Dance-Moves an, sich zu wiederholen.

„Absolut kein Problem."

Während wir nebeneinander die Straße zu meinem Auto laufen, fühle mich wieder wie fünfzehn. Ich habe mich drinnen nicht verabschiedet oder gar erklärt, wohin ich gehe und mit wem. Ich bin einfach nur weg und laufe jetzt neben Maya in der kühlen Nacht.

5 TAGE LIEBE

FÜNF TAGE

Wieder trägt sie ihre Mütze und hat die Jacke zugeknöpft. Ganz bekleidet finde ich sie übrigens genauso erotisch wie halb nackt auf der Tanzfläche. Der Motor meines Autos stottert an jeder Ampel, es klingt fast so, als würde er seinen letzten Atemzug tun und dann auf der leeren Kreuzung verenden. Mich im Stich lassen! Ich bemerke Mayas fragenden Gesichtsausdruck.

„Tut mir leid, das macht er manchmal."

Wie gerne wäre ich jetzt mit Patricks Volvo hier. Der hat Sitzheizung und würde auch optisch etwas mehr hermachen. Jetzt sitzen wir in meinem roten Ford Fiesta mit der grauen Tür, weil mir da letzten Winter jemand reingefahren ist, und ich versuche, so viel romantische Stimmung zu schaffen, wie nur möglich.

„Ach, ich bin die S-Bahn gewöhnt, die ruckelt ja auch wie verrückt."

„Stimmt. Du hast ja kein Auto."

„Das lohnt sich für mich auch nicht. Außerdem spare ich wegen der Sache mit Barcelona. Ich verkaufe gerade alles, was ich nicht brauche."

Zum Beispiel auch ihren Körper. Es liegt mir auf der Zunge, das zu sagen, aber ich schlucke es runter. Es geht mich nichts an. Bevor ich mich weiter durch die Stadt dirigieren lasse, erspähe ich plötzlich eine Neonwerbung für eine beliebte „Late Night-Spezialität" und überlege mir, ob ich wirklich alles auf eine Karte setzen soll. Ich habe vielleicht noch zehn Minuten mit ihr in diesem Auto – oder ich traue mich endlich mal etwas.

„Hast du Hunger? Ich könnte dich auf einen Döner einladen."

Wenn ich den Mut finde, sehe ich mal kurz zu ihr rüber, aber ich muss mich auf die Straße vor mir konzentrieren. Auch wenn das an einer roten Ampel nicht zwingend notwendig ist. Vielleicht schießt aus dem Nichts ein Reh über eine der verkehrsreichsten Straßen Stuttgarts, die noch dazu so weit weg vom Waldrand liegt, wie ich von Justin Bieber.

„Ich habe einen Riesenhunger. Sehr, sehr gerne. Aber ich zahle."

Sie zwinkert mir zu, als ich sie endlich wieder ansehe und ein Grinsen nicht unterdrücken kann. Diese Einladung nehme ich so unendlich gerne an. Es bedeutet noch etwas mehr Zeit mit ihr.

„Oder vermissen dich dann deine Freunde?"

Was für Freunde, will ich sagen, aber ich zucke nur leicht mit den Schultern. Die würden doch wirklich nicht mehr merken, ob ich da war oder nicht. Die waren alle zu betrunken, ich hatte den Einstieg in den alkoholischen Teil des Abends verpasst. Ich bin nüchtern und trotzdem fühle ich mich irgendwie berauscht. Nur viel besser als bei einem Rausch aufgrund von Hefeweizen oder Rotwein. Ich fühle mich richtig gut.

Ich kenne jeden einzelnen Dönerladen in Stuttgart. Ich lebe schon mein ganzes Leben hier und habe so ziemlich in jedem Zustand das Fleisch im Fladen probiert, mit viel Soße und schön scharf. Ich weiß genau, mit dieser Wahl

5 TAGE LIEBE

werde ich sie beeindrucken. Okay, vielleicht ist es nicht ganz das Restaurant eines Star-Kochs, das mit einem Michelin-Stern ausgezeichnet ist, aber im Moment erscheint mir *Döner Pinar* am Rotebühlplatz perfekt für jeden Anlass. Und Maya in ihren Jeans, der schwarzen Jacke und der grauen Mütze, unter der sich ihre braunen Locken tummeln, sieht besser aus als jede aufgedonnerte Frau auf Stuttgarts Ausgehmeile, der Theodor-Heuss-Straße, zu dieser oder sonst einer Zeit.

Natürlich halte ich ihr die Tür auf und sie lächelt schüchtern. War das doof? Macht man das denn nicht mehr? Oder war das schon zu viel? Immerhin habe ich sie vor nicht mal dreißig Minuten nur im Tanga bekleidet gesehen.

Wir bestellen unseren Döner und setzen uns mit zwei Dosen Bier ziemlich weit nach hinten an die große Fensterscheibe. Hier haben wir unsere Ruhe, können aber alles sehen, was draußen passiert. Niemand in diesem Laden würde ahnen, wer wir sind und was wir hier machen. Ein bisschen sehen wir auch aus, also ob wir ein Date hätten – was ich toll finde.

„Auf uns!"

Wir stoßen lachend mit unseren Bierdosen an und geben uns große Mühe, nicht wie bekleckerte Vollidioten zu enden. Gibt es eine Möglichkeit, stilvoll einen Döner zu essen, um damit eine Frau zu beeindrucken? Wenn ja, dann ist es jedenfalls keines meiner Talente. In Anatolien beherrscht man diese Kunst vielleicht. Vielleicht haben sie ihren Exportschlager nur deswegen nach Deutschland gebracht, um uns deutsche Männer wie ungehobelte Spinner aussehen zu lassen! Ist ja auch total geschickt von uns, wenn wir verzweifelt versuchen, von allem etwas aus dem

Inneren des Fladens zu schnappen, und uns dabei nicht einen Bart aus Knoblauchsoße ins Gesicht zu schmieren.

Mir tropft Soße vom Kinn und ich beuge mich weit über den Tisch, um meine Jeans vor verdächtigen weißen Flecken zu schützen, die mich nur in Erklärungsnot bringen würden. Sie lacht laut und mit vollem Mund. Gute Manieren muss ich also nicht zwingend an den Tag legen, und das entspannt mich gehörig. Für Maya ist das so einfach, so ungehemmt. Aber sie hat sich ja auch nicht gerade verliebt.

„Lach du nur ..."

Und genau das tut sie. Laut und selbstbewusst, als wären ihr die Blicke der anderen Gäste vollkommen egal. Ich kann nicht anders, ich bewundere sie, wie leicht sie das alles nimmt.

„Man kann Döner nicht essen, ohne sich einzusauen. Das weiß doch jeder."

Sie nimmt die Serviette vom Tisch und tupft mir über den Mund und das Kinn. Ich erstarre, sobald sie mich berührt. Falls sie es bemerkt hat, lässt sie sich nichts anmerken, als wäre es das Normalste der Welt. Aber für mich ist es einer dieser magischen Momente. Ich sitze da, sehe sie an und bewundere erneut ihr Gesicht. Die Mütze liegt neben uns auf dem Tisch und ihre Locken tummeln sich wild um ihr Gesicht. Sie scheint es aufgegeben zu haben, die Mähne bändigen zu wollen. Wenn sich eine Locke in die Nähe des verschmierten Mundes verirrt, wird sie mit einer achtlosen Geste wieder hinters Ohr geklemmt. Ist sie sich denn nicht bewusst, wie wunderschön sie aussieht?

Es gibt Frauen, die ohne Zweifel wunderschön sind, wenn sie fünfundvierzig Minuten im Bad für sich alleine haben. Maya ist das genaue Gegenteil. Sie trägt zwar noch immer das etwas stärkere Augen-Make-up vom Tanz, aber

5 TAGE LIEBE

sonst wirkt ihre Haut rein und zart. Nichts erinnert mehr an die verführerische Hüftenschwingerin von der Junggesellenparty vorhin. Sie könnte auch eine junge Studentin sein, die hier mit einem Mann einen Döner genießt. Erschrocken stelle ich fest, dass nicht mehr besonders viel von unserem Essen übrig ist. Vielleicht möchte sie dann ja schon nach Hause, und mir gehen die Ausreden aus. Ein Kaffee vielleicht noch, aber die Chance einer Ablehnung stehen gut. Ich werde unweigerlich traurig.

„Woran denkst du?"

Sie lehnt sich zurück in den Stuhl und zerknüllt den Rest des Döners in der Alufolie. Wenn ich ehrlich wäre, könnte ich ihr sagen, woran ich denke. An sie und niemanden sonst, aber so ehrlich kann ich dann doch nicht sein. Ich schaue peinlich berührt weg.

„Frag ruhig, Jonas. Die meisten wollen wissen, wie es ist. Ich habe damit kein Problem, ehrlich."

Aber ihr Gesicht scheint das Gegenteil zu sagen. Die Augen werden schmaler, die Lippen verziehen sich zu einem strengen Strich. Sie versucht eine Mauer um sich aufzubauen, und so sehr ich wissen möchte wie es ist, ich habe Angst zu fragen.

„Ist das kein Problem für deinen Freund?"

Meine Stimme klingt fremd in meinen Ohren. Ich bin nicht sicher, wieso ich von allen möglichen Dingen ausgerechnet das gefragt habe. Ich hätte auch gefühlte hundert andere Fragen gehabt, aber diese war die erste, die ausbrechen wollte – und vielleicht war meine Neugierde ja tatsächlich stärker als mein Verstand.

„Ich habe keinen Freund. Mein letzter kam damit gar nicht klar, hat sich betrunken und wurde dann unheimlich aggressiv."

Bilder flackern kurz vor meinem inneren Auge auf, ich verkrampfe mich automatisch. Er wurde aggressiv? Hat er sie geschlagen? Unwillkürlich bilden meine Hände Fäuste, und sie bemerkt es.

„Er hat mich nur einmal geschlagen, dann habe ich ihn vor die Tür gesetzt, keine Sorge. Ich bin ja nicht blöd."

Ich nicke. Das habe ich sofort gemerkt. Wieso sie dann nicht irgendwo an einer Uni studiert, sondern stattdessen lieber einen solchen Job ausübt, werde ich vermutlich selbst nach einer Erklärung nicht verstehen.

„Naja, ich halte ohnehin nicht viel von Beziehungen."

Oh. Sie ist also jemand, der sich nicht binden will. Das kommt mir vertraut vor. Jedes Mal, wenn eine Frau mich mit den Worten „Ist das jetzt eine Beziehung?" zu einer klaren Aussage zwingen wollte, bin ich verschwunden. Auf Nimmerwiedersehen.

„Das passt aber doch ganz gut in deinen Lebenswandel, oder?"

Ich versuche, alles so zu fragen, dass sie auf keinen Fall meinen könnte, ich würde sie von oben herab betrachten. Allerdings fällt es mir auch verdammt schwer, ihren Job einfach nur als Job zu sehen.

„Du meinst, weil ich eine Prostituierte bin?"

Schulterzucken. Ich will es mir gar nicht bildlich vorstellen.

„Darum geht es mir gar nicht."

Sie greift nach ihrer Bierdose und stellt fest, dass sie leer ist. Da, unser Date – so nenne ich es heimlich in meinem Kopf – neigt sich dem Ende entgegen.

„Hast du was dagegen, wenn wir noch eine Runde Getränke anhängen?"

5 TAGE LIEBE

Sie stellt die Frage nicht ganz so beiläufig wie vorhin. Begeisterung schießt durch meinen Körper, aber ich versuche das nicht zu offen zu zeigen.

„Klar. Diesmal zahle ich. Was darf es denn sein?"

„Eine Cola für zwischendurch."

Einen kurzen Moment fühle ich mich einfach nur glücklich, schlendere an die Theke und bestelle zwei Cola. So ist es also, wenn man ein Mädchen ausführt. Ich habe so was viel zu lange nicht mehr gemacht.

Während ich auf die Getränke warte, schaue ich zu ihr rüber. Sie sortiert etwas in ihrem Rucksack, nimmt ihr Handy aus der Tasche und tippt eine SMS. Sie hat keinen Freund, sie will keine Beziehung und verbringt heute zumindest eine kleine Weile mit mir. Das ist alles irgendwie ganz anders gelaufen, als ich den Abend geplant hatte. Einen kurzen Moment habe ich ein schlechtes Gewissen und entscheide mich, Patrick eine SMS zu schreiben. Vermutlich ist er zu betrunken, um sie jetzt zu lesen, aber dann kann ich meine Hände in Unschuld waschen.

An: Pat Handy

Servus Pat, bin verhindert. Feiert schön. Erkläre es morgen! Jones

Das sollte reichen. Wir sind beste Freunde und erzählen uns alles in unausstehlichen Details. Damals, als Patrick die Weisheitszähne gezogen bekam, kam ich noch am selben Tag zu ihm nach Hause, um mir dort von meinem dickbackigen Freund die Geschichte über Blut, Schmerzen und Narkose anzuhören.

Als ich zum ersten Mal ein Mädchen geküsst habe, bekam Patrick in höchst feuchten Details die Geschichte über Zungenspiele und Hände auf Wanderschaft zu hören. Es gab nicht besonders viel, was wir voreinander verschwiegen. Aber Maya, das wollte ich ihm nicht erzählen. Wenn ich diesen Abend vor ihm in Worte fassen müsste, dann hätte ich sie quasi geteilt. Und das tat ich ja ohnehin schon mit anderen gesichtslosen Männern.

Die Cola ist zu kalt zum Trinken, und so drehen wir nur die Dosen in unseren Händen, während wir weiter über Gott und die Welt reden.

Sie will wissen, wie gut ich Patrick kenne, wo wir uns kennengelernt haben und was meine Rede für die Hochzeit macht.

Ich hingegen versuche mehr über ihre Liebe zu Barcelona zu erforschen und wieso sie kein Problem damit hat, vor Männern zu tanzen. Sie beantwortet die Fragen ohne langes Zögern und weiß doch ganz genau, dass es mir nicht ums Tanzen geht. Sie ist jung, hübsch, clever. Wieso muss sie das machen?

„Heiraten. Das ist doch irgendwie strange, oder?"

„Wieso?"

„Du legst dich dann so unwiderruflich fest. Dieser eine Partner und nie mehr jemand anderes."

Ich muss grinsen. Sie scheint einfach das Gleiche zu denken wie ich. Auch ich habe mich gewundert, wie man sich so früh im Leben auf eine bestimmte Person einigen kann. Man weiß doch gar nicht, wer einem morgen über den Weg läuft.

„Ich sehe das genauso."

Sie lehnt sich über den Tisch zu mir, als wolle sie mir ein Geheimnis mitteilen. Also tue ich es ihr gleich und beobachte ihre Augen, die ganz geheimnisvoll glitzern.

„Ich habe da so meine eigene Theorie ... willst du sie hören?"

Sie könnte mir auch die Geschichte von Peterchens Mondfahrt erzählen und ich würde vor Staunen kaum den

5 TAGE LIEBE

Mund schließen können. Ein Nicken ermutigt sie zum Erzählen.

„Fünf Tage."

Ich warte auf die Fortsetzung, aber es scheint bei diesem Satz zu bleiben.

„Aha. Eine sehr ausgefeilte Theorie, ich muss schon sagen."

Sie grinst mich breit an und scheint ihren Wissensvorsprung zu genießen. Für sie scheint dieser Satz die perfekte Zusammenfassung der Geschichte, aber man erzählt den Inhalt von „The Sixth Sense" ja auch nicht mit: *„Er ist tot."*

„Gibt es dazu denn keine etwas aufschlussreichere Version?"

„Doch sicher, aber ich weiß ja nicht, wie viel Zeit du noch hast."

Sie sieht zur Uhr an der Wand neben uns.

„Mach dir keine Sorgen, Patrick weiß Bescheid. Und bei dir?"

„Ach, eine Freundin wollte mich aufsammeln, aber die erreiche ich nicht."

„Wenn du kein Problem damit hast, mit mir hier zu sitzen?"

Sie schüttelt lächelnd den Kopf und löst den Schal um ihren Hals. Das wird immer besser. Es scheint ihr bei mir zu gefallen. Ich strahle und bin gespannt. Dieser Abend hält vielleicht doch mehr für mich bereit, als Patricks Party und den anschließenden Nachhauseweg in betrunkenem Zustand.

„Aber nur damit du dir keine Hoffnungen machst ... zwischen uns wird heute Nacht bestimmt nichts laufen. Ich habe meinen freien Tag."

Sie verpackt es in einem Witz und ich lache mit, weil ich zeigen will, wie leicht es mir fällt, mit ihrem Job umzugehen. Ich will nicht wie ihr Ex sein, auch wenn ich ihn bereits zu gut verstehe.

„Keine Sorge, ich habe sowieso kein Interesse."

Wenn ich mit dieser offensichtlichen Lüge durchkomme, dann verleihe ich mir selbst einen Oscar. Sie mustert mich und grinst breit.

„Wieso flirtest du dann den ganzen Abend mit mir?"

„Das mache ich doch gar nicht!"

Zumindest versuche ich es nicht zu tun, was mir bei ihrem Anblick schwer genug fällt.

„Schade eigentlich. Also, meine Theorie. Wir Menschen sind ja für eine Partnerschaft gemacht."

Ich bin noch immer etwas verwirrt über das *„schade eigentlich"* ... Aber auch was sie danach sagt, macht keinen Sinn.

„Ach, jetzt doch?"

„Sicher. Allerdings eben nur für fünf Tage."

„Wieso denn ausgerechnet fünf Tage?"

„Fünf, vier oder drei, ist doch egal. Aber mehr als fünf sind es nie. Ist doch ganz einfach. In den ersten fünf Tagen ist alles perfekt. Du, sie, ihr. Alles. Du gibst dir Mühe, nicht zu rülpsen, räumst deine Socken weg ... und dann?"

„Was ist dann?"

„Dann kommt der Alltag dazu. Dann pupst du auf dem Sofa, trinkst Bier und flirtest mit der blonden Bedienung im Club. Stimmt's?"

„Stimmt."

„Siehst du? Aber in den ersten fünf Tagen ist alles perfekt. Das ist die schönste Zeit der Liebe, und so wirst du immer denken, Liebe ist schön."

„Das ist aber eine sehr vage Theorie."

5 Tage Liebe

„Ist sie gar nicht!"

Ihre Stimme klingt bockig, wie ein vierjähriges Mädchen. Sie verschränkt die Arme vor der Brust und schmollt.

„Wenn deine Theorie der Wahrheit entsprechen würde, frage ich mich, wieso es dann Paare gibt, die silberne oder gar goldene Hochzeit feiern?"

„Die lügen sich an. Oder arrangieren sich eben. Aber ist das wirklich das, was man unter Liebe versteht?"

„Gute Frage. Ich war noch nie so lange mit einer Frau zusammen."

„Und wieso nicht?"

„Weil ... also ... ich meine ... na ja ..."

Sie lacht und wirft ihren Kopf in den Nacken, ihre Locken tanzen um ihr Gesicht. Sie sieht so hübsch aus, ich würde ihre Lippen so gerne küssen. So gerne!

„Du bist auf meiner Seite. Meine Theorie stimmt, und du weißt es auch."

„Aber du musst zugeben, es gibt dann ziemlich viele Paare, die deine Theorie relativieren."

„Romeo und Julia."

„Beide tot."

„Und das Traumpaar aller Liebesgeschichten schlechthin, oder etwa nicht?"

„Gut möglich. Und weiter?"

Wenn sie so redet und nachdenkt, wie sie es jetzt tut, dann bildet sich eine Falte genau in der Mitte der Stirn zwischen den Augenbrauen.

„Unterm Strich hatten sie nur fünf schöne Tage zusammen. Dann wurde er verbannt und sie sind gestorben."

„Okay."

„Titanic."

Adriana Popescu

Ich lasse meinen Kopf auf die Tischplatte fallen. Die größte Schnulze, durch die ich mich jemals im Kino habe durchquälen müssen. Nie wieder werde ich mich in einen Film zerren lassen, in dem es um ein Schiff und Leonardo di Caprio geht.

„Tu nicht so, du hast den Film doch auch gesehen."
„Leider!"
„Fünf Tage! Mehr hatten Jack und Rose doch auch nicht. Zack, Boom. Schiff geht unter, er erfriert."
„Tragisch. Zwei Tage hätten denen auch gereicht."

Sie schlägt mir spielerisch gegen den Arm und packt meinen Kopf an den Haaren, um mich so zu zwingen, sie wieder anzusehen.

„Nicht mal fünf Tage. Die Brücken am Fluss."
„Du hast dir ja eine ganze Reihe Hollywood-Filme als Beweismittel rausgesucht."
„Zufall. Die Literatur hat mir auch genügend Beispiele in die Hand gespielt. Es ist einfach nur eine Theorie, die wahr ist. Oder?"
„Ich habe Angst, du tust mir weh, wenn ich nein sage. Von daher gebe ich zu, dass etwas an dieser Theorie dran ist. Auch wenn sie unterm Strich kompletter Schwachsinn ist."

Aber sie scheint so sehr an ihre Theorie zu glauben, dass sie entschlossen den Kopf schüttelt.

„Es funktioniert nur so. So bleibt man als Paar perfekt und genießt alle Hochs einer Beziehung."

Irgendwie sieht sie dabei traurig aus.

„Fünf Tage sind aber eine Menge, wenn man es richtig anstellt."

Ein billiger Versuch, sie aufzumuntern, aber ich scheine Erfolg zu haben und werde mit einem Lächeln belohnt.

„Wer weiß?"

5 TAGE LIEBE

Sie wirft wieder einen Blick auf die Uhr und dann ist es soweit. Ich muss Abschied nehmen.

„Ich muss nur leider echt los, Jonas. Auch wenn ich gerne noch hier mit dir sitzen würde."

„Schon klar. Kein Problem."

Ich sehe zu, wie sie Schal, Mütze und Jacke wieder anzieht. Natürlich drängt sich mir die Frage auf, ob es vielleicht das letzte Mal ist, dass ich sie sehe.

„War wirklich ein schöner Abend. Danke für die Cola und all das hier."

„Du bist doch bestimmt sonst Besseres gewöhnt."

Ich meine es nicht so, wie es vielleicht rüberkommt, ich habe nur einen Moment nicht nachgedacht. Dabei habe ich doch den ganzen Abend versucht, mir nicht anmerken zu lassen, dass ich Probleme habe. Probleme wegen dem Wort Prostituierte.

„Nicht immer."

Sie steht auf, ich tue es ihr gleich, bleibe direkt vor ihr stehen. Sie lächelt.

„Jonas Fuchs. Es war wirklich schön, dich kennengelernt zu haben."

Sie streckt sich etwas und küsst mich sanft auf die Wange. Ich will zum zweiten Mal an diesem Tag die Zeit anhalten. Zum zweiten Mal wegen ihr.

„Es war mir eine Freude, dich kennengelernt zu haben, Maya Schreiner."

Als sie mich wieder ansieht, will ich sie küssen. Ich muss sie einfach küssen. Alles in mir will sie küssen, umarmen und nie mehr loslassen. Ich bin verliebt wie ein verrückter Teenager. Schlimmer noch – sie hat keine Ahnung davon.

Adriana Popescu

Ich winke ihr durch die Scheibe ein letztes Mal zu und sehe ihr nach, bis sie auf der Rolltreppe der U-Bahnstation verschwunden ist, dann lasse ich mich auf den Stuhl vor mir fallen.

Dies war der bisher verrückteste Abend des Jahres und ich habe das Gefühl, noch immer Karussell zu fahren. Alles dreht sich irgendwie, und obwohl ich wirklich traurig bin, weil sie jetzt wieder weg ist, freue ich mich wie ein Schneekönig, weil sie eben noch hier war. Weil sie meine Wange geküsst hat, weil sie mich „Jonas Fuchs" genannt hat und sich freut, mich getroffen zu haben.

Bin ich eigentlich blöd, sie so einfach gehen zu lassen?

5 TAGE LIEBE

KEINE SO GUTE IDEE

Früher, damit meine ich so die 12. oder 13. Klasse in der Schule, da konnte ich in Bestzeit das Seil bis zur Hallendecke im Sportunterricht hochklettern. Da hat sogar mein Sportlehrer gesagt, ich wäre außerordentlich gut in Form und eine Sportskanone wie sie im Buche steht.

Nun, das liegt jetzt elf Jahre zurück, fühlt sich aber eher an wie einundzwanzig. Ich haste die Treppe nach unten und versuche, nicht zu stolpern, was mit feuchten Sohlen kein so leichtes Unterfangen ist. Aber ich erreiche die U-Bahn-Station, ohne mir einen Knochen zu brechen. Besser noch, ich habe mir auch keine Zerrung oder Bänderriss eingefangen. Motiviert durch diese Tatsache stürme ich weiter und sehe die Bahn in die Station einfahren. Die große Frage bleibt aber: von welchem Gleis fährt Maya? Und habe ich noch genug Zeit, um sie zu finden?

Meine Blicke sondieren die gesamte Station und schließlich entdecke ich sie wartend an einem Gleis. Ihre Mütze und die Locken verraten sie auch in einer Menschenmasse, also spurte ich los, was das Zeug hält. Angetrieben von der Stimme meines ehemaligen Sportlehrers im Ohr, fühle ich mich noch mal spontan wie achtzehn und ignoriere die fragenden Blicke der Menschen.

Die Bahn fährt ein, Maya sieht mich nicht, hört vermutlich auch nicht meinen verzweifelten Versuch, ihren Namen zu rufen, und steigt in die Bahn. Ich gehe im Kopf kurz alle Varianten durch:

Ich erreiche die Bahn nur knapp, die Tür schließt sich und ich winke einer verdutzten Maya zu. Oder aber ich stolpere, falle und breche mir mehrere Knochen, werde Maya nie wiedersehen und ein einsames Dasein im Krankenhaus fristen.

Oder aber ich sehe, wie jetzt, wie sich die Türen ihres Waggons schließen und springe in den Waggon davor. Ich habe es doch noch geschafft. Zwar schlittere ich die letzten Meter und muss mich recht unmännlich an einer Stange festhalten, um einen peinlichen Sturz zu vermeiden, aber ich habe das Ziel erreicht. Hier bin ich!

Durch die Scheiben, die unsere Waggons trennen, kann ich sie sehen. Einer der Momente, die ich sehr genieße. Aber so gerne ich sie einfach so beobachten würde, ich habe eine Mission.

Ihr Handy klingelt in der Jackentasche und sie braucht einen Moment, um es ins Freie zu wühlen.

„Maya, hallo?"

„Hi Maya. Ich bin es, Jonas, du erinnerst dich?"

Ein kleines Lächeln legt sich über ihre Lippen, sie streicht sich eine Strähne aus dem Gesicht, nickt und antwortet dann.

„Sicher. Der Mann mit Soße am Kinn."

„Richtig. Ich habe eine Frage."

Eine gut gewählte Zäsur vollbringt manchmal Wunder. Aber in diesem Fall sammle ich nur etwas Mut. Sie weiß

5 TAGE LIEBE

nicht, dass ich sie beobachten kann. Wenn ihr meine Frage nicht gefällt, werde ich es live an ihrer Reaktion sehen.

„Die wäre?"

Man sollte den Befragten aber auch nicht zu lange warten lassen. Ich schlucke kurz.

„Darf ich Samstag für dich kochen?"

Keine sichtbare Reaktion, keine hörbare Reaktion, nichts. Nur ein Blick, der durch die Scheibe nach draußen wandert. Dann wird das Lächeln etwas größer und sie lehnt sich in ihrem Sitz zurück.

„Kommt darauf an, was du kochen willst."

„Etwas Besonderes. Ich könnte dich abholen und wir gehen zusammen was einkaufen. Dann koche ich für dich."

„Ich wohne mit einer Freundin zusammen, wir haben eine kleine Küche."

Zwar belief sich der Plan tatsächlich auf Kochen bei ihr daheim, aber nun muss ich mir schnell etwas einfallen lassen.

„Ich habe eine große Küche. Und an meinem Tisch ist mehr als genug Platz für dich."

Da ist es wieder, dieses große und breite Lächeln, das mein Herz um einige Schläge höher und schneller schlagen lässt. Sie würde ja sagen, ich wusste es, bevor ich es hören konnte!

„Sehr gerne."

Ich lehne mich näher gegen die Scheibe und schlage mir dabei die Stirn an. Ein dumpfer Schmerz, den ich gerne hinnehme, weil ich sie so besser sehen kann. Eine feine Röte überzieht ihr Gesicht, ich hoffe es ist wegen meines Angebots.

„Du bist wunderschön, weißt du das?"

Adriana Popescu

Etwas Dümmeres will mir nicht einfallen. Vermutlich hat sie diesen Spruch schon unendlich oft gehört und langweilt sich alleine bei der Vorstellung, es noch einmal in ihrem Leben hören zu müssen. Aber es ist die Wahrheit. Als ich sie zum ersten Mal gesehen habe, dachte ich, sie wäre hübsch, aber auch nichts Besonderes. Aber mit jedem Lichtkegel, in dem ich sie dann mehr und mehr gesehen habe, wurde sie immer hübscher. Als sie dann für Patrick getanzt hat – eine Tatsache, die nach wie vor bei mir Magenkrämpfe auslöst – wurde mir klar, sie war mehr als nur hübsch. Sie war schön, sie war elegant in ihren Bewegungen, sie war alles, was ich wollte. Aber soweit konnte ich das noch für mich behalten. Allerdings wusste ich nicht, wie lange ich das Bedürfnis noch unterdrücken konnte, es laut aus meinen Lungen zu schreien.

„Sicher."

„Also, aus meiner Perspektive siehst du jedenfalls so aus."

Sie dreht den Kopf und versucht zu erkennen, wo ich sein kann. Sie ist nicht doof und schaltet schnell. Sie hat verstanden, was ich damit sagen wollte.

„Wo steckst du, Jonas?"

Sie sieht in die falsche Richtung. Ich lache, klopfe mit der flachen Hand fest gegen die Scheibe in der Hoffnung, dass sie mich hören oder sehen kann.

„Ach ... da steckst du."

Sie kommt auf mich zu, und obwohl uns zwei Scheiben trennen und die Bahn sich schnell bewegt, spüre ich ihre Nähe. Sofort reagiert mein Körper und mein Herz schlägt noch schneller.

„Was machst du denn hier?"

Eine wahrlich gute Frage, auf die ich wie so oft keine Antwort habe. Das Denken fällt mir jetzt ohnehin extrem

5 TAGE LIEBE

schwer, fieberhaft suche ich nach einer Erklärung, die plausibel genug klingen könnte und mich nicht wie einen durchgeknallten Stalker erscheinen lässt.

„Nun ja, also die Wahrheit ist, dass ich total dringend was erledigen musste ... und die Bahn durch eine geschickte Fügung des Schicksals in genau diese Richtung gefahren ist."

Sie grinst und lehnt sich an die Scheibe. Auch ich grinse. Es ist gelogen, dennoch hoffe ich, sie wird mir verzeihen.

„Nur Zufall, dass ich auch in die Richtung fahre, stimmt's?"

Sie ist mir wohl gesonnen. Ich nicke.

„Die Einladung zum Kochen steht natürlich trotzdem."

„Ach, die war auch ganz spontan, oder wie?"

„Sicher. So was plane ich doch nicht ... also gut, den Gedanken hatte ich schon etwas früher."

Um ehrlich zu sein, seitdem ich sie im Auto hatte. So lange überlege ich schon, was ich nur machen könnte, um sie ganz für mich alleine zu haben. Kochen, das ist ein einfaches Hobby, das ich nur noch sehr selten ausübe, aber für sie würde ich die Bücher von Jamie Oliver auswendig lernen.

„Die nächste Station ist meine, da muss ich raus."

Sie zeigt auf die Tür hinter sich, die sich jeden Moment öffnen wird.

„So ein Zufall, ich auch."

Sie weiß ganz genau, dass ich lüge. An ihrem Lächeln erkenne ich, sie kennt und mag diese Art Lügen. Ich werfe mich ihr nicht unangemessen an den Hals, auch wenn ich das gerne tun würde, aber ich lasse auch nicht locker. Ich hoffe einfach, sie mag diese Art Männer.

Adriana Popescu

Die Bahn fährt in die Station bei der Staatsgalerie ein, in der ich seit meiner Nachhilfe in der siebten Klasse nicht mehr war. Die Türen öffnen sich, als die Räder vollkommen zum Stillstand kommen. Wir legen auf und treten beide nach draußen. Sie betrachtet ausgiebig ihre Schuhe, ich versenke meine Hände in den Jackentaschen.

„Jonas ... das ist vielleicht alles keine so gute Idee."

Während sie das sagt und mein Herz stehen zu bleiben droht, kann sie ihren Blick nicht von ihren Schuhen zu meinem Gesicht heben. Ich bin enttäuscht, und mein Herz fühlt sich unendlich schwer an, aber ich zucke nur hilflos die Schultern.

„Und wieso nicht?"

Ich bin kein Idiot, ich kenne den naheliegenden Grund, aber will ihn als Ausrede nicht annehmen.

„Ich denke einfach, du bist ein sehr netter Kerl. Vielleicht einer der Nettesten, die ich dieses Jahr kennengelernt habe."

Könnte sie diesen Satz nicht einfach hier beenden?

„Aber ich denke, wir zwei, das ist keine gute Idee."

Wer auch immer sich in den Geschichtsbüchern der Welt verewigen wollte, als er das beschissene Wort „aber" erfunden und ihm diese beschissene Definition gegeben hat, möge doch bitte tot umfallen! Mir würden auch noch mehr Hasstiraden einfallen, vor allem wenn man denn bedenkt, dass besagte Person schon seit Ewigkeiten tot ist – aber ich brauche meine ganze Konzentration, um selbst nicht wie tot umzufallen.

Vielleicht liegt es am Alkohol oder an dem knoblauchlastigen Essen, oder einfach nur daran, dass ich so langsam verstanden habe, was sie gesagt hat.

„Okay. Klar."

5 Tage Liebe

Taumelnd schaffe ich es noch zu der Bank und lasse mich erschöpft fallen. Es war heute vielleicht doch alles etwas viel. Patrick, Maya, ich, viel Adrenalin. Solche Abende passieren sonst in Kurzfilmen, aber selten mir. Mein Leben ist eher eine Dokumentation der Marke „Wie man es nicht macht". Von daher bin ich es nicht gewöhnt, so einen ereignisreichen Abend zu erleben.

„Geht es dir nicht gut?"

Ihre Hände liegen auf meinen Oberschenkeln, während sie vor mir in die Hocke geht und mir endlich in die Augen schaut. Ich kann gar nicht so schlecht aussehen, wie ich mich jetzt gerade fühle, sonst wäre ich bestimmt schon verhaftet oder irgendwo eingeliefert worden.

„Ja, alles klar."

„Jonas, das tut mir leid. Ich hätte das nicht sagen sollen."

DAS umfasst in diesem Moment eine ganze Menge. DAS könnte eigentlich alles bedeuten. Den gesamten Abend, all ihre kleinen Geschichten, all das, was ich an ihr so unglaublich anziehend finde. Oder meinte sie nur DAS, was mir gerade das Herz zerfetzt?

„Ist schon okay."

Nicht umkippen, Fuchs! Nur nicht umkippen! Ich reiße mich zusammen, kralle mich an der Bank fest und merke, wie meine Beine schon jetzt schmerzen. Morgen werde ich mit einem Muskelkater aus der Hölle wieder aufwachen. Sport zählt nicht mehr zwingend zu meinen Hauptbeschäftigungen.

„Ich finde dich unglaublich süß, und der Abend mit dir hat mir wahnsinnig viel Spaß gemacht."

Zum ersten Mal sagt sie so etwas zu mir, doch genießen will ich es unter keinen Umständen, weiß ich doch genau, welches beschissene Wort den nächsten Satz beginnen wird. Möge das Wort „aber" doch bitte aus ihrem Wortschatz entfernt werden. Mit sofortiger Wirkung!

„Du bist so anders. Und auch mein Job hat dich nicht abgeschreckt. Das finde ich schön."

Sie streicht über meine Jeans und plötzlich wird mir warm. Bisher war mir nur kalt. Jetzt ist es warm. Ich schlucke. Wasser wäre toll. Wo zum Henker bleibt das „aber"...

„Steht das Angebot von Samstag noch?"

Wie viele Muskeln braucht der Mensch, um mit dem Kopf zu nicken? Ich werde es zu Hause sofort nachschlagen, denn sie werden soeben zu meinen absoluten Lieblingsmuskeln. Ich bin sicher, sie werden in der menschlichen Anatomie gnadenlos unterschätzt.

Sie strahlt. Ihr Gesicht ist so nah an mir dran, ich könnte sie küssen, wenn ich die Kraft dazu hätte.

„Maya?"

Aber eine Stimme hinter uns ruiniert die Romantik des Moments. Maya dreht sich um und winkt einem kleinen schwarzhaarigen Mädchen zu.

„Jessie, ich bin hier."

Sobald Maya ihre Hände von meinen Oberschenkeln zurückzieht, vermisse ich ihre Berührung sofort. Woher kommen all diese Klischees plötzlich? Wieso verstehe ich all das erst jetzt, was Patrick mir damals in unserer Schulzeit über Melanie gesagt hat? Er hatte sie damals gesehen und gewusst: sie war es. Er hatte gekämpft, wurde ausgelacht – sogar und vor allem von mir – und hat uns doch alle eines Besseren belehrt. Bald würde sie seine Ehefrau sein. Mehr Triumph konnte man nicht erreichen.

Vielleicht sind meine Beweggründe erst mal nicht ganz so heldenhaft. Ich sehe mich nicht mit Maya auf einem

5 TAGE LIEBE

Pferd durch die Brandung in Neu-England in den Sonnenuntergang reiten, während sie ein strahlend weißes Hochzeitkleid trägt (wobei ich mich an das Szenario gewöhnen könnte). Im Moment wünsche ich sie mir in mein Bett, vorzugsweise nackt, mit verstrubbelten Haaren und einem verschlafenen aber glücklichen Ausdruck auf ihrem Gesicht. Nein, ich denke nicht an Sex. Ich wünsche mir nur so sehr, neben ihr aufwachen zu dürfen. Dann würde ich ihr eine Locke aus dem Gesicht streichen, ihre Wange mit einem Finger abfahren und sie anlächeln, ihr das Frühstück ans Bett bringen – und sogar noch die Zeitung aus dem Briefkasten meines Nachbarn klauen und ihr den Kulturteil vorlesen, während sie Kaffee trinkt und mir den Bauch streichelt.

Solche Bilder haben sich noch nie in meinem Kopf abgespielt, wenn man eine kurze Phase extremer Verliebtheit in Jennifer Garner aus „*Alias* – die Agentin" einmal ausnimmt. Ich bin zufrieden mit meiner Einsamkeit am Morgen. Ich rede nicht viel, ich esse kaum etwas und schlecht gelaunt bin ich auch. Aber Maya? Sie würde sich so unendlich gut in meinem Bett machen.

„Jonas? Das ist Jessie."

Ich bin wieder in der Realität und spüre noch mein dümmliches Lächeln, das von meiner Fantasievorstellung übrig geblieben ist.

„Hi, Jessie."

Ich reiche ihr die Hand, fühle mich wieder etwas sicherer auf meinen Beinen und schaffe es sogar, aufzustehen. Jessie ist winzig. Bestimmt nicht mal 1,60 groß. Ihre großen Augen mustern mich genau, dabei wirkt sie streng. Ich habe wieder das Gefühl, in Chemie an der Tafel zu stehen und die Formel nicht zu kennen.

Adriana Popescu

„Musst du noch arbeiten?"

Sie spricht mit Maya, als wäre ich nicht anwesend. Maya verneint und stellt mich als einen Freund vor. Ich bin ein Freund. Kein Freier. Kein Fremder. Ich bin ein Freund!

„Und kommt der jetzt noch mit zu mir, oder wie?"

Jessie klingt eher genervt als erfreut, mich kennengelernt zu haben. Ich will hier nicht stören, tue es aber. Ich sollte wirklich gehen, vor allem jetzt, da ich die Zusage für Samstag habe.

„Nein, wir haben uns nur zufällig getroffen."

Dabei wirft Maya mir einen geheimnisvollen Blick zu, und ich nicke. Tatsächlich habe ich auch meine Sprache wiedergefunden.

„Richtig. Ich muss auch wieder los. Wir sehen uns ja Samstag."

„Okay, rufst du noch mal an? Uhrzeit und so?"

Ich verspreche, mich morgen bei ihr zu melden, auch wenn alle Ratgeber der Welt sagen, man solle etwas länger warten mit dem Anruf. Ich würde sie ja am liebsten jetzt sofort anrufen.

Jessie schüttelt meine Hand, Maya küsst meine Wange, ich ihre. Dabei drückt sie meine Seite kurz, und ich bin froh, in den letzten drei Monaten zumindest zwei Mal im Fitness-Studio gewesen zu sein, auch wenn ich bis Samstag nur einen lächerlich kurzen Zeitraum zur Verfügung habe, um mich in Topform zu bringen.

Ich steige in die nächste U-Bahn mit Destination egal wohin und winke Maya zu, während ich aus dem Bahnhof geschaukelt werde.

Was für ein Abend! Was für ein Abend, Fuchs! Mit geschlossenen Augen genieße ich noch einmal still die Highlights und kann das Lächeln nicht mehr abstellen.

5 TAGE LIEBE

TRAUZEUGE

„Als Patrick mir vor unzähligen Jahren erzählte, er wäre verliebt und würde genau diese Frau zum Altar führen, glaubte ich ihm kein Wort. Wohlgemerkt, Melanie wusste damals vermutlich nicht mal, dass Patrick existierte."

Ich klammere mich so fest an mein Sektglas, dass ich Angst habe, es könnte in meiner Hand zerbrechen. Die Hochzeitsgesellschaft ist größer, als ich es angenommen habe, und die Stimmung ist gelöst und gut. Meine Rede ist nur eine von vielen, aber die Erwartungen sind natürlich etwas größer.

Patrick sitzt neben Melanie, er trägt einen dunkelblauen Anzug mit Fliege und hat sich größte Mühe gegeben, seinen Haaren zumindest den Schein einer Frisur zu verleihen. Melanie trägt ein weißes Kleid, und auch wenn ihr niemand die Unschuld abnehmen will, gebe ich gerne zu, dass sie hinreißend aussieht.

Beide lächeln mich an und halten sich dabei an den Händen. Ich habe die Rede nur so zur Sicherheit aufgeschrieben, aber der Zettel steckt in der Innentasche meines Jacketts. Jetzt wage ich wage es nicht, das Glas loszulassen. Im Moment ist es alles, was mir Halt gibt.

Adriana Popescu

„Aber er hatte es sich damals zur Schulzeit in den Kopf gesetzt. Mich würde es wirklich interessieren, wer damals alles seinen Hintern gegen ihn verwettet hat!"

Gelächter, und das an der richtigen Stelle der Rede. Ich entspanne mich ein wenig. Patrick sieht mich an, wie nur beste Freunde sich ansehen können. Wir haben gemeinsame Erinnerungen, die niemand hier in diesem Saal oder dieser Stadt jemals teilen wird. Selbst wenn wir ihnen von unseren verrückten Zeiten erzählten, sie würden es trotzdem nicht verstehen.

Ich sehe, dass er auch so denkt. Heute wird sich etwas in unserem Leben verändern, und das unwiderruflich. Er ist jetzt Ehemann. Damit hat er Verpflichtungen angenommen, auf die er seit der Schule gewartet hat. Ich kenne ihn gut. Ich kenne ihn sehr gut und ich weiß, er ist bereit dafür und wird ein liebender Ehemann, weil ich weiß, wie sehr er Melanie liebt.

„Bevor ich die Gäste eurer Hochzeit ins Koma langweile, erzähle ich nur eine kurze Geschichte, die vielleicht verdeutlicht, wie sehr du Melanie schon immer geliebt hast."

Ich wende meinen Blick zurück zu den Gästen, zu seinen Eltern, die ich wie liebe wie meine eigenen – und zu ihren Eltern, die einen glücklichen Eindruck machen.

„Es war 1996 oder so was. Ich bin mir nicht mehr sicher. Patrick und ich sind auf das Dach eines Hochhauses in Stuttgart-Freiberg geklettert. Wir sind mit dem Fahrstuhl bis nach ganz oben gefahren und dann über eine kleine Feuerleiter aufs Dach. Er hatte mich am Morgen abgeholt und gesagt, es sei der Tag, da wollte er der ganzen Stadt sagen, dass er Melanie Wächter über alles liebt."

Patrick hält Melanies Hand fest, und sie sieht ihn überrascht von der Seite an. Sie hatte von dieser Geschichte

5 TAGE LIEBE

keine Ahnung, weil sie eben eine der besagten Erinnerungen von zwei besten Freunden ist.

„Wir standen also auf diesem Dach, es war so windig und mir war kalt. Aber Patrick wollte seine Mission unbedingt durchziehen, denn es war genau auf den Tag ein Jahr her, dass er sich in Meli verliebt hatte. Da stand er nun mit ausgebreiteten Armen und schrie dem Wind trotzig entgegen, dass er Melanie Wächter liebe und sie heiraten würde."

Melanie sieht Patrick mit offenem Mund an, und dieser zuckt nur die Achseln. Er hat es damals getan und heute ist er am Ziel all seiner Träume. Ein kleiner, ein winziger Teil meines Herzen beneidet ihn. Weil er hat, was er wollte – und weil er glücklich ist dabei. Er hat sein Ziel nie aus den Augen verloren und es wirklich bekommen.

„Auf Patrick und Melanie."

Ich erhebe mein Glas und alle gerührten Anwesenden im Saal tun es mir gleich. Endlich kann ich mich wieder setzen und stürze den Sekt in einem Zug hinunter. Ich habe es überstanden. Puh!

Das Schlimme an dieser Rede war nicht etwa die Tatsache, dass ich sie halten musste, und das vor einem Saal voller Menschen, von denen ich nur die Hälfte kannte. Das Schlimme war, dass ich nicht an Maya denken durfte. Es hätte mich komplett und völlig aus der Bahn geworfen, das durfte in diesem Moment nicht passieren.

Seit ich sie an der Bahn verabschiedet hatte, konnte ich an kaum etwas anderes mehr denken. Das sind Situationen, mit denen ich nicht besonders gut klarkomme, weil ich sie nicht gewöhnt bin und nicht darauf vorbereitet wurde. Weder in der Schule noch daheim von meinen Eltern. Wo gibt es das praktische Ratgeberbuch „In eine

Prostituierte verliebt für Dummies" zu kaufen? Ich habe mir sogar gestern Abend „Pretty Woman" angeschaut. Aber etwas wirklich Nützliches habe ich nicht gelernt. Wie auch? Ich kann ihr schlecht ein Hotel als Luxusherberge bieten. Oder grau meliertes Haupthaar.

Aber ich habe einen Plan, und wenn ich zu Patrick sehe, dann versuche ich mir etwas von ihm abzuschauen.

Das Grausamste an meiner jetzigen Situation ist das Kopfkino. Arbeitet sie heute? Oder ist sie nur bei Jessie und sie verbringen einen netten Abend zusammen? Wenn sie „arbeitet", dann als Tänzerin oder doch als ... ich kann das Wort gar nicht mehr aussprechen.

Die Vorstellung, ein anderer Mann ist jetzt gerade bei ihr und berührt sie so wie Patrick vor ein paar Tagen – das macht mich rasend. Mir wird schlecht und ich habe das Buffet noch komplett vor mir. Schon vor meiner Rede habe ich mir die Häppchen genau angesehen und einen Plan überlegt, wie ich sie auf meinen Teller ergattern soll, aber jetzt lasse ich mich von der Schlange einfach weiterschieben, vorbei an den Häppchen, die ich mir ausgeguckt hatte.

„Tolle Rede. Ehrlich. Danke."

Patrick drückt sich neben mich in die Schlange und niemand beschwert sich. Immerhin ist er der Bräutigam, er darf alles.

„So was hatte ich nicht erwartet."

Er hatte also Unsinn erwartet. Wenn ich ehrlich bin, ich auch. Die Rede in meiner Jackentasche weicht auch gehörig von meinem vorgetragenen Wort ab, aber das muss ich jetzt nicht sagen.

„Du warst so schnell weg ..."

Es ist weder eine Frage noch eine Feststellung. Patrick beobachtet mich und ich nehme, nur zur Überbrückung, ein paar Teigtaschen auf meinen Teller. Um genau die

5 TAGE LIEBE

wollte ich mich beim Buffet eigentlich drücken. Die Anzahl an Teigtaschen deutet darauf hin, dass so ziemlich alle dieses Vorhaben hatten.

„Ja, ich war müde und musste das Mädchen noch heimfahren."

Ich nenne sie absichtlich „das Mädchen", weil ich Lucy nicht über die Lippen bringe und Maya nicht sagen darf. Es würde verraten, dass sie ein echtes Leben hat, in dem ich sie zum Essen einladen darf, weitab von ihrem Leben als Lucy.

Patrick beobachtet jede meiner Bewegungen und mustert mich kritisch. Er kennt mich zu gut, und deswegen versuche ich, das Gespräch auf etwas anderes zu lenken.

„Übrigens, Melanie sieht wirklich wunderschön aus. Hut ab."

Ich grinse ihn an, aber er hat mich durchschaut.

„Wieso bist du nicht zurückgekommen?"

Ich muss Zeit gewinnen, und so deute ich auf eine Platte mit Shrimps-Häppchen hinter ihm.

„Könntest du mir zwei von denen reichen, bitte?"

Ich bin allergisch auf Meerestiere, aber im Moment ist mir alles recht, um mich nicht den quälenden Fragen meines besten Freundes stellen zu müssen.

„Jonas. Wenn ich dir die Häppchen gebe, schwillt dein Gesicht an und du kotzt mir den Tisch voll."

„Ach stimmt ja, habe ich ganz vergessen."

Ob er den Schweiß auf meiner Stirn sehen kann? Wie wischt man sich den am unauffälligsten weg?

„Die Party war gut, aber sie wäre besser gewesen, wenn du auch da gewesen wärst. So als bester Freund."

Sein Blick ist bohrend. Selbst wenn mir jetzt eine gute Ausrede einfallen mag, sie wird ihn nicht täuschen, also könnte ich ihm auch genauso gut die Wahrheit sagen, aber das würde bedeuten, ich müsste es aussprechen. Mir selbst die Wahrheit eingestehen. Dabei weiß ich doch noch gar nicht, wo ich stehe oder was ich mache.

„Hat es was mit der Stripperin zu tun?"

Sofort zucke ich zusammen. Nicht nur, weil er natürlich recht hat, sondern weil mir das Wort nicht gefällt. Nicht als Beschreibung für Maya. Wieder drängen sich Bilder in meinen Kopf. Wo ist sie jetzt? Wieso kann sie nicht an mich denken? Würde sie überhaupt an mich denken?

Bei unserer letzten und einzigen Begegnung wollte sie mich zuerst nicht wiedersehen. Dann vielleicht doch. Dann hat Jessie irgendwie die Stimmung ruiniert, und jetzt hoffe ich einfach, sie lässt sich wie abgemacht von mir bekochen und findet keine Ausrede für eine Absage. Mit diesem Gedanken beschäftige ich mich die ganze Zeit. Ich starre auf mein Handy und warte auf ein Klingeln oder das Piepsen, welches das Eingehen einer Kurznachricht ankündigt. Sicher sagt sie ab.

Ich habe so manchen Korb in meinem Leben erhalten und auch verteilt. Aber irgendwie würde mich eine Absage von Maya wirklich treffen.

„Jonas?"

Ach richtig. Die Hochzeit meines besten Freundes.

„Sorry. War kurz in Gedanken."

Er legt mir die Hand auf die Schulter und grinst breit.

„Du bist verliebt."

„Quatsch!"

Vielleicht kommt mein Einwand etwas zu schnell und zu trotzig. Ich klinge ganz, als wäre ich noch mal fünfzehn Jahre jung. Und um ehrlich zu sein, ich fühle mich auch so.

„Doch, doch."

5 TAGE LIEBE

Er packt meinen Arm, zieht mich aus der Schlange am Buffet zur Seite und sieht mich an.

„Du bist mein bester Freund, deswegen sage ich es dir im Guten ... du bist verliebt."

Noch immer will ich mich gegen diese verrückte Tatsache wehren, weiß aber schon, als ich Luft zu einer Widerrede hole, dass ich keine Argumente habe. Daher belasse ich es bei einem schweren Ausatmen.

„Ich habe gesehen, wie du sie angesehen hast. Als sie für mich getanzt hat."

Patrick verschränkt die Arme vor der Brust und ich meine, ein kurzes Lächeln auf seinem Gesicht zu sehen. Liegt es an der Erinnerung an den Abend? An den Tanz?

„Ich kenne das. Ich habe heute Meli geheiratet. Wir beide wissen, wie es angefangen hat. Ein Blick, das Gefühl zu wissen, sie ist die Richtige. Aber Meli tanzt nicht nackt vor anderen Kerlen."

Wenn Patrick nur wüsste, was Maya wirklich macht, er würde mir vermutlich den Kopf in die Toilette halten, damit ich wieder klar denken kann. Vermutlich hätte er damit auch recht. Aber wenn mich jemand versteht, dann muss es doch Patrick sein.

„Ich habe Jahre gebraucht, um sie zu überzeugen."

„Ich weiß. Ich war bei jedem Meter dabei. Verdammt, ich fühle mich, als hätte ich sie heute auch ein bisschen geheiratet."

Er lacht, ich werfe einen kurzen Blick zu Melanie.

„Hör zu, Jonas. Wenn du sie wirklich haben willst, dann streng dich an. Aber so was passiert nicht in einer Woche. So was dauert."

Ich will ihm sagen, dass ich sowieso nur fünf Tage Zeit habe, beiße mir aber auf die Zunge und nicke. Er legt mir seine Hände auf die Schultern und sieht mich ernst an.

„Es lohnt sich manchmal."

Er lässt den zweiten Teil des Satzes weg. Manchmal lohnt es sich nämlich eben nicht. Zum Beispiel hat Alyssa Milano nicht einen meiner zahlreichen Fanbriefe beantwortet. Mir könnte mit Maya das Gleiche passieren, ich weiß es. Das weiß ich genau. Aber ich schiebe diese Option erfolgreich in so weite Ferne, dass ich sie nicht mehr sehen kann und als „unmöglich" abtue. Aber natürlich stehen die Chancen für genau dieses Ende sehr gut. Patrick hat mir ein Happy End vorgemacht. Es ist also doch möglich.

„Lass dir nur nicht wehtun. Du bist nämlich schon verliebt."

Damit lässt er mich doch tatsächlich stehen. Mich und meine Teigtaschen, die ich nicht einmal essen möchte. Was erlaubt er sich eigentlich? Ich werde doch wohl besser als jeder andere wissen, ob ich verliebt bin oder nicht! Doch bevor ich Patrick vom Gegenteil überzeugen kann, wird er von einer Traube Gratulanten verschluckt, die alle begeistert sind von diesem Tag, und ich sehe nur, wie Melanie seine Hand nimmt und ihn zur Tanzfläche führt. Obwohl alle beim Essen sind und die Musik nur leise im Hintergrund läuft, scheinen die beiden auf einem ganz eigenen Planeten zu sein, vermutlich ist es die Venus. Wir alle spielen hier auf der Erde keine Rolle mehr, es gibt nur noch sie beide und diesen Tanz.

Mir ist der Appetit ohnehin vergangen, also stelle ich meinen Teller ab und beobachte die beiden von meinem Platz am Tisch aus. Das ist Liebe. Zu meiner Bewunderung mischt sich wieder etwas Neid. Ich muss an Maya denken. Schon wieder ...

5 TAGE LIEBE

MAILBOX-TERROR

Maya findet die Idee eines Treffens in der Stadt super, weil sie vorher sowieso unterwegs ist. Ich muss noch einkaufen, will vorher aber wissen, was sie isst und was nicht. Nichts ist schlimmer, als Fisch zu kochen um dann zu erfahren, dass ihr speiübel wird, wenn sie ein solches Schuppentier auch nur sieht. Damit wären alle meine romantischen Ambitionen dahin.

Ich soll sie um 17 Uhr in der Stadt treffen, und zwar genau an der Stelle, wo der Weg aus der S-Bahn Station vom Hauptbahnhof auf die Königstraße führt. Ich werde sie an ihrer Mütze erkennen.

Nun stehe ich vor meinem Schrank und fühle mich wie ein verzogener kleiner Bengel. Mein Schrank ist voll und bisher hatte ich keinen Grund, mich über mangelnde Auswahl zu beschweren; aber jetzt finde ich alles, was ich anprobiere, schrecklich aufgesetzt. Ich kann mit den metrosexuellen Möchtegern-Machos nicht mithalten. Weder habe ich rosa Ed Hardy-Shirts noch Polohemden, deren Kragen ich hochklappen kann. Für gewöhnlich trage ich Jeans, ein T-Shirt oder wahlweise einen Pullover. Ich greife in ein Fach und bin zufrieden.

Heute ist es anders. Ich stehe vor dem Schrank, betrachte mich in jeder denkbaren Kombination und lasse mich schließlich entnervt aufs Bett fallen. Was ist los mit mir? Mein Herz pocht wild gegen meine Brust. Es fühlt sich an wie beim Halbfinale gegen Italien während der WM in Deutschland 2006. Es ist das entscheidende Spiel, ich muss einfach gut aussehen, eloquent daherreden und charmant sein, sonst stehen die Chancen für ein Finale mit Maya schlecht. Richtig schlecht. Unter Druck bin ich besser. Ich habe fast die ganze Schulzeit nach dem Motto „Ich habe ein Motivationsproblem, bis ich ein Zeitproblem habe!" gelebt. Jetzt spüre ich diesen Druck auf meinen Schultern und weiß genau, ich muss ihn loswerden. Niemals werde ich auch nur die erste Hürde des Anziehens überstehen, wenn ich mich jetzt schon so nervös mache, dass ein Goldfisch locker in meiner Hand überleben könnte.

Durchatmen, Fuchs. Du packst das! Nur nicht durchdrehen!!! Du musst nur eine Kleinigkeit für sie kochen, ein Weinchen trinken und dann reden. Mehr willst du doch gar nicht.

Ich betrachte mein Gesicht im Spiegel. Ich hätte mich unter der Dusche etwas besser rasieren können, das gebe ich zu. Aber dafür ist es jetzt zu spät. Manche Frauen finden einen leichten Bart ja ganz anziehend. Es ist jetzt ohnehin zu spät. Ich habe meine Haare zu einer ansehnlichen Frisur gekämmt und hoffe, einen besseren Eindruck zu hinterlassen als ich befürchte.

Da die Zeit knapp ist, entscheide ich mich für Jeans, die ich wie immer etwas zu tief trage, Turnschuhe und ein blaues T-Shirt über einem grauen Langarmshirt. Ich weiß, ich hätte mir mehr Mühe geben sollen, aber nun ist es zu spät und meine Kreativität ausgereizt. Ich werde sie ohnehin mit etwas anderem beeindrucken müssen als meinem Aussehen.

5 Tage Liebe

Ich lasse mich von der S-Bahn in die Stadt schaukeln und überlege, ob es eine gute Idee war, die Mütze zu tragen. Wenn ich sie später abziehe, sollte ich auf jeden Fall einen Moment haben, um meine Haare zu richten.

Ich habe extra viel Geld abgehoben, weil ich das Risiko nicht eingehen will, etwas besonders Gutes und Schmackhaftes zu sehen und es mir dann nicht leisten zu können.

Während ich nur noch zwei Stationen vor mir habe und mein Herz unaufhörlich schneller schlägt, gehe ich im Geist noch einmal meine Wohnung durch.

Als Single legt man für gewöhnlich nicht wahnsinnig viel Wert auf die Ausrottung von Wollmäusen und Staubkrümeln, die sich zu einer stetig wachsenden Bevölkerung des Fußbodens ausgebreitet haben. Schlimmer ist es noch, wenn man beim Nachbarn klingeln muss, um einen Staubsauger zu ergattern, weil der eigene vor einer Ewigkeit in den Streik getreten ist. Eine gründliche Reinigung aller Ecken ist mir nicht gelungen, aber als ich die Wohnung vor ein paar Minuten verlassen habe, hatte ich den Eindruck, man könnte mir Ordentlichkeit nachsagen. Allerdings auch nur, solange ich die Schranktüren nicht öffnen muss. Worauf ich jedoch stolz bin ist das Badezimmer. Für gewöhnlich halte ich mich dort nur kurz auf. Schnell duschen, Zähne putzen und raus. Aber da Damen ja immer ein kritisches Auge auf die sanitären Anlagen werfen, habe ich mir dieses Zeug besorgt, das alle Keime und Bakterien eliminiert und hoffe, so übersteht mein Kachelzimmer ihre genaue Inspektion.

Die Küche ist bei mir tatsächlich immer aufgeräumt, da bin ich mindestens so spießig wie meine Eltern. Hier sollte der Hygieneanspruch eher Champions League als Regionalliga sein, wie im Rest der Wohnung.

Adriana Popescu

„Nächster Halt Hauptbahnhof. Ausstieg in Fahrtrichtung links."

So manches Mal hat genau diese Ansage mich im richtigen Moment daran erinnert, dass ich ja ein Ziel habe und nicht einfach nur Bahn fahre. Ich bin wohl doch ein Träumer geworden, wie meine Oma immer prognostiziert hat. Zwar tue ich inzwischen alles, um genau das nicht mehr zu sein, aber wenn ich einmal anfange, meinen Gedanken nachzuhängen, dann kann ich leicht mal eine Haltestelle verpassen.

Fast alle aus meinem Waggon wollen hier raus, ich mische mich unter die Passanten und lasse mich vom Strom der Massen mitziehen.

Der Frühling steht in den Startlöchern, das sieht man der Natur nur zu deutlich an. Nach einem sehr langen und strengen Winter scheinen alle Bäume und Büsche nur auf den Temperaturanstieg zu warten. Auch den Passanten scheint es nicht anders zu gehen. Sie haben die Winterjacken gegen leichten Jeansstoff ausgetauscht und stellen gerade fest, so wie ich übrigens auch, dass es vielleicht zu gewagt war.

Manchmal, wenn das Wetter langsam wärmer wird, gönne ich mir gerne einen Kaffee in der Stadt und beobachte die Menschen, die es ins Freie zieht, die genug von der grauen Wetterperiode haben. Dann denke ich mir zu den Passanten Geschichten aus, bewundere alte Paare, die noch immer Hand in Hand Nähe suchend die Königstraße entlangschlendern.

Ich bin zu früh da, das weiß ich, aber es gehört zu meinem Plan. Ich besorge noch schnell zwei Kaffees in meinem Lieblingscafé und packe genug Zucker und Milchdöschen in die Jackentasche, damit ich auf jeden Geschmackswunsch vorbereitet bin. Jetzt warte ich. Wenn

5 TAGE LIEBE

es etwas gibt, das ich noch weniger beherrsche als tanzen, dann ist es warten. Ich bin dafür aber umso besser darin, andere Menschen warten zu lassen. Das ist nicht mal böse gemeint, ich bin nur nicht besonders pünktlich. Selbst wenn ich mir vornehme, pünktlich zu sein, kann ich mit Garantie sagen, es wird so um die zehn Minuten später. Einfach nur, weil ich so gerne trödle. Mir fallen beim Verlassen des Hauses noch Dinge ein, die ich erledigen muss. Und bevor ich mich versehe, erreicht mich schon die erste Nachricht auf meinem Handy, wo ich denn bleibe.

Ich habe das Handy heute in meiner Gesäßtasche. Nur dort spüre ich die Vibration, wenn mich jemand anruft. Auf keinen Fall will ich das Risiko eingehen, einen eingehenden Anruf von Maya zu verpassen. In der unendlichen Tiefe meiner Jackentasche wäre die Chance für dieses Horrorszenario allerdings gut denkbar.

Ich warte also. Wenn man wartet, dann sind fünf Minuten nie gleich fünf Minuten. Gefühlte Zeit dehnt und rafft sich immer etwas unfair, wenn man mich fragt.

Dazu zwei Beispiele:

Wenn man achtzig Minuten darauf wartet, dass der VfB Stuttgart doch noch das Ausgleichstor gegen Barcelona in der Champions League schießt, dann fühlt es sich an wie acht Minuten.

Wenn man aber darauf wartet, dass die heimliche Liebe mit der grauen Mütze um die Ecke kommt, dann werden aus quälenden fünf Minuten gefühlte fünf Stunden!

Der Zeiger meiner Uhr will sich nicht wirklich nach vorne bewegen und so tue ich es stattdessen. Ich schlendere die Straße ein bisschen hoch, dann wieder zurück. Spiele mit dem Gedanken, mir einen Crêpe zu gönnen und entscheide mich dagegen. Es ist jetzt fast viertel nach fünf.

Adriana Popescu

So langsam werde ich das Gefühl nicht los, dass ich vielleicht einen kapitalen Fehler gemacht habe.

Nach unserem letzten Gespräch am Telefon hatte ich mich in Sicherheit gefühlt und alle Vorbereitungen für ein perfektes Date geschaffen. Aber sah Maya das wirklich auch so? Ich hatte sie bei der Arbeit gestört, zumindest hatte es sich so angehört. Im Hintergrund waren Damenstimmen zu hören, die wild kichernd gesprochen hatten. Sie hatte geflüstert und klang etwas in Eile. Vielleicht hatte sie sich den Termin gar nicht merken können.

Meine Finger sind kalt und die Wärme des ehemals warmen Kaffeebechers reicht nicht mehr aus, um mich zu wärmen. Sie wird nicht kommen. Es dämmert mir endlich. Das Horrorszenario meiner Alpträume ist eingetreten. Sie wird nicht kommen und ich habe es eigentlich schon die ganze Zeit gewusst.

Auf eine der runden Bänke, die um die Bäume gebaut sind, setze ich mich schließlich und nehme das ganze Ausmaß meiner Kapitulation stumm hin. Ja, ich gebe auf. Es war alles doch auf genau diesen Moment zugeschnitten. Ich Vollhorst entwickele Gefühle für sie, gegen die ich mich noch immer wehre – und sie sieht in mir nur einen weiteren Fan.

Im Aufgeben bin ich übrigens bestimmt Rekordhalter. Da könnte ich auch einen Michael Phelps abhängen, wenn es um Auszeichnungen geht. Eine Niederlage? Ich stecke sie weg, beziehungsweise ein, und laufe weiter. Nur dass ich jetzt sitze.

Mit halb erfrorenen Fingern wühle ich das Handy von meinem Hintern weg und wähle die Nummer, die ich gestern Nacht auswendig gelernt habe. Atmen nicht vergessen.

Es klingelt.

5 TAGE LIEBE

Ich atme.
Es klingelt wieder.
Ich atme weiter.

„Hey Leute, ich bin gerade unterwegs und kann nicht ans Handy. Hinterlasst mir doch eine Nachricht."

Das Piepsen, mit dem ich nicht gerechnet habe. Ich komme mir vor wie bei „Wer wird Millionär?" als Telefonjoker. Dreißig Sekunden Zeit, um die Frage zu hören, die Antwort zu erkennen und zu nennen. Dreißig Sekunden. Das Piepsen hat unwiderruflich den Startschuss gegeben und ich habe nicht mal einen Augenblick, um mir einen gut gewählten Text aus den Fingern oder einem anderen Körperteil meiner Wahl zu ziehen.

„Ja. Hi. Ähm. Ich bin's, Jonas. Ich warte hier, wie abgemacht, aber du bist nicht da. Vermutlich kam dir was dazwischen. Oder du hast das Treffen gar nicht ernst genommen. Was ich für wahrscheinlicher halte. Eigentlich wundert es mich auch nicht. Ich meine, im Ernst, wieso solltest du dich mit mir treffen wollen. Irgendwie albern. Ich hatte auf jeden Fall einen Kaffee für dich organisiert. Aber ich weiß ja gar nicht ..."

Mein Gestammel wird einfach beendet. Ich habe die Zeit der Mailbox wohl überzogen. Ich sage ja, ich wäre ein beschissener Telefonjoker. Hoffentlich wird mich Günther Jauch niemals anrufen!

Aber mit dem Unsinn, den ich gerade auf ihre Mailbox gesprochen habe, habe ich den Titel des Vollidioten der Saison mit Bravour gewonnen. So kann und will ich es nicht stehen lassen. Erneut wähle ich ihre Nummer. Gleicher Ansagetext.

„Also, egal, was ich eben gesagt habe, ich wollte nur sagen, ich weiß nicht, wie du deinen Kaffee trinkst, und ich hätte das echt gern in Erfahrung gebracht. Das und noch so viel mehr. Ich hätte dich einfach gerne kennengelernt, weil ich denke, du bist ein ganz wunderbarer Mensch. Also, pass auf dich auf. Ich werde dich jetzt nicht mit noch mehr Nachrichten ..."

Wieder werde ich unterbrochen und fluche laut vor mich hin. Die ältere Dame neben mir sieht mich etwas verwundert an und gerne würde ich ihr erklären, wieso ich mich so aufrege. Aber ich trage weder eine Schachtel Pralinen noch die passenden Forrest Gump-Turnschuhe. Ich zucke entschuldigend die Achseln.

Und wähle ihre Nummer erneut.

„Also jetzt wirklich zum letzten Mal. Ich werde dich nicht mehr anrufen!"

Schnell lege ich auf und spüre den kurzen Triumph, endlich zum Ende gekommen zu sein. Ich habe ihr zwar nicht alles gesagt, was in meinem Kopf rumtanzt wie Festival-Besucher auf der Fusion, aber zumindest ein bisschen etwas.

Die Kaffeebecher schütte ich in den Mülleimer und behalte den Zuckervorrat in meiner Tasche. Die Rolltreppe, die zurück zum S-Bahnhof führt, ist eher ein Rollband wie an Flughäfen. Wenn ich mit Patrick unterwegs bin, dann stellen wir hier oft eine Surfgeste nach, weil wir denken, es wäre unendlich cool oder lustig. Eigentlich ist es nur albern, aber ich würde jetzt so gerne genau diese Geste machen.

„Jonas!"

Ich kenne diese Stimme. Sie erreicht mich vielleicht über meine Ohren, aber sie trifft genau mein Herz. Ich drehe mich um und sehe Maya auf dem anderen Rollband, das sie nach oben transportieren soll, aber sie läuft gegen

5 TAGE LIEBE

die Fahrtrichtung, was ich ihr auf meinem Band nachmache.

„Maya ... was ..."

„Tut mir leid, ich war noch im Waschsalon."

Sie zeigt mir eine große Sporttasche, während sie weiter gegen die Laufrichtung marschiert. Ich schiebe mich an anderen Passanten vorbei, versuche auf der gleichen Höhe wie sie zu bleiben.

„Aha ..."

Die Freude will sich einen Weg nach oben kämpfen. Ich bin überrascht und platt, strahle wie ein glühender Stern kurz vor der Explosion und schaue sie einfach nur an.

„Tut mir leid. Wolltest du gehen?"

Genervte Leute rempeln gegen meine Schulter, schieben mich grob gegen die Bande, einer versucht sogar, mich zurück in die vorgesehene Fahrtrichtung zu schieben, aber ich wehre mich erfolgreich.

„Nein. Nein. Ich wollte dich ... doch, ja."

„Ich mache es wieder gut. Kaffee?"

Sie lächelt, ich sterbe.

„Klar."

Sie bleibt stehen und lässt sich vom Laufband nach oben fahren. Ich sehe, wie sie sich entfernt und kann meinen Blick nicht von ihr nehmen. Sie sieht so unglaublich süß aus, so lebensfroh – und dieses Lächeln. Es wird mich um den Verstand bringen, soviel steht fest.

Mit einer möglichst coolen Bewegung versuche ich, über die Bande zu klettern und falle dabei fast auf die Nase. Hoffentlich hat sie diesen unbeholfenen Versuch, mich sportlich in ein besseres Licht zu rücken, nicht bemerkt. Ich steige die Treppen zu ihr nach oben und bleibe vor ihr stehen.

Sie reckt ihren Kopf und küsst meine Wange. Dann die andere. Dabei liegt ihre Hand auf meinem Unterarm, selbst durch das Futter der Jacke kann ich ihre Berührung spüren. Ich atme tief ein, sie riecht unendlich gut.

„Hi."

Dieses schüchterne Lächeln wird mich platzen lassen.

„Hi."

Sie schaut weg, ich muss lächeln.

„Kaffee?"

Sie sieht zu meinem Lieblingscafé hinüber, und ich nicke. Genau jetzt vermisse ich eine Weihnachtsdekoration über unseren Köpfen. Dieser Moment hat besondere Beleuchtung verdient. Aber ich gebe mich zufrieden mit dem, was wir haben, nämlich Straßenlaternen. Und so laufe ich neben ihr her.

5 TAGE LIEBE

JELLY BEANS & ENTE

Wir sitzen im Obergeschoss, haben einen weitläufigen Blick über die Fußgängerzone unter uns, aber wir sind zu beschäftigt damit, unsere Kaffees zu trinken und dümmlich zu grinsen. Wann immer unsere Blicke sich treffen, muss einer von uns lächeln. Meistens ist es Maya, wie jetzt auch wieder.

„Ich hätte dem Typen zu gerne gesagt, was ich von seinem Laden halte."

Sie erzählt mir die Geschichte über ihren absurden Tag, ich habe selten etwas Spannenderes gehört. Ich fühle mich wie Pepe das Stinktier, von daher ist wahrscheinlich jede Geschichte aus ihrem Mund für mich spannend.

„Alle drei Waschmaschinen waren defekt. Dann wurde er zickig. Ich hasse zickige Männer."

Ihre Locken rutschen ihr ins Gesicht, wenn sie lacht. Ich bin versucht, eine Locke, die besonders hartnäckig vor ihre Augen springt, mit einer sanften Handbewegung wieder hinter ihr Ohr zu streichen. Aber ich traue mich nicht, und sie scheint es nicht zu stören.

„Naja, jetzt muss ich eben später noch mal mein Glück versuchen."

Achselzucken. Später? Sie würde also unser Date etwas verkürzen müssen, um ihre Wäsche zu waschen? Das ist doch eine Farce.

„Ich habe auch eine Waschmaschine."

Ob ich schon einmal etwas Dämlicheres gesagt habe? Vermutlich, als ich vier Jahre alt war. Aber garantiert nicht seitdem ich in der Lage bin, ohne Stützräder Fahrrad zu fahren.

„Trockner?"

„So was in der Art, ja."

Ich habe keinen Trockner. Ich bräuchte natürlich einen, so wie jeder faule Mensch. Aber ich habe keinen. Ich habe eine andere Variante gefunden, um meine Kleider beim Trocknen etwas zu motivieren.

„Und was kochst du?"

Unsere Tassen sind seit einigen Minuten leer und ich hatte völlig vergessen, dass wir ja noch mehr zusammen erleben wollten.

„Das weiß ich ehrlich gesagt noch nicht. Aber ich dachte, wir gehen einfach zusammen einkaufen und du sagst mir, worauf du Lust hast."

Mein genialer Plan: Maya zwischen der Käse- und Fischtheke kennenlernen ...

„Das klingt toll. Noch nie hat ein Mann für mich gekocht."

Sie wickelt ihren Schal um den Hals und ich verstehe ihr Zeichen zum Aufbruch, wühle mich zurück in meine Jacke und bin heilfroh, meine Mütze wieder aufsetzen zu können; denn ich werde das Gefühl nicht los, mein Vogelnest von Frisur lenkt sie immer wieder ab. Den Kaffee hat übrigens Maya bezahlt. Es war ihr so unangenehm, dass sie zu spät erschienen war, und ich erwähnte nicht, dass ich bereits zwei Kaffees in die Mülltonne gekippt hatte.

5 TAGE LIEBE

An der Tür, die ich ihr aufhalte, sieht sie mich wieder an, bleibt ganz dicht bei mir stehen und scheint einen kurzen Moment zu überlegen. So nah standen wir uns noch nie gegenüber und ich höre mich selbst schlucken. Ihr Blick mustert mein Gesicht, das kann ich sehen. Mein Herz schlägt viel zu schnell, meine Lippen fühlen sich trocken an, ebenso wie mein Hals. Ich will sie küssen. Nein, ich muss sie küssen! Aber bevor ich meinen Mut zusammennehmen kann, kommt sie mir zuvor und drückt mir einen Kuss auf die Lippen. Nicht wirklich auf die Lippen. Eher auf die Wange. Aber dann auch nicht wirklich auf die Wange. Es ist einer dieser unentschiedenen Küsse. Als hätte sie den gleichen Gedanken gehabt wie ich. Als wären meine Lippen für sie ebenso anziehend wie ihre für mich. Ich bin mir sicher: wenn sie nicht Angst vor der eigenen Courage und ich überhaupt etwas Courage gehabt hätte, dann hätten wir uns genau dort zwischen Tür und Angel geküsst. So aber ist es einer dieser Küsse, die man den ganzen Tag mit sich herumträgt und überlegt, was er zu bedeuten hat.

Wir stehen in einem Laden, in dem ich sonst eher selten bis gar nicht einkaufe, weil mein Budget es nicht zulässt. Zwar gibt es hier auch alles, was das Studentenherz begehrt, aber für eine Tiefkühlpizza fahre ich nicht bis in die Stadt.

Maya steht vor dem Schokoladenregal und lächelt, als hätte sie gerade den Himmel auf Erden entdeckt. In mir wächst der Wunsch, sie würde mich eines Tages genau so ansehen. Mit diesen Augen, dem Leuchten, dem entrückten Lächeln. Ich will ihre Schokolade sein.

„Ich könnte das ganze Regal kaufen! Alles!"

Sie breitet die Arme aus, lässt ihre Sporttasche fallen und dreht sich einmal um die eigene Achse. Ich lache.

„Im Ernst, ich liebe Schokolade. Oder allgemein Süßkram."

Sie entdeckt etwas, das ihre Aufmerksamkeit erregt und rennt durch den Gang zum nächsten Himmel, wie es scheint. Ich hebe die Tasche auf und folge ihr wie ein Hund an einer imaginären Leine.

Vor einer Selbstbedienungsbox voller kleiner bunter Pillen bleibt sie stehen und greift nach einer durchsichtigen Tüte.

„Kennst du die Dinger? Jelly Beans. Die verrücktesten Geschmacksrichtungen."

Ohne einen Blick auf die Schilder zu werfen, die die Sorten anpreisen, schüttet sie massenhaft kleine Bohnen in die Tüte.

„Das wird ein Spaß! Genial. Nicht gucken!"

Ihre linke Hand legt sie über meine Augen. Auch wenn wir uns in Zwischenzeit öfter berührt haben, ich habe mich noch immer nicht an das Gefühl gewöhnt. Es trifft mich erneut wie ein Blitz, aber ich spiele mit. Während ich das Prasseln von Zuckerbohnen, die in die Tüte fallen höre, konzentriere ich mich einzig und allein auf ihre Hand an meinen Augen. Sie presst die Hand gegen meinen Nasenrücken, ihre Finger berühren meine Schläfen. Wenn sich das schon so gut anfühlt, wie muss es dann sein, ihre Hand auf meiner Brust zu spüren?

„Okay. Fertig."

Sie wirft eine gut gefüllte Tüte mit Süßkram in den kleinen Einkaufskorb, den ich in der Armbeuge trage.

„Das ist ein nettes Dessert, aber es wird dich nicht satt machen."

5 TAGE LIEBE

Ich sehe mich um, erkenne unzählige Möglichkeiten, sie glücklich zu kochen, aber ich werde ihre Hilfe brauchen.

„Sag mir, wonach dir ist, was du gerne isst."

„Pizza."

Mit wenigen Schritten erreicht sie die Tiefkühlboxen mit Fertigfutter, die zwar den Hunger stillen, aber selten gut schmecken. Ich schaue sie etwas enttäuscht an.

„Schau mal, Thunfisch. Das geht schnell und ist lecker."

Sie hat meinen Plan noch nicht verstanden. Ich will zwar, dass es lecker ist, aber es soll nicht schnell gehen. Denn wenn das Essen schnell rum ist, dann ist sie auch schnell wieder weg – und damit würde mein Plan total gegen die Wand fahren. Es soll ein gemütlicher, langer Abend werden. Er soll sich in ihre Erinnerung einbrennen, so wie die Berührung ihrer Finger an meiner Schläfe es bei mir tun.

„Pizza?"

Sie nickt und will schon einen der Kartons aus der kalten Tiefe fischen, aber ich bin schneller und halte sie davon ab.

„Nein, nein. Nein. Ich will kochen. Ich will richtig kochen. Ich will Pfannen benutzen, Töpfe, ich will Gartenkräuter schneiden. Ich will dich bekochen."

Ihr Blick haftet an meinen Lippen, die sich für meinen Geschmack etwas zu viel bewegen. Ich will nicht so klingen, als ob ich bettele, aber ich flehe sie förmlich an.

„Okay. Also. Ich weiß nicht."

„Gibt es etwas, was du gerne isst, aber es viel zu selten tust?"

Ein schüchternes Lächeln folgt dem kurzen Nicken und ich entspanne mich wieder etwas. Hoffentlich sagt sie jetzt nicht Lasagne.

„Ich würde gern mal etwas richtig Schickes essen. Hummer oder Ente. Oder einen tollen Fisch."

Ich muss sie küssen. Es tut mir leid, ich klinge wie diese frisch verliebten Teenager. Ich benehme mich wie einer. Ich war damals genau so. Und jetzt bin ich es irgendwie wieder. Ich will Maya küssen und ich brauche meine komplette Zurückhaltung, um es nicht zu tun. Wie lange ich es noch aushalte, weiß ich nicht.

„Komm mit."

Ich greife ihre Hand und ziehe sie mit mir. Sie soll den Korb halten, ich kümmere mich um alles andere. Maya scheint, so wie ich eigentlich auch, in der Küche von Fertigsoßen und Nudeln zu leben. Aber heute soll es anders werden.

Sie runzelt die Stirn und verfolgt mein Auswahlverfahren bei der Käsetheke. Käse ist der erste Schritt. Aber es muss guter Käse sein. Zwei Ziegenkäse landen im Korb, gefolgt von einer Packung Pinienkerne. Sie scheint meinem Plan eher etwas unsicher und skeptisch zu folgen, aber sie tut es.

Beim Obst und Gemüse entscheide ich mich für Feigen, während sie einen Apfel probiert und mich weiterhin beobachtet.

„Was sind denn das für Dinger?"

„Feigen."

Ich drehe mich zu ihr um und fange an, etwas ungeschickt mit drei Feigen zu jonglieren. Ich bin aus der Übung, aber ich schaffe es, die Früchte in der Luft zu halten. Sie lacht und applaudiert.

„Bravo! Bravo!"

Ich verneige mich und lasse die Feigen im Korb verschwinden. Noch habe ich nur einen groben Plan, aber während wir durch die Gänge schlendern und sie immer

5 TAGE LIEBE

wieder stehen bleibt, um sich über die überhöhten Preise für Feinkost auszulassen, grinse ich vor mir hin. Wir sehen aus wie ein Paar. Für die Außenwelt sind wir das, was der innigste Wunsch meines Inneren ist. Vielleicht wird dieser Einkauf alles sein, woran ich mich immer und immer wieder erinnern werde. Denn genau jetzt ist die Welt perfekt. Einfach nur, weil die Damen an der Wursttheke denken, wir wären ein Paar. Ich wäre ihr Freund. Nicht ein Freund, ihr fester Freund. Wieso ich dieses stolze Lächeln von nun an spazieren trage, erklärt sich wohl von selbst.

Maya greift nach meinem Ärmel und zieht mich ein Stück zurück.

„Das ist zu teuer."

Es ist nur ein Flüstern und ich spüre ihren heißen Atem an meinem Ohr und dem Nacken. Eine feine Gänsehaut überzieht augenblicklich meinen Körper, und ich schüttele nur kurz den Kopf.

„Das ist im Budget noch drin."

Zwei Packungen Entenfilets landen neben der Tüte mit den Jelly Beans im Korb. Es ist ein merkwürdiges Bild, irgendwie passend für den Augenblick. Ich kaufe Enten, sie Süßigkeiten. Übertreibe ich hier vielleicht? Ich will ihr nicht das Gefühl geben, sie wäre kleiner als ich. Oder als wäre ich so ein fantastischer Typ, der sich alles leisten kann, um sie zu beeindrucken. Das kann ich nämlich nicht. Es ist eine klare Ausnahme. Ich habe mir einen Vorschuss für mein aktuelles Projekt auszahlen lassen mit dem Versprechen, ich würde das Projekt dafür zwei Wochen früher präsentieren. Wie ich das schaffen soll, weiß ich selbst nicht. Aber wenn ich Maya anschaue, wie ihre großen Augen mich ansehen, fast ein bisschen bewundernd, dann weiß ich: es ist all die Mühe wert.

„Das musst du nicht machen. Eine Pizza ist auch okay."

Das habe ich doch alles schon mal erklärt, oder nicht? Ich will das alles. Ich will, dass es teuer ist! Ich will es nun mal so.

„Maya, trinkst du Wein?"

„Nur roten."

Sie ist verwirrt, aber ich bleibe hartnäckig, ziehe sie mit mir weiter zu den Weinregalen. Hier stehen so viele Flaschen, einige haben einen Namen auf dem Etikett, den ich noch nie gehört habe und bestimmt auch falsch ausspreche. Aber ich verlasse mich auf mein Glück.

„Cola tut es auch."

Wieder ein Versuch, mich günstig zu halten. Ich ignoriere ihren Einwand erneut und greife nach einem Rotwein im mittleren Preisbereich. Der sollte es tun, ein goldenes Etikett, es sieht zumindest schick aus.

„Wir haben einen Gewinner."

Wieso ich plötzlich diesen Adrenalinschub in mir spüre und so tue, als könnte ich Bäume ausreißen und fliegen – ich weiß es einfach nicht. Aber bestimmt sind meine Wangen ganz rot vor Aufregung. Maya nimmt mein Gesicht in ihre Hände. Mein Gehirn setzt aus.

„Jonas. Wirklich. Ich würde auch nur eine Pizza mit dir essen. Du musst das nicht machen."

Mir fallen ganz viele kluge Sprüche ein, die mich wie einen coolen Typen erscheinen lassen. Meine Lippen öffnen sich, aber ich kriege kein Wort raus. All die klugen Worte in meinem Kopf, die langsam die Kehle hockriechen und es sich auf meiner Zunge gemütlich machen, wollen nicht über meine Lippen. So stehe ich da, leicht geöffnete Lippen, starrer Blick.

Es liegt an ihr. Ihre Berührung lähmt mich.

„Du bist süß, weißt du das?"

5 TAGE LIEBE

Wieder will ich etwas sagen, komme aber nicht dazu. Es sind ihre Hände, ihr Lächeln, die mich nicht klar denken lassen. Mein Kopf bewegt sich irgendwie, es ist eine Mischung aus Kopfschütteln, Nicken und Schulterzucken. Dann dreht sie sich wieder weg, nimmt eine andere Flasche in die Hand und zeigt sie mir.

„Ich glaube ich mag diesen hier. Okay?"

Er ist billiger als meine Wahl, aber vielleicht übertreibe ich wirklich etwas. Ich gebe nach. Auch dieser Wein ist okay.

Sie geht langsam vor mir her, sieht sich suchend in den Regalen um, fischt hier und da etwas Knabbergebäck heraus, wartet mein Einverständnis ab und legt die Packung dann in den Korb.

Ich folge ihr wie ein Hund an der Leine. Warum, weiß ich selbst nicht so genau, aber ich fühle mich von ihr so angezogen, ich kann nicht anders. Sie ist wie eine dieser verrückten Drogen, die dich total nach oben katapultieren und an deren Nachwirkungen du nicht einmal denken willst, weil alleine das schon unbeschreibliche Schmerzen bedeutet.

Wir bleiben vor einem Regal stehen, sie schnappt sich eine Packung Pflaster.

„Ich habe mir vorhin wehgetan. Ich bin total ungeschickt. Ich zahle das selbst, keine Sorge."

Als ob ich ihre Pflaster nicht auch zahlen würde. Mein Blick geht über die anderen Angebote in diesem Gang. Ich stelle überrascht fest, ich habe Kondome mit Erdbeergeschmack direkt auf Augenhöhe.

Maya lacht laut los, mir ist es extrem unangenehm. Ich habe sie nicht zu diesen Regalen geführt, ich bin ihr gefolgt. Jetzt stehen wir hier, die Kondome wie eine Leuchtreklame über meinem Kopf.

Maya bemerkt, dass ich diesmal nicht lache.

„Willst du welche kaufen?"

Eine große Dürre macht sich in meinem Hals breit. Ich versuche, meine Lippen zu befeuchten, meine Sprache (die ich seit der Weinabteilung verloren habe) wiederzufinden.

„Jonas, ich werde nicht mit dir schlafen."

Sie spricht leise und langsam, aber ich merke sehr wohl, sie ist aufgeregt. Leider nicht in einer positiven Weise. Ihre Augen sehen jetzt dunkler aus, sie ist wütend.

„Das ist mein voller Ernst. Ich werde nicht mit dir schlafen, schlag dir das aus dem Kopf."

Nicken, Fuchs, du musst nicken. Ich habe doch gar nicht angenommen, sie würde mit mir schlafen. Ich habe das nicht mal geplant. Ich habe das wirklich nicht vorgehabt, ich wollte doch so dringend beweisen, dass ich anders bin als die anderen.

Habe ich trotzdem daran gedacht? Himmel, und wie! Es ist schwer, nicht an Sex mit einer wunderschönen Frau zu denken, die man bereits nackt gesehen hat. Oder fast nackt.

„Warum nicht?"

Meine Stimme klingt dünn, schüchtern und leise. Und doch kann ich nicht glauben, dass ich diese Frage allen Ernstes gestellt habe. Bin ich denn von allen guten Geistern verlassen? Es ist also soweit, ich habe den Verstand verloren. Maya mustert mein Gesicht, ihre Stirn liegt in Falten, ihre Lippen sind zusammengepresst.

„Ich werde nicht mit dir schlafen. Punkt."

Das ist eine klare Aussage. Ich bin keine Option für ein Treffen zwischen den Laken. Meine Schultern hängen jetzt

5 TAGE LIEBE

vielleicht ein bisschen tiefer, aber ich besinne mich auf den eigentlichen Plan: sie beeindrucken.

„Das ist kein Problem."

Ich überrasche mich doch immer wieder selbst. Mein Lächeln ist ehrlich, offen und überzeugend. Ich lüge. Sie lächelt und berührt den Ärmel meiner Jacke.

„Danke."

An der Kasse gönnen wir uns noch etwas Schokolade, weil ich sehe, wie sie ständig hinübersieht. Sie möchte es haben, sagt aber nichts, also lege ich es wortlos aufs Band und bekomme wieder ein süßes Lächeln. Ich habe beschlossen zu zählen, wie oft sie lächelt. Das lenkt ab und macht mich glücklich. Vielleicht vergesse ich dann ihre bestimmte Stimme, die immer wieder die gleichen Worte in meinem Kopf wiederholt: „Ich werde nicht mit dir schlafen."

„Jones?"

Jones ist mein Spitzname, nur wenige meiner Freunde nennen mich noch so. Es ist ein Überbleibsel aus einer anderen Zeit, der Schulzeit, die wir lange hinter uns gelassen haben.

Ich erkenne den jungen Mann, der an der Kasse sitzt und unsere Lebensmittel über den Scanner zieht. Er ist etwas dicker geworden, aber sonst hat er sich kein Stück verändert. Dirk Köpke, mein Sitznachbar in Geschichte. Wir saßen in der letzten Reihe und tauschten Panini-Bilder unter der Bank, während andere sich um den Zustand der Weimarer Republik kümmerten.

„Dirk, hallo. Mensch, wir haben uns ja ewig nicht gesehen."

Soll ich Maya vorstellen? Und wenn ja, als wen? Als eine Freundin? Das würde es doch am ehesten treffen.

Wenn ich aber nichts sage, denkt er vielleicht sie wäre *meine* Freundin. Das wäre mir, ehrlich gesagt, viel lieber.

„Stimmt. Bestimmt zwei Jahre oder so. Ich wollte ja zu Patricks Junggesellenparty kommen. Aber hat nicht geklappt."

Richtig, ich hatte ja auch ihn eingeladen, aber seine E-Mail erklärte mir, er müsste sich um seine sechs Monate alte Tochter kümmern, da seine Freundin (vermutlich auch die Mutter des Kindes) unterwegs war. So hatte ich Dirk nicht in Erinnerung. Er war eher der Draufgängertyp gewesen, zumindest damals in der Schule.

„Hast echt was verpasst."

Ich verschweige die Tatsache, dass ich auch fast alles verpasst habe. Ich hatte etwas Besseres zu tun. Unwillkürlich werfe ich Maya ein Lächeln zu, sie packt in aller Ruhe unsere Einkäufe in die Tasche, die ich aus meiner Jackentasche gewühlt habe. Dirk lässt sich Zeit beim Zählen meines Geldes.

„Hab von der Stripperin gehört. Heißes Geschoss, hm?"

Ein Schlag ins Gesicht! Nicht in meines. Sofort geht mein Blick zu Maya, die sich nichts anmerken lässt. Vielleicht hat sie es nicht gehört. Oder es ist ihr egal. Dirk spricht einfach weiter.

„Hatte ja wohl einen geilen Arsch, was man so hört. Ich sage dir, wenn ich heirate, dann will ich genau diese Tussi haben. Hat Patrick ja wohl auch einen geschrubbt."

Er zählt mein Rückgeld. Ich beuge mich etwas weiter über das Band.

„Sie hat was?"

„Hab gehört, sie hat ihm einen Handjob gegeben. Oder einen Blowjob, weiß nicht mehr."

„Hat sie nicht!"

Meine Stimme ist schrill.

5 TAGE LIEBE

„Hab ich aber gehört. Die hätte sich auch vögeln lassen, wenn Patrick das gewollt hätte. Im Ernst, sind doch eh alles Flittchen."

Ich halte mich am Band fest, funkle ihn wütend an, will ihn am Kragen packen und seinen Kopf auf dem Band blutig schlagen.

„Das ist Bullshit! Sie hat getanzt, dann ist sie gegangen."

Ich zische meine Antwort zwischen meinen Zähnen hindurch; wenn ich lauter spreche, dann schreie ich. Dirk lacht und nickt, legt mir mein Wechselgeld in die Hand und schenkt mir ein gelbzähniges Grinsen.

„Ich hätte sie trotzdem gebumst."

Mein Körper ist angespannt, ich überlege ernsthaft, vielleicht wenigstens einen ...

„Jonas, können wir?"

Mayas Hand schiebt sich in meine und zieht mich langsam von der Kasse weg. Dirk wünscht uns noch einen schönen Tag und kümmert sich um den nächsten Kunden, während mein Herz bis zum Hals schlägt und ich Mayas Hand so fest halte, dass ich ihr wehtun muss.

„Komm wieder runter. Der Typ ist es doch nicht wert."

„Er hat Scheiße erzählt. Über dich."

Ich kann die Straße vor uns kaum richtig erkennen, so schmal sind meine Augen geworden.

„Er weiß aber nicht, dass ich diese Frau bin."

Ein Kuss auf die Wange lässt meine ganze Wut sofort verpuffen. Überrascht sehe ich sie an, sie lächelt wieder, hakt sich bei mir ein.

„Komm, lass uns zu dir gehen. Ich bin gespannt auf deine Wohnung."

Ich auch.

Adriana Popescu

5 TAGE LIEBE

SCHNITTWUNDEN

Meine Wohnung liegt im Stuttgarter Westen. Jeder, den ich kenne, hat irgendwann einmal im Westen gewohnt. Hier ist es schön, hier ist es irgendwie auch schick, hier fühlt man sich wohl.

In der S-Bahn ist nicht besonders viel los, also können wir sitzen. Sie sitzt mir gegenüber, ihre Sporttasche zwischen ihren Beinen, ihr Blick aus dem Fenster gerichtet. Wir sprechen nicht. Solange, bis wir vor dem Haus stehen, in dem ich wohne.

Ich wohne im vierten Stock. Das ist zwar anstrengend ganz ohne Lift und im Vollsuff, aber es lohnt sich. Die Wohnung ist eine Altbauwohnung, hohe Decken, Parkett, große Fenster. Ich mag es hier und hoffe, dass sie es wegen dem schnoddrigen Stil mit einem Schuss Pariser Bohème auch tut. Sobald ich die Tür öffne, rede ich wie ein Wasserfall auf sie ein.

„Also, im Flur steht noch recht viel Müll, den ich los werden muss. Ich schiebe das immer vor mir her."

Mein Fahrrad steht direkt neben der Tür, weil ich kein Schloss dafür habe und nicht will, dass es mir gestohlen wird. Manchmal, wenn ich mich selbst überschätze, radle ich damit in die Stadt.

Ihre Jacke hänge ich an den Kleiderhaken, der schon bessere Zeiten gesehen hat, und auf dem sich alle meine Jacken, Sommer wie Winter, türmen. Komisch, als ich die Wohnung verlassen hatte, wirkte sie etwas beeindruckender.

„Dann ist hier direkt die Küche, da drüben das Wohnzimmer, hier ein kleines Büro, da hinten das Bad. Und eben das Schlafzimmer."

Wir stellen die Tüte in der Küche auf dem Esstisch ab. Er ist aus schwerem Holz, ein Schnäppchen vom Flohmarkt, auf das ich besonders stolz bin. Die Stühle sind ebenfalls vom Flohmarkt und passen nicht zusammen, sehen aber auf ihre Art schick aus.

Die Arbeitsfläche ist groß und strahlt im Glanz, der Kühlschrank surrt in der Ecke vor sich hin. In Regalen sammeln sich Gewürzmischungen, Kaffeetassen, Gläser und Bierflaschen.

Sie hat noch nichts gesagt, sieht sich alles in Ruhe an. Ich weiche nicht von ihrer Seite und betrachte meine Wohnung so kritisch wie noch nie. Manche Möbel habe ich in einem Anflug von Geldsegen gekauft, um mich selbst aufzuwerten. Wenn ein Projekt viel Geld eingebracht hat, dann habe ich mir ein neues Möbelstück gegönnt. Die Couch lädt jedes Mal zum Entspannen ein, auch jetzt würde ich mich gern einfach auf die Kissen werfen und TV schauen. Flat-Bildschirm, natürlich. Wieder so ein Versuch, mich zu etwas Besserem zu machen.

Das Regal an der Wand habe ich mit Stickern und Einladungen zu Partys in der Stadt verschönert. Kaum noch eine freie Stelle. Bücher über Bücher stapeln sich darin,

5 TAGE LIEBE

dazu Magazine, DVDs und CDs, die ich über die Jahre gesammelt habe.

Maya greift nach einem Bildband über Kriegsfotografie und blättert es eher angewidert durch, stellt es zurück, nimmt ein Männermagazin vom Stapel und grinst.

„Das gehört nicht mir."

„Natürlich nicht."

Sie legt es zurück, liest mit schrägem Kopf die Titel der DVDs und CDs. Das Bild von Madonna, nackt am Straßenrand mit erhobenen Tramper-Daumen, betrachtet sie ebenfalls einen Moment. Es ist ein Kunstdruck, den ein Freund mir geschenkt hat. Eine nackte Frau im Wohnzimmer wünscht sich doch jeder Mann. Sie kommentiert es nicht, geht weiter, über den Flur, wirft einen Blick in mein Bürozimmer. Hier steht mein Laptop, noch immer aufgeklappt, das grüne Lämpchen blinkt. Der Scanner, der Drucker, ein zweiter PC daneben. Alles macht Geräusche, die mir sonst nicht auffallen.

„Ich arbeite viel von daheim, deswegen sieht es hier immer etwas chaotisch aus."

Es ist eine dümmliche Entschuldigung, weil dieser Raum bisher als einziger wirklich mit Ordnung überzeugt. Nur auf dem Tisch liegen lose Blätter, die meisten sind Skizzen meiner Arbeiten.

Im Bad ist es ordentlich, meine Badewanne (ja, ebenfalls eine dieser Errungenschaften, um Eindruck zu machen!) steht direkt am Fenster. Sie hat gusseiserne Füße, Old-School-Look.

Es bleibt nur noch mein Schlafzimmer, aber sie geht zurück in die Küche.

„Du wohnst hier allein?"

„Ja. Die WG-Zeit mit Patrick hat mich geprägt."

Ente und Käse verschwinden im Kühlschrank.

„Willst du ein Glas Wein?"

Sie setzt sich auf einen der Stühle, zieht die Beine hoch und legt ihr Kinn auf die Knie.

„Gerne, wenn du auch eins nimmst?"

Ich stelle zwei Gläser auf den Tisch. Es sind die guten Weingläser, die ich sehr, sehr selten benutze. Eigentlich so gut wie gar nicht.

Ich stelle den Backofen an, suche den Korkenzieher und konzentriere mich darauf, beim Flaschenöffnen keinen Fehler zu machen. Männer werden häufig an solchen Dingen gemessen. Kann er einen Autoreifen wechseln? Kann er eine Sekt- oder Weinflasche öffnen, ohne sich zu blamieren? Ich kann, und schenke uns großzügig ein. Sie nimmt einen Schluck und lächelt.

„Hmmmm. Der ist gut."

Ich stimme ihr zu, schmecke ihn aber nicht mal richtig. Ich bin nervös. Und wütend. Unsicher. In den letzten paar Stunden ist eine Menge passiert, Kleinigkeiten, die mich verwirrt haben.

„Willst du deine Wäsche waschen?"

Ein Themenwechsel erscheint mir am besten, dann kann ich mich wieder bewegen und muss nicht daran denken, was alles passiert ist. Wenn ich mich bewege, fällt es mir leichter, mich abzulenken.

„Oh ja. Das hätte ich fast vergessen."

Die Waschmaschine ist neben dem Kühlschrank und der Spüle. Waschmittel und Weichspüler sollten eine Frau beeindrucken. Ich lege Wert auf weiche und gut duftende Wäsche.

Sie öffnet die Tasche, zieht T-Shirt, Socken, Handtuch und andere Kleidungsstücke heraus und stopft sie in die Trommel. Ich stehe neben ihr, beobachte sie. Einige Slips folgen, ich tue unbeeindruckt. Was mich wirklich beeindruckt ist die Tatsache, dass sie kein Problem damit hat, ihre Wäsche einfach so vor einem mehr oder weniger fremden Mann zu waschen. Ich drehe mich wieder zum Herd und greife nach einer Pfanne.

„Das vorhin an der Kasse. Das war echt toll von dir."

„Das war doch eine Selbstverständlichkeit."

„Nein. Das machen nicht viele Kerle. Viele Kerle würden mich auch nicht zum Essen einladen."

Sie stellt souverän die Waschmaschine an und lehnt sich neben mich an die Arbeitsplatte. Ich weiche ihrem Blick aus, suche das Öl, das Salz, hole die Entenbrüste aus dem Kühlschrank.

„Jonas, genau deswegen."

Ich verstehe nicht und sehe sie an, während ich die Entenfilets aus der Packung befreie.

„Genau deswegen war ich mir unsicher. Du lässt das alles viel zu nah an dich heran. Du machst es zu einer persönlichen Sache."

„Es ist ja auch so. Dirk hat dich beleidigt."

„Das mag sein, aber daran gewöhnt man sich schnell."

Sie zuckt die Schultern. Ist es ihr wirklich so egal? Eine Frage schwirrt in meinem Kopf herum. Seit dem Moment, als ich sie kennengelernt habe. Mir fehlt nur leider der Mut. Kochen lenkt ab. Ich merke, ich habe schon sehr lange nicht mehr wirklich gekocht. Nudeln machen, ein bisschen Reis, vielleicht mal Huhn. Aber heute muss und will ich glänzen.

„Jonas."

Sie rückt etwas näher, mir wird warm, was aber bestimmt an der Pfanne liegt, die sich erwärmt. Ich höre das Öl zischen.

„Hm?"

Man sollte mich beim Kochen nicht aus der Ruhe bringen, ich verliere ohnehin recht schnell die Konzentration, vor allem wenn sie hier ist.

„Schau mich mal an."

Ich schneide das Filet in kleine Stückchen. Die perfekte Ausrede, sie nicht ansehen zu müssen.

„Bitte."

Sie flüstert fast, aber ich höre sie so deutlich. Sie ist noch ein kleines Stück näher gerückt. Meine ganze Konzentration liegt auf meiner rechten Hand, die tapfer die Ente zerstückelt. Aber das Flüstern ihrer Stimme ist zu stark. Ich drehe den Kopf langsam zu ihr. Sie steht ganz nah an mir dran.

„Wieso?"

Ich weiß zwar, dass „Wieso" ein gewöhnliches Fragewort ist, aber es so allein stehen zu lassen hilft mir kein Stück. Verständnislos schaue ich in ihr Gesicht, verliere mich fast in ihren Augen.

„Wieso ich? Was findest du an mir? Du kennst mich nicht mal."

Ich hole tief Luft, will es ihr erklären, weil ich mir die Frage seit Tagen selbst stelle. Patrick hat mich gewarnt, mich aber gleichzeitig angespornt, es zu versuchen.

„Weil ..."

Der brennende Schmerz zieht sich bis in meinen Ellenbogen. Ich weiß, was passiert ist, bevor ich es sehe. Ihre Augen sind weit aufgerissen, sie sieht auf meinen blutenden Finger. Wieso musste ich auch damals, als ich für ein Webdesign besonders viel Geld bekommen habe, diese verdammt scharfen japanischen Messer kaufen? Einen Einbrecher könnte ich damit mühelos filetieren, aber jetzt habe ich mir fast meinen Mittelfinger abgetrennt. Das Blut

5 TAGE LIEBE

läuft an meiner Hand hinunter und schlängelt sich zu meinem Unterarm.

„Fuck!"

Ich bin kein besonders großer Fan von Blut, um ehrlich zu sein. Ich kippe zwar nicht sofort um, aber ich muss es auch nicht ständig um mich haben. Ich schiebe mich an Maya vorbei zur Spüle und lasse schnell kaltes Wasser über meine Hand laufen.

„Das tut mir leid. Ich kann nie meine Klappe halten. Ich muss immer fragen, fragen, fragen."

Sie reicht mir ein Küchentuch und durchsucht die Taschen ihrer Jacke. Ich presse das Tuch auf die Wunde und spüre, wie das Brennen nachlässt.

„Das ist meine Schuld. Es tut mir echt leid, Jonas. Tut mir leid."

Sie fischt die Pflasterpackung aus der Tasche. Dabei fällt etwas anderes aus ihrer Jacke auf meinen Küchenboden. Wir sehen beide nach unten.

Ich muss lächeln. Der Schmerz ist vergessen. Zum ersten Mal erlebe ich sie schüchtern und unsicher. Sie bückt sich und hebt die Packung Kondome mit Erdbeergeschmack auf. Ihre Wangen haben die Farbe von genau dieser Frucht angenommen. Ich entscheide mich, es nicht zu thematisieren – aber ich lächele, als sie das Pflaster fest um meinen Finger drückt. Eine Katze oder ein Fuchs mit einem neongelben Fell grinst mich vom Pflaster an. Ich inspiziere das Tier etwas genauer, kann mich aber nicht entscheiden, um welche Art es sich handelt.

„Ich mag Kinderpflaster."

Es ist ihr peinlich, aber ich finde es goldig. Sie steht vor mir, scheint ebenso das Tier zu analysieren. Ihr Gesichtsausdruck ist angestrengt. Langsam berühre ich ihr Kinn und zwinge sie, mich anzusehen. Zuerst will sie sich wehren, lässt es dann aber doch geschehen. Mit dem Handrücken streichle ich sanft über ihre Wange. Sie hält meinen Finger mit dem Pflaster noch immer in ihrer Hand.

Manchmal brauchen wir Kerle einen kleinen Schubs. Ein Zeichen. Irgendetwas. Mir geht es so. Ich weiß nicht, was sie über mich denkt, ob sie mich mag oder nicht. Aber die Kondome, die sie heimlich gekauft hat, lassen mich hoffen. Es wäre ihr nicht unangenehm gewesen, wenn es keine große Sache wäre.

Ich beuge mich zu ihr und berühre ihre Lippen. Sie öffnet sie leicht und gibt mir somit die Erlaubnis, sie zu küssen. Was ich tue.

Das Öl verbrennt in der Pfanne. Mein Finger tut weh. Die Ente wartet auf ihre Zubereitung. Aber ich habe endlich die Pausentaste für mein Leben gefunden. Die Zeit steht still, während wir uns in meiner Küche küssen. Das Tier auf meinem Pflaster beobachtet uns, da bin ich mir sicher, aber es kümmert mich nicht.

Sie spießt das letzte Stück Ente auf, schiebt es wie einen Besen bei der Kehrwoche über den Teller und versucht, den kompletten Rest Soße aufzukehren. Ich beobachte sie lächelnd, während ich sie über den Rand meines Weinglases hinweg ansehe. Sie strahlt mich an, während sie genüsslich kaut.

Wir haben uns geküsst, natürlich schmeckt das Essen wunderbar. Auch unter großen Schmerzen nach meinem Messerausrutscher habe ich tapfer das Menü so gekocht wie geplant.

Maya scheint irgendwie verunsichert, auf eine positive Art und Weise. Sie lächelt wie ein verschüchtertes Mädchen, kichert fast, wenn ich sie ansehe und isst mit großen Appetit und noch größerer Bewunderung.

„Du kannst so was kochen. Das schockiert mich noch immer."

Auch ich bin zufrieden mit dem Ergebnis meines Kochversuchs. Aber ich würde jetzt auch ein Brot mit Zucker über den grünen Klee loben. Ich habe es getan. Ich habe sie geküsst. Und noch viel besser, sie hat mich zurückgeküsst.

Ich will nicht, dass sie mein Essen lobt. Ich will, dass sie mich wieder küsst.

„Das ist wirklich beeindruckend."

„Das habe ich gerne gemacht."

Sie gießt sich Wein nach, während ich die Teller in die Spüle stelle und die Waschmaschinentür öffne.

„Deine Wäsche ist fertig."

Ein kurzer Blick zu mir, sie mustert mich, wie ich an der Arbeitsplatte lehne und den Korb für die Wäsche mit dem Fuß in die richtige Position schiebe.

„Jonas."

Sie fängt nur ernste Themen an, wenn sie meinen Namen sagt. Soviel habe ich schon gelernt.

„Maya."

Ich hingegen sage einfach nur gerne ihren Namen. Ich habe etwas beschlossen, und zwar genau nach ihrem zweiten „Yummy", während sie die Ente genossen hat. Diese Frau ist genau das, was Melanie für Patrick ist. Ich kann es nicht erklären, es gibt vermutlich nicht mal genügend Wörter, die erklären, was in meinem Inneren passiert ist, als ich sie zum ersten Mal wirklich gesehen habe. Die Menschen erwarten doch immer, dass wir unsere Gefühle genau beschreiben und ins Detail gehen, wieso und warum wir uns in genau diese eine Person verliebt haben. Nun, ich muss diese Menschen enttäuschen. Ich bin Webdesigner, kein Psychologe. Ich könnte vielleicht eine Website bauen, die in rot gehalten mit Herzbuttons zeigt, dass ich sie sehr mag. Aber ich kann es nicht erklären. Wie soll ich etwas für andere schlüssig erklären, wenn ich selbst noch im Dunklen tappe?

Langsam steht sie auf, nimmt ihr Weinglas mit, nur um es dann neben mir auf der Arbeitsfläche abzustellen. Dabei streift ihr Arm meinen Oberschenkel, und ich bemerke das sofort dadurch ausgelöste Lächeln auf meinem Gesicht. Auch ihr entgeht diese Reaktion nicht. Sie schmunzelt, räumt Wäschestück nach Wäschestück in den Korb und sieht mich von unten kniend an.

„Wie oft wäschst du die Schmutzwäsche deines Damenbesuchs?"

Ein wirklich gute Frage, bedenkt man, dass ich Damenbesuchen für gewöhnlich aus dem Weg gehe.

„Also, meine Mutter hat mal ihre Wäsche hier gewaschen. Die Waschmaschine daheim hatte den Geist aufgegeben."

„Das stelle ich mir nicht besonders erotisch vor."

Ich lache. Nein, erotische Gedanken kommen mir nun wirklich nicht in den Sinn, wenn ich an meine laut schimpfende Mutter denke, wie sie mit hochrotem Kopf alle Waschmaschinen-Installateure dieser Welt verfluchte.

„Aber im Ernst, wenn du die Damen so bekochst, als Gentleman die Wäsche wäschst – das macht doch Eindruck."

Was meint sie damit? Geht sie davon aus, ich mache das bei jeder Frau? Moment! In welches Licht will sie mich da gerade rücken?

5 TAGE LIEBE

„Ich wasche nicht die Wäsche anderer Frauen. Ich koche auch nicht für andere Frauen. Und sehr selten blute ich für andere Frauen."

Ich erhebe mahnend den Finger mit dem leuchtenden Pflaster, das ich stolz wie eine Kriegsverletzung trage. Es wird jetzt für immer die Eselsbrücke zu unserem ersten gemeinsamen Kuss bleiben. Bisher auch der einzige, wenn ich das erwähnen darf. Zu gerne hätte ich den Mut, sie erneut zu küssen, aber ich möchte nicht aufdringlich sein. Ich warte auf ein Zeichen von ihr. Nur eine kleine Geste, ein stummes *okay* ...

„Also bin ich die Ausnahme?"

Höre ich Sarkasmus in ihrer Stimme?

„Maya, ich habe dich eingeladen, weil ich dich mag. Weil ich gerne für dich kochen wollte."

Das ist die dumme Wahrheit. Plötzlich bemerke ich, das Angebot, ihre Wäsche zu waschen, der Kuss, die Frage, wieso sie nicht mit mir schlafen will, die Freude über die Kondome und meine naive Annahme, sie hätte sie für uns gekauft – alles sieht so geplant aus.

„Schon klar."

Sie sieht mich nicht mehr an, legt Unterwäsche zusammen, die mich kurz ablenkt. Ein kleiner schwarzer Slip in ihrer Hand. Meine Gedanken machen sich selbstständig. Ich frage mich, wie dieser Slip wohl an ihr aussieht, wie es sich anfühlt, sie daraus zu befreien?

„Hör mal."

Meine Kehle ist erschreckend trocken geworden. Ich muss heftig schlucken.

„Ich ..."

Wahnsinn, Fuchs! Wirklich eine beeindruckende Rede, um die Ernsthaftigkeit deiner Gefühle zu offenbaren. Bin ich bin stolz auf mich? Kein Stück! Ich stehe vor ihr, will alles loswerden, was in meinem Inneren seit Tagen tobt, und bekomme nur ein stockendes „Ich ..." zustande.

„Du hast gefragt, wieso ich dich mag, richtig?"

Nicken.

„Ich kann es dir sagen, aber ich habe Angst, dass du dann deine Klamotten zusammenpackst und aus der Wohnung stürmst. Oder aus meinem Leben."

Jesus, das klingt viel zu kitschig, unmännlich und verzweifelt. Selten war ich in diesen vier Wänden so ehrlich.

„Ich meine, ich kenne dich kaum. Ich würde dich gerne besser kennenlernen, aber wenn ich mich dumm anstelle, dann willst du das nicht mehr, und das wäre ziemlich blöd, weil ich ja so gerne mehr über dich erfahren will."

Ich rede, ohne zu denken, ein gefährliches Zeichen für einen baldigen Abgang von Maya. Sie wird die Bühne meines Herzens links/rechts verlassen, und mir bleibt nichts weiter als ein Monolog in der leeren Publikumshalle.

Maya kniet noch immer neben dem Korb mit ihrer nassen Wäsche. Ihre Augen lassen mich keinen Moment aus den Augen, was mich nur noch hektischer reden lässt.

„Kennst du das nicht, wenn du jemanden triffst und dir denkst: Wow!"

Sie lächelt. Ich sollte das jetzt nicht als eine Motivation zum Weiterreden auffassen.

„Ist dir das noch nie passiert?"

Klappe, Fuchs! Halt den Mund, du hast ein Lächeln; wenn du weiter redest, versaust du es noch.

„Jonas, Männer die mich ansehen und *Wow!* denken, lassen Geld auf dem Nachttisch."

Kurz zieht sich mein Magen zusammen und es wird unglaublich eng für Ente, Pilze und Feigen, aber ich würge es wieder runter. Das Bild von Maya als Lucy, der Frau, die mit Männern für Geld schläft, habe ich aus meinem Kopf verbannt, weil es zu viele Schmerzen auslöst. Zum ersten Mal an diesem Abend muss ich wegsehen. Bisher konnte ich sie nur anschauen. Ich habe Ausreden erfunden, um sie wieder ansehen zu können, habe sogar nach dem Ursprung ihrer Ohrringe gefragt. Während der Erklärung, sie wären ein Geschenk ihrer besten Freundin, konnte ich sie mindestens acht Minuten unverhohlen anstarren.

„Genau das meine ich."

Der Korb wird achtlos zur Seite geschoben, als sie aufsteht und sich vor mir aufbaut. Zum zweiten Mal höre ich ihre Stimme das Gleiche sagen.

„Sieh mich an."

Ich möchte. Ich möchte so sehr! Zuerst müssen nur diese Bilder der vielen Männer in ihrem Bett verschwinden.

Ihre Hand umfasst mein Kinn und mit einer ruckhaften Bewegung, die doch Zärtlichkeit erahnen lässt, sehe ich sie an.

„Sieh mich an!"

Ich tue, wie sie verlangt und versuche, dabei tapfer zu sein. Ihre Augen, ihre Nase, die Wangen, diese Lippen. Sie lenken ab von den kleinen Dämonen in meinem Hinterkopf, die lachend leiser werden.

„Genau deswegen ist es eine dumme Idee."

Was genau ist eine dumme Idee? Aber mein Mund ist zu trocken zum Sprechen.

„Ich würde und werde dir wehtun. Ich bin nun mal nicht so, wie du es möchtest."

„Doch."

Adriana Popescu

Das war ein unglaublicher Kraftakt, aber ich bin stolz darauf, es gesagt zu haben.

„Nein. Du siehst mich an, dann denkst du daran, was ich mache – und das tut dir weh."

Damit hat sie recht, aber ich würde es nicht zugeben.

„Ich will dir nicht wehtun."

Ein Hoffnungsschimmer.

„Ich mag dich, Jonas. Ich mag dich sehr. Viel mehr, als ich sollte. Das ist mir schon lange nicht mehr passiert. Ich mag dich so sehr, dass ich auf keine Alarmglocke in meinem Kopf höre. Ich weiß, ich werde dir wehtun, wenn ich das zulasse."

Meine Hände halten ihre fest in meinen, vielleicht, weil ich Angst habe, sie wird gehen, wenn ich es nicht tue. Und das will ich nicht zulassen. Ich will sie genau hier behalten.

„Wenn du was zulässt?"

Sie will einen Schritt zurückmachen, aber ich ziehe sie langsam wieder näher zu mir. Unsere Gesichter sind sich nah, ich kann ihren Atem spüren, ihre Gedanken fast hören. Meine Stimme aber ist fast nicht zu hören, als ich spreche.

„Was willst du nicht zulassen?"

Ihre Augen sehen etwas glasig aus. Sie hat doch nur ein Glas Wein getrunken, es kann unmöglich der Alkohol ein. Eine Träne rollt ihre Wange herunter, aber mein Daumen ist schneller und wischt sie weg, bevor sie das Kinn erreichen kann.

„Hey. Kein Grund zum Weinen."

Sie will wegsehen, aber das lasse ich nicht zu.

„So etwas sollte nicht passieren, Jonas."

„Was?"

Ich meine zu wissen, was sie sagen will, aber zur Abwechslung will ich es hören. Von ihr. Sie weiß so genau, was ich für sie empfinde. Mit jedem Schlag meines Herzens sagt es mein Körper. Sie muss es hören. Ich bin mir sicher, in ihrem Inneren hört sie es. So wie Hunde das Pfeifen einer Hundepfeife hören. Für das menschliche Gehör mag es nicht erfassbar sein, aber sie hören es.

Ihr Herz muss meines hören.

„Ich kann mich jetzt nicht verlieben."

Vermutlich kann sie das Springen meines Herzens jetzt auch hören, da ich ihre Worte verstanden habe.

„Wieso nicht?"

„Weil ich eine …"

Ich bringe sie mit einem Kuss auf die Lippen zum Schweigen. Ich weiß, was sie ist. Aber sie ist es nicht jetzt, nicht hier und nicht für mich. Ich muss es nicht verstehen. Ich will es nicht verstehen. Aber sie ist hier keine Nutte, sie ist nur Maya, das Mädchen, das ich kennengelernt habe, und in das ich mich verliebt habe. Genug der Erklärungen. Ich habe mich verliebt. Wenn ich dürfte, würde ich mein Herz in eine Schachtel legen, sie in Geschenkpapier packen und Maya schenken. Vermutlich würde sie, ungeduldig wie sie ist, das Papier aufreißen und mein Herz sehen. Wenn ich zu erklären versuchte, was ich für sie empfinde, würde ich versagen. Aber ich würde ihr, wenn ich dürfte, mein Herz schenken.

Sie erwidert meinen Kuss fast schon schüchtern, bevor sie mich sanft von sich schiebt und traurig ansieht. Ich will sie fest in meine Arme schließen und nie mehr loslassen. Ich will sie beschützen und mich trotzig jedem Mann in den Weg stellen, der sie anfassen will. Diese Traurigkeit will ich ihr nehmen. Ich würde alles tun.

„Ich fliege bald nach Barcelona."

Ihre Worte prallen an mir ab. Ich verstehe sie nicht.

„Urlaub?"

„One-Way-Ticket. Ich ziehe da hin."

Barcelona?

„Wann?"

„Mittwoch."

In meinem Kopf überschlägt sich das Rechenzentrum.

„Das ist in fünf Tagen."

Sie nickt und zuckt hilflos die Achseln. Ich lehne mich wieder an die Arbeitsplatte, sie lehnt sich gegen meine Brust.

„Fünf Tage."

Meine Arme legen sich um sie, drücken sie fester an mich, während der Rest meines Körpers langsam taub wird.

… 5 TAGE LIEBE

ZERFETZTE HERZEN

Der Kleiderständer steht vor dem Backofen, der geöffnet seine 220 Grad verbreitet. Mayas Kleidungsstücke hängen und trocknen langsam vor sich hin. Maya sitzt auf dem Stuhl am Tisch, die Beine angezogen, ihr Weinglas in der Hand. Draußen ist es dunkel, wir haben das Licht gelöscht. Die Kerze, die jetzt in der leeren Weinflasche steckt, flackert vor sich hin und spendet spärliches Licht in meiner Küche.

Ich sitze Maya gegenüber, spiele mit meinem Weinglas und denke nach. Das tue ich jetzt schon seit fast einer Stunde. Immer wieder mischen sich meine Gedanken zu einer verrückten Zukunftsvision: darin werfe ich alles in meiner Wohnung in einen Karton und kaufe mir einfach ein One-Way-Ticket nach Barcelona. Dort hause ich dann auf der Straße zwischen meinen Kartons und hoffe darauf, von Maya in eine Wohnung (die wir kurze Zeit später „unsere" Wohnung nennen) gebeten zu werden, wo wir uns stundenlang lieben und uns ewige Treue schwören. Aber das ist alles Schwachsinn. Ich lebe hier, habe mein Leben hier, meine Wohnung, meine Arbeit.

Maya scheint ihre Wäsche Stück für Stück studieren zu wollen, denn sie kann ihren Blick nicht mehr von meiner merkwürdigen Version eines Wäschetrockners nehmen. Wir haben kaum gesprochen, uns auch nicht mehr geküsst.

In der achten Klasse hatte ich ein Jahr Spanisch, weil es mir leichter fiel, als mich durch den Zusatzkurs in Physik zu quälen. Eigentlich hatte ich gehofft, damit vielleicht später einmal Frauen beeindrucken zu können. Aber alles, was mir einfallen will, ist das hier:

„La palabra es plata y el silencio oro."

Maya dreht ihren Kopf wieder in meine Richtung und muss dabei lächeln. Vielleicht habe ich sie nicht beeindruckt, aber doch überrascht. Wenn sie lächelt, dann habe ich mein Ziel doch erreicht.

„Si."

Oh, toll. Ich habe ein ganzes Wort geerntet. Da hätte ich auch eine physikalische Gleichung aufsagen können. Sie nimmt einen großen Schluck Wein, leert damit das Glas, stellt es zurück auf den Tisch, holt tief Luft und sieht mich an.

„Te echaré de menos."

Großartig. Wir sprechen Spanisch und ich verstehe kein Wort. Ich weiß nicht, was sie da gesagt hat.

„Was heißt das?"

Eine kurze Handbewegung.

„Ist nicht wichtig."

Sie macht Witze. Mir ist es vielleicht wichtig. Es könnte alles bedeuten. Zwischen „Du kannst mir mal gehörig den Buckel runterrutschen!" bis hin zu „Ich will dich heiraten." Wenn ich wüsste was es bedeutet, würde mir mein nächster Schritt bestimmt viel leichter fallen.

„Eigentlich küsse ich nicht, weißt du?"

Ist das der Grund, wieso wir uns schon eine kleine Weile nicht mehr geküsst haben? Will sie mich einfach nicht mehr küssen?

5 TAGE LIEBE

„Ich meine, wenn ich arbeite."

„Ach."

Ihre Arbeit, die hatte ich doch gerade mit dem nächsten schmerzvollen Gedanken ersetzt: Barcelona.

„Ich stecke mir Grenzen."

Ich will es nicht hören, ich kann es nicht hören. Aber solange sie mit mir spricht, bin ich glücklich. Ich nicke, was sie fälschlicherweise als Aufmunterung zum Weiterreden sieht.

„Es gibt Dinge, die lasse ich nicht zu, weißt du? Ich lasse nicht alles mit mir machen."

Mein Kopf dreht sich. Manche Dinge würde ich gerne fragen, manche Dinge will ich lieber im Nebel der ewigen Unwissenheit verschwinden lassen. Wieso muss sie mir das sagen?

„Ich bin keine billige Nutte, wie du vielleicht denkst."

Sie sieht weg, als ich hinschaue.

„Ich weiß."

Maya ist nicht billig. Das weiß ich. Über Lucy will ich mir keine Gedanken machen müssen. Ich bin hier nicht mit Lucy, sondern mit Maya. So versuche ich mich selbst zu schützen.

„Du kannst damit auch nicht umgehen."

Es klingt wie ein Vorwurf. Ich hole laut Luft und stehe auf. Ich brauche mehr Alkohol.

„Willst du was trinken?"

„Was hast du da?"

„Alles."

Keine Lüge, ich habe viel Alkohol im Haus. Ich trinke nicht alles selbst, aber ich habe es da. Manchmal schaue ich mir nur die Flasche an; alleine der Gedanke, ich könnte es trinken reicht, um mich abzulenken. Ich könnte sofort den jugendlichen Komasäufern ernsthafte Konkurrenz machen, wenn ich wollte.

„Hast du Rum?"

Sicher habe ich Rum. Ich greife nach der Flasche im Regal und stelle sie laut vor uns auf den Tisch. Wieso ich plötzlich so wütend bin, weiß ich selbst nicht so genau. Vielleicht weil ich jetzt an nichts anderes mehr denken kann, als an Männerhände auf ihrem Körper.

Sie steht auf und drückt sich an mir vorbei, wobei sich unsere Körper berühren und ich diese Wärme auf meiner Haut spüre, geht dann zum Kühlschrank und holt eine Flasche Cola.

„Cuba Libre. Das hilft immer, oder?"

Ich hätte auch den Rum pur in mein Glas gefüllt, aber ihr Vorschlag passt mir besser. Sie verzichtet gänzlich auf Eis und die Zitronenscheibe, kippt eine großzügige Mischung in die Gläser und sieht mich an.

„Auf was trinken wir?"

„Auf die fünf Tage."

Ich will es etwas positiver klingen lassen, aber es gelingt mir nicht. Es klingt jetzt schon wie ein Abschied. Aber sie willigt ein, unsere Gläser treffen sich klirrend, so wie unsere Blicke, dann nehmen wir einen Schluck. Ich spüre ihre Mischung in meiner Kehle brennen, aber es fühlt sich gut an. Vor allem aber lenkt es ab.

„Wieso stellst du keine Fragen?"

Wieder dieser Ton, der einen leichten Vorwurf erahnen lässt.

„Weil ich es nicht wissen will."

„Wieso?"

Ich hasse solche Fragen. Ich habe es doch gerade gesagt. Sie macht mich wirklich wütend, und ich weiß nicht mal wieso.

5 TAGE LIEBE

„Weil es mich nichts angeht. Weil es wehtut."

„Weil du nicht damit umgehen kannst. Aber es ist ein Teil von mir. Du solltest wissen, auf was du dich einlässt."

Ich nehme einen weiteren Schluck, will nicht mehr reden, schon gar nicht darüber. Mein Schweigen scheint sie wütend zu machen. Ihre Augen verdunkeln sich, genau wie ihre Mimik. Diese kleine Falte zwischen ihren Augenbrauen lässt mich wissen, gleich kommt es zum Ausbruch. Erschreckend, wie gut ich sie jetzt schon kenne.

„Wieso? Ich weiß doch, was du machst. Wie ich damit klarkomme, ist doch meine Sache."

„Ich schlafe mit fremden Männern. Ich lasse zu, dass sie mich behandeln, wie sie wollen. Sie geben mir fremde Namen und holen sich, was sie zu Hause nicht bekommen."

Wieso will sie mir wehtun? Was habe ich denn getan, um das zu verdienen? Langsam drehe ich mich weg und gehe auf den Flur, aber sie folgt mir.

„Kotzt es dich schon an? Dabei bin ich nicht mal ins Detail gegangen."

Ich gehe weiter, aber sie greift nach meiner Schulter.

„Du denkst, du willst mich? Du denkst, du kannst das? Ich sag dir was, Jonas – einen Scheiß kannst du! Du kannst mich nicht mal ansehen!"

Sie schreit mich an, ihre Augen sind mit Tränen gefüllt, es ist nur noch eine Frage der Zeit, bis sie weinen wird. Ich bleibe stehen, will sie umarmen, aber sie schubst mich heftig weg.

„Du willst mich nicht mehr, wenn ich dir sage, was ich mit den Schwänzen anderer Männer mache!"

Wie gut, dass ihre laute Stimme diese Information nun fast allen Mietern dieses Hauses mitteilt. Was ist nur in sie gefahren? Wieso zum Henker will sie mir wehtun?

Adriana Popescu

„Hör auf!"

Sie packt mein T-Shirt an der Schulter und schüttelt mich heftig, während sie mich weiter anschreit.

„Du willst mich nicht!"

Ich umschließe ihre Handgelenke und will sie beruhigen, aber sie flippt vollkommen aus, schubst mich weiter gegen die Wand. Ich bin von ihrer Kraft überrascht, wehre mich nicht, aus Angst, ihr wehzutun. Wir poltern gegen die Wand, ich stoße mir die Hüfte am Schrank neben mir, aber sie hört nicht auf.

„Du wirst mich hassen! Du wirst mich ansehen und all die Kerle sehen! Das wird dich wahnsinnig machen, und du wirst mich hassen!"

„Maya, hör auf!"

„Du wirst dich fragen, wie sie mich angefasst haben und ob ich gestöhnt habe!"

Inzwischen weint sie, was aber nur dazu beiträgt, dass sie mich noch lauter anschreit und auf meinen Brustkorb trommelt. Ich halte sie fest, drehe sie in meinen Armen und umarme sie von hinten so fest ich kann, ohne ihr wehzutun.

„Beruhige dich, verdammt noch mal!"

Sie zappelt wie ein Fisch an der Angel, will sich befreien, aber ich lasse es nicht zu. Ich halte sie fest, spüre die Wut in ihrem Körper und werde das Gefühl nicht los, sie richtet sich nicht gegen mich. Nur langsam beruhigt sie sich, vermutlich nur, weil sie müde wird. Jetzt weint sie nur noch, während sie schlapp in meinen Armen hängt. Sobald ich mir sicher bin, dass sie mich nicht mehr schlagen wird, drehe ich sie wieder um, betrachte ihr Gesicht, das so anders aussieht, und streiche ihr die Locken aus dem Gesicht. Sie sieht mich aus leeren, geschwollenen

5 TAGE LIEBE

Augen an. Ihre Unterlippe zittert noch immer, während sie schluchzt und ich ihre Wange berühre.

„Du hasst mich."

„Das ist Blödsinn. Ich hasse dich nicht."

Sie schlingt die Arme um mich, und ich hebe sie leicht an, trage sie ins Wohnzimmer und setze sie vorsichtig auf die Couch. Ob sie zittert, weil ihr kalt ist, oder ob sie einfach nur zittert, weiß ich nicht. Damit habe ich nicht gerechnet. Ich sehe sie an, wie sie zusammengerollt auf meiner Couch liegt.

„Du wirst weggehen, stimmt's?"

Fast muss ich lachen. Ich gehe doch nicht weg! *Sie* steigt in fünf Tagen in den Flieger und verschwindet, nicht ich.

„Nein."

Sie schließt die Augen und nickt langsam. Was war das gerade? Und wieso habe ich jetzt noch viel mehr das Bedürfnis, sie zu beschützen?

Maya, die viel lacht und scheinbar alles in ihrem Leben meistern kann, die weiß, was sie will, die auf alles eine Antwort hat, die immer gut drauf ist – das ist die Maya, die sie den Menschen zeigt. Was ich gerade gesehen habe, ist eine ganz andere Maya gewesen.

Langsam setze ich mich neben sie, lege meine Hand an ihre Wange und spüre, wie sie sich entspannt. Das Zittern ihres Körpers lässt nach, sie atmet ruhiger. Ich streiche sanft über die feuchte Haut in ihrem Gesicht und mein Herz zieht sich zusammen. Wieso meint sie, ich würde gehen wollen? Ich sollte gehen, das weiß ich. Aber könnte ich denn, selbst wenn ich wollte? Ich blöder Hund habe mich doch vor einer gefühlten Ewigkeit in sie verliebt.

„Und wo ist sie jetzt?"

Ich werfe einen Blick in mein Wohnzimmer. Maya liegt zusammengerollt auf der Couch und schläft noch immer.

„Sie schläft."

„Mann, Jonas, was machst du nur!"

Patricks Stimme am anderen Ende der Leitung beruhigt mich sofort. Ich hatte einfach keine Ahnung, was zu tun war. Seine Nummer zu wählen fällt mir leicht, wenn ich Probleme habe.

„Du hast gesagt, wenn ich sie will, soll ich es versuchen."

War das nicht sein Vorschlag, als wir am Buffet bei seiner Hochzeit standen?

„Sie ist eine Nutte! Das wusste ich doch nicht."

„Macht das einen Unterschied?"

Patrick atmet tief ein. Jetzt kommt eine Moralpredigt, ich weiß es. Ich kenne ihn viel zu gut.

„Nein."

Ich kenne ihn vielleicht doch nicht so gut. Oder aber ich unterschätze ihn.

„Ich will nur nicht, dass sie dir wehtut. Und ich befürchte, das wird sie."

Man muss mir das nicht sagen, ich weiß das selbst. Aber ich kann jetzt nicht mehr bremsen. Die Ausfahrt habe ich schon lange verpasst, ich bin auf dieser Autobahn unterwegs und will auch gar nicht mehr weg.

„Also, was ist dein Tipp?"

Es entsteht eine Pause. Entweder er denkt nach, oder er hat keinen Tipp für mich. Ich warte, er denkt.

„Mein Tipp? Streng dich an. Ich werde dich schon wieder zusammenflicken, wenn sie in Spanien ist."

Schwacher Trost, aber besser als gar nichts. Irgendwie ist es tröstlich zu wissen: Patrick würde tatsächlich mit

5 TAGE LIEBE

einem Sixpack Bier und seiner Playstation bei mir auftauchen und sich all mein verliebtes und herzschmerzendes Gesülze anhören. Dafür sind Freunde da.

„Danke, Patrick."

„Bitte nicht dafür."

Er legt auf, ich starre den Hörer an und frage mich, was ich hier wirklich mache. Im Spiegel sehe ich den blauen Fleck an meiner Hüfte vom „Kampf" im Flur. Langsam zupfe ich das T-Shirt zurecht und betrachte mein Gesicht im Spiegel. Ich kann Maya im Wohnzimmer über den Spiegel sehen. In der letzten Stunde hat sie sich nicht einmal bewegt. Sie schläft tief und fest, und das ist gut so. Es gibt mir die Möglichkeit, über sie nachzudenken.

Ich schleiche in die Küche, die Wäsche ist inzwischen trocken, oder zumindest so gut wie. Den Ofen stelle ich aus und fange an, ihre Sachen zusammenzulegen. Vielleicht möchte sie das nicht, aber so lerne ich sie ein kleines bisschen besser kennen. Ihre Slips sind schlicht und unspektakulär, reichen aber aus, um meine Fantasie ins Abenteuerland zu schicken. Einfarbiges Unterhemd, ein T-Shirt mit aufgedruckten Lippen, die einen Kussmund formen, Socken mit Snoopy-Stickerei. Nichts von dem Stapel, den ich liebevoll zusammenlege gibt Auskunft über ihren Beruf. Im Gegenteil, es scheint sie nur noch mehr davon zu distanzieren.

„Danke."

Mein Herz bleibt fast stehen, als ich ihre Stimme in meinem Rücken höre und mich umdrehe. Sie wirkt noch etwas verschlafen, aber ein kleines Lächeln tanzt wieder um ihre Lippen, ihre Haare umranden ihr Gesicht. Das ist schon wieder viel mehr die Maya, die ich kennengelernt habe.

„Kein Ding."

Langsam lege ich das letzte T-Shirt auf den Stapel und verfrachte alles in ihre Sporttasche. Sie verfolgt meine Bewegungen und mustert mich.

„Muss ich gehen?"

Ich ziehe den Reißverschluss der Tasche zu und lasse sie einfach auf dem Tisch stehen. Wieso fragt sie mich das? Denkt sie wirklich, ich würde sie wegschicken? Erwartet sie das von mir?

„Möchtest du denn gehen?"

Sie verschränkt die Arme vor der Brust, sieht mich lange an, aber ich werde ihr diese Entscheidung nicht abnehmen. Nicht mehr. Ich möchte sie hier haben. Für so viel länger als fünf Tage, aber diese Entscheidung liegt nicht mehr bei mir.

„Nein."

Erleichterung macht sich in meinen Lungen breit. Sie setzt sich in Bewegung, kommt auf mich zu. Ich beobachte sie etwas unsicher. Wird sie mich schlagen oder umarmen? Genau vor mir bleibt sie stehen, legt ihre Hände an meine Wangen und streicht sanft über mein Kinn.

„Tut mir leid."

„Okay."

„Ich wollte dich nicht so anschreien. Ich weiß nicht, was los war."

Ich weiß es, will es aber nicht sagen. Es reicht, dass ich es weiß. Und natürlich weiß sie es auch.

„Willst du hier übernachten?"

„Darf ich auch bleiben, wenn ich nicht mit dir schlafe?"

Langsam wird mir alles klar. Sie hat Angst, ich würde sie wegschicken, wenn sie nicht mit mir schläft. Sie fragt so oft danach, sie scheint Angst vor Sex mit mir zu haben.

„Sicher."

5 TAGE LIEBE

Oft scheint sie das nicht gehört zu haben, denn sofort nimmt sie mich fest in den Arm und murmelt ein Dankeschön gegen meinen Hals. Ich umarme sie ebenfalls und bin einfach nur zufrieden, sie hier haben zu dürfen.

Das Klingeln eines Handys reißt mich aus dieser Traumstarre, an die ich mich durchaus gewöhnen könnte. Maya hebt den Kopf und lauscht. Es muss ihr Handy sein, denn meines klingelt nicht mit der Anfangsmelodie vom „Denver Clan". Ohne ein Wort löst sie sich von mir, verschwindet im Flur, und ich warte.

„Hallo? ... Ja ... ja ... Ach so ... heute? ... Es ist mein freier Tag ... Verstehe ... okay ... ja ... Okay."

Sie kommt zurück in die Küche und sieht mich an. Ich weiß, was sie sagen wird. Wieso eine Vorahnung so viel Schmerzen im menschlichen Körper verbreiten kann, weiß ich nicht. Es muss eine chemische Reaktion sein oder etwas in der Art. Ihr Blick sagt alles, ich muss es nicht noch hören, und sie weiß das. Ich will nicht, dass sie geht. Sie will nicht gehen. Aber ich kriege keine Worte aus meinem Mund, sehe zu, wie sie die Jacke anzieht und mich dabei nicht aus den Augen lässt. In mir sterben gerade Teile meines Herzens ab. Sieht sie das nicht? Sieht sie nicht, wie ich leide?

„Soll ich danach wieder kommen?"

Natürlich erwartet sie eine Absage und ich bin versucht, hier und jetzt alles zu beenden – weil es nicht geht! Patrick hat recht, sie wird mir wehtun, sie tut es schon jetzt. Und sie weiß es, aber sie ändert nichts daran. Sie könnte doch absagen, es beenden und einfach mit mir auf der Couch kuscheln. Wir würden eine DVD schauen und lachen. Stattdessen zieht sie sich an und will gehen. Wohin? Zu einem anderen Mann. Mein Herz schlägt unendlich langsam.

Maya nickt, will nach ihrer Tasche greifen, aber ich bin schneller und halte sie fest. Ich will nicht, dass es heute das letzte Mal ist, dass ich sie sehe.

„Bist du sicher?"

Sie spricht, weil ich es nicht mehr kann. Sie sieht mich lange an, nickt schließlich und verlässt meine Wohnung. Die Tür fällt ins Schloss und in mir fällt alles zusammen. Ich hatte es mir zugegebenermaßen etwas leichter vorgestellt. Aber jetzt geht es mir schlecht. Körperlich schlecht. Vielleicht hat sie recht, vielleicht kann ich das alles wirklich nicht.

Ich bin nicht ihr Freund. Soweit haben wir das, was wir haben, noch nicht definiert, aber ich fühle mich wie ihr Freund. Weil ich es mir wünsche und weil ich denke, ich könnte sie beschützen. Weil ich ihr zeigen könnte, wie schön es sein kann, mit einem Mann zusammenzusein, und eben nur mit einem. Noch nie ist mir meine Küche so groß vorgekommen. Alles scheint plötzlich größer als ich. In Momenten wie diesen verfluche ich mich für das Entsorgen aller Drogen in meinem Besitz. Ich könnte jetzt nämlich einen kleinen Nervenberuhiger nur zu gut gebrauchen.

Stattdessen setze ich mich auf den Stuhl und starre in mich hinein, wo mein Kopfkino schon mal eine Preview bringt ...

Ich sehe Maya mit einem gut gebauten südländischen Typen im Bett. Er zieht ihr das Oberteil aus und schält ihre Brüste aus dem BH. Sie küsst seinen Hals, zieht ihm das T-Shirt aus und lässt ihre Hand in seiner Hose verschwinden.

An diesem Punkt schlage ich zu ersten Mal mit der Faust auf den Tisch.

5 Tage Liebe

Als er sie aus den Jeans und dem Slip hebt (es ist einer von denen, die ich vor wenigen Minuten noch liebevoll zusammengelegt habe), und er sie im Bett in eine bessere Position rücken will, tritt die Ente in meinem Magen fast die Rückreise an, doch ein großer Schluck abgestandener Cuba Libre hindert sie daran. Ich stehe auf und laufe in der Küche auf und ab, während die beiden sich in meinem Kopf immer näherkommen, er sie zwischen den Beinen berührt und ihre Brüste streichelt. Ihre Lippen sind leicht geöffnet, sie hat die Augen geschlossen und genießt seine Berührungen.

An dieser Stelle schleudere ich das halb leere Glas wütend gegen die Wand und trete einen Stuhl um.

Ich kenne mich so nicht. Ich werde von Zeit zu Zeit wütend, aber ich raste nicht aus. Ich werfe keine Gegenstände durch die Wohnung. Ich fluche vielleicht, aber so kenne ich mich nicht.

Nur um sicher zu gehen, stapfe ich in den Flur und betrachte mein Gesicht im Spiegel. Noch ist es nicht grün, aber ich sehe die Adern an meinem Hals deutlicher als sonst.

In meinem Kopf höre ich Maya stöhnen und nach mehr verlangen, eine Bitte, die der Südländer mit einem breiten Grinsen gerne erfüllt. Er dringt in sie ein, sie stöhnt lauter, ihr Gesicht ist eine Maske aus Erregung und Genuss.

Wütend schlage ich mit der Faust gegen die Wand und will am liebsten schreien. Vermutlich vor Schmerz, weil ich mir bei diesem Schlag wehgetan habe. Wieso halte ich mich jetzt auch noch für eine schwäbische Version von Wladimir Klitschko? So bin ich doch gar nicht!

Es klingelt an der Tür.

Adriana Popescu

Meine Nachbarn kennen mich so wohl auch nicht. Ich war zu laut, das weiß ich. Zuerst Mayas Geschrei, dann mein hulk-ähnlicher Wutausbruch. Ich sehe meinen Nachbarn, Herr Renner, schon mit dem Telefon in der Hand vor meiner Tür stehen, die Stirn in Sorgenfalten gelegt.

Aber als ich die Tür öffne und bemerke, wie sehr meine Hand schmerzt, sehe ich nicht in Renners Gesicht.

„Ich kann nicht."

Maya nimmt mein Gesicht in ihre Hände und küsst mich. Sie küsst mich so, wie sie mich noch nie geküsst hat. Um ehrlich zu sein, so hat mich noch nie eine Frau geküsst. Während wir uns küssen, schlage ich die Tür mit einem festen Fußtritt zu und hebe sie hoch, während wir rückwärts durch meinen Flur torkeln. Ihre Hände wandern über meinen Rücken, auf der hektischen Suche nach Haut. Ich halte sie einfach nur in meinen Armen, hocherfreut, aber doch überrascht.

Wir poltern gegen meine Schlafzimmertür, der einzige Raum in meiner Wohnung, den sie nicht sehen wollte. Ich stelle sie zurück auf ihre Füße, löse mich für nur einen kurzen Moment von ihr und sehe sie an. Ihre Hand greift hinter meinem Rücken nach der Klinke, schiebt die Tür auf und mich hindurch in ein dunkles Zimmer. Für den Bruchteil einer Sekunde unterbrechen wir unser Tun, sie sieht sich um, geht auf mein Bett zu und schaltet die blaue Lavalampe ein. Sofort wird mein Zimmer in ein dumpfes Licht gehüllt. Ich schließe die Tür und folge ihr.

Mein Herz pocht laut und schnell, meine Hände sind feucht und meine Augen müssen strahlen wie Polarlichter. So, als hätte ich doch noch Drogen im Haus. Ich sehe zu Maya, die langsam ihre Jacke auszieht und sie auf den Stuhl neben sich legt. Ich kann die Leidenschaft in ihren

5 TAGE LIEBE

Augen erkennen, doch mischt sich jetzt etwas anderes dazu. Ist es Unsicherheit? Langsam komme ich näher, berühre ihr Haar und küsse ihren Hals, sie legt die Arme um meinen Nacken, lässt mich gewähren.

Meine Hände wandern zu ihren Hüften, ich schiebe sie langsam unter ihr Oberteil, berühre ihre Haut und warte dann ab. Sie zittert ein wenig. Ich will keine Grenzen überschreiten, hebe meinen Kopf, um sie anzusehen. Mayas Blick macht mich stutzig. Bin ich zu schnell? Habe ich die Zeichen falsch gelesen? Ich höre auf.

„Mach weiter."

Ihr Flüstern trifft mich wie tausend Nadelstiche, und so lasse ich meine Hände langsam ihren Rücken nach oben wandern, spüre ihre zarte Haut unter meinen Fingern und ihren Atem an meinem Ohr. Sie hält mich fest an sich gedrückt.

Ich höre ihre Worte, die sie vor ein paar Minuten in der Küche gesagt hat, laut in meinem Kopf hallen. „Darf ich auch bleiben, wenn ich nicht mit dir schlafe?" Will sie nur deswegen mit mir schlafen? Wieso zähle ich zu den Männern, die selbst jetzt noch mit einem ganz bestimmten Körperteil denken, nämlich dem Kopf?

Maya küsst mich, streichelt meinen Rücken. Ich kann nur daran denken, dass sie vielleicht mit mir schlafen wird, weil sie sonst gehen muss. Und nicht, weil sie es so sehr will wie ich.

„Jonas?"

„Es ist okay. Du musst das nicht."

Der Versuch, etwas Abstand zwischen uns zu bringen scheitert, als sie mich wieder zu sich zieht. Diesmal sind ihre Augen nur auf mich gerichtet. Draußen irgendwo hupt ein Auto.

„Ich will es aber. Ich möchte es. Ich möchte dich so sehr."

Sie nimmt meine Hand und legt sie auf ihre Brust, meine Knie werden verdächtig weich, andere Körperteile verdächtig hart.

Sie küsst meine Wange.

„Ich möchte dich, Jonas."

Sie küsst meinen Hals.

„Ich möchte dich so sehr."

Sie küsst meine Lippen, ich küsse ihre. Diesmal bin ich es, der ihr zeigt, wie sehr ich sie möchte. So fühlt es sich an, wenn Träume überraschend in Erfüllung gehen. Meine Arme heben sie an, legen sie auf mein Bett, ich ziehe ihr langsam das T-Shirt aus. Oben ohne habe ich sie schon gesehen, aber diesmal fühlt es sich ganz anders an. Meine Blicke streicheln sie, ebenso meine Hände. Mayas Augen sind geschlossen, ihre Lippen leicht geöffnet. Von ihrem Körper geht eine Wärme aus, die mich magisch anzieht. Ich küsse ihr Dekolleté, streichle ihren Bauch. Ihre Hände greifen nach dem Bund meines T-Shirts und ziehen es mir langsam über den Rücken. Mir schießen tausend Gedanken durch den Kopf. Wie viele Männer hat sie wohl genau so schon gesehen und wie viele von ihnen sahen besser aus? Ich hatte mal einen guten Körper, aber der Bierkonsum hat in den letzten paar Monaten doch verdächtig zugenommen. Wird sie enttäuscht sein?

Bevor ich etwas unternehmen kann, spüre ich ihre Hand auf meinem nackten Rücken und habe eine neue Dimension der Erotik entdeckt. Ich küsse ihren Hals, bin vernarrt in ihn und könnte die ganze Nacht nichts anderes mehr machen. Wären da nicht meine Hände, die sich am Knopf ihrer Jeans zu schaffen machen. Nichts in ihren Bewegungen lässt darauf schließen, dass sie möchte, dass

5 TAGE LIEBE

ich aufhöre. Ihre Atmung führt mich, und ich kann mich nicht erinnern, wann ich eine Frau so vor mir liegen hatte, bei der mein Herz aus der Brust springen und am liebsten den Jakobsweg hin und zurück in Bestzeit hetzen wollte, ohne Pause, bevor es in Santiago de Compostela angekommen war ...

Solange ihr Atem schneller wird, so wie jetzt, tue ich das Richtige. Ihre Beine sind perfekt, ihre Brüste, das wusste ich schon, ebenfalls. Sie trägt einen roten Slip mit einer kleinen Schleife am Bund. Ich lächle, während mein Finger mit der Schleife spielt. Ein fast schon süßer Slip. Sie bemerkt mein Gesicht, greift nach meiner Hand und zieht sie und mich zu ihren Lippen. Mayas Lippen sind unendlich weich, ihre Küsse sanft und zärtlich.

„Was ist mit deiner Hand?"

Eine leicht bläuliche Färbung ziert meine Hand. Das Ergebnis meiner Auseinandersetzung mit der Wand.

„Ein Unfall."

Sie küsst meine Hand erneut, ihre Augen sehen mich an.

„Besser?"

Ich nicke nur, das Sprechen wird mit der Zeit schwerer, das Atmen übrigens auch. Langsam führt sie meine Hand über ihre Brüste (ein unglaublich schönes Gefühl), über ihren Bauch (der sich mit ihrer Atmung hebt und senkt) und schließlich zurück zu ihrem Slip. Diesmal wird die Schleife gänzlich ignoriert. Sie schiebt meine Finger unter den Bund des Slips, mein Gehirn schaltet sich aus, ich muss die Augen schließen.

Ihre Lippen streifen meinen Hals, küssen meine Brust, ihre Hände berühren den Bund meiner Boxershorts, meine Atmung ist zu schnell und zu laut.

Adriana Popescu

In diesem Zimmer, in diesem Bett habe ich seit einer sehr langen Zeit nicht mehr mit einer Frau geschlafen.

Maya setzt sich auf und sieht mich an, mein Blick huscht über ihren Körper zurück zu ihrem Gesicht. Unsicherheit liegt in ihren Augen, als wäre es für sie das erste Mal, und so sehr ich mir wünsche, es wäre so, ganz so blöde bin ich dann doch nicht. Liebe mag meinen Blick verschleiert haben, aber ihr „Beruf" pocht wie ein Buntspecht gegen meinen Hinterkopf.

Ihre Hände greifen nach meinen und legen sie auf ihre Brust, begleitet von einem schüchternen Lächeln. Meine Lippen sind von ihren magisch angezogen, und so küsse ich sie erneut, während meine Hände sich selbstständig machen und sie streicheln.

Sie legt die Arme um meinen Hals und hält sich fest, genießt meine Haut auf ihrer und scheint, wenn auch nur für jetzt und hier, loszulassen. Ich habe in meinem Leben mit einigen Frauen geschlafen. Es würde mir leicht fallen, zu beschreiben, wie es war, wie es sich angefühlt hat und was ich genau getan habe. Aber diesmal, hier und jetzt mit Maya, da wollen mir die Worte für diese Gefühle nicht einfallen. Ich habe das Gefühl, sie erst erfinden zu müssen. Nur leider setzt mein Gehirn an dieser Stelle immer mal wieder aus. Blutarmut, befürchte ich.

Maya liegt unter mir, sieht mich genau an, als wolle sie mein Gesicht für immer auswendig lernen. Oder ist sie unzufrieden? Bei so vielen Männern in ihrem Leben sollten sich einige Vergleichsmöglichkeiten bieten. Würde ich gut genug abschneiden?

Ihre Hand berührt meine Wange.

„Nicht denken."

Sie küsst meine Lippen, nimmt alle Gedanken mit einer Berührung weg, führt mich zurück an diesen geheimen

5 TAGE LIEBE

Ort, den ich schon einige Male besucht habe, doch war er noch nie so schön wie jetzt. Mit ihr ...

Ich küsse ihren Hals, lausche ihrem Atem, nehme ihren Duft auf und entsinne mich ganz entfernt an den Spruch: „Sex ist eine unglaublich schöne Sache, wenn es mit dem richtigen Partner passiert."

Ich höre sie meinen Namen flüstern und befürchte, etwas Falsches gemacht zu haben, aber ich irre mich. Offensichtlich habe ich etwas genau richtig gemacht. Ich beobachte Mayas Gesicht mit einem Lächeln. Ihre Hände wandern über meinen Rücken zu meinem Nacken, sie hält sich fest, als würden wir gemeinsam von einer Klippe springen. Obwohl ich vor einem solchen Sprung panische Angst habe, ich würde mit ihr springen. Sofort und ohne Zweifel.

So wie jetzt in genau diesem Moment. Vielleicht hatten schon andere Männer diesen Moment, aber ich glaube, nicht so. Ihre Augen, ihr leichtes Lächeln, ihre Bewegungen, ihr Atem, der Duft, der sie umgibt. All das, da bin ich mir sicher, erlebe ich als einziger Mann mit ihr zusammen. Natürlich belüge ich mich hier selbst, aber ich muss es tun, sonst würde ich aufspringen, ins Bad hetzen und mich hemmungslos übergeben. Das ist meine erste Lektion. Aber das Gefühl in meinem Bauch, nachdem ich mich neben sie rolle, lässt mich erahnen, es wird wohl nicht die letzte Lektion sein, die ich lernen muss, wenn ich das hier mit Maya wirklich durchziehen will.

Sie hat die Augen geschlossen, lächelt und hält meine Hand in ihrer, fest an ihre Brust gedrückt. Ich spüre wie ihr Herz Morsesignale in meine Handfläche abschickt und konzentriere mich auf nichts anderes mehr.

Maya schlägt die Augen auf, sieht kurz an die Decke, bevor sie sich zu mir rollt, so nah, dass es mich überrascht.

„Das ist verrückt. Wir sind verrückt."

Vermutlich hat sie Recht, aber ich schiebe diesen Gedanken auf die schwarze Liste. Sie darf es einfach nicht bereuen. Wenn sie es bereut, werde ich für immer ein Fehler in ihrem Leben sein. Ich räuspere mich kurz. Im Laufe meines Lebens habe ich die Erfahrung gemacht, dass ich kurz nach dem Sex eher beschissen klinge.

„Meinst du?"

„Sicher. Ich könnte meinen Job verlieren wegen dieser Aktion."

Zumindest scheint sie sich nicht, so wie ich, mit romantischen Gedanken nach dem Sex zu befassen. Das ist doch mal was.

„Okay."

Das habe ich gebraucht. Einen Reality-Check. Den Beweis dafür, dass alle um mich herum vermutlich recht behalten werden. Es ist ein Fehler. Maya ist eine Traumgestalt, die ich niemals behalten darf.

„Aber es ist mir scheißegal!"

In meinem Kopf hallen die Wörter immer noch. Ich spüre ihre Hand, die nach meiner greift und sie etwas genauer inspiziert. Inzwischen sieht man eine leichte Schwellung an meinen Fingerknöcheln. Ich ziehe sie weg, aber Maya ist hartnäckig.

„Was ist mit deiner Hand wirklich passiert?"

„Ich hatte eine Auseinandersetzung mit der Wand."

Es entsteht eine kleine Pause. Sie weiß, wieso ich das getan habe. Man muss kein Genie sein um zu erahnen, wie ich reagiert habe, kaum dass sie aus der Tür war.

„Wurde sie frech?"

„Ziemlich."

5 TAGE LIEBE

Ich sehe die Lichter der Stadt, die sich durch mein Zimmerfenster ins Innere schleichen und eine Beleuchtung überflüssig machen. Wenn ein Auto vorbei fährt, verfolge ich die Scheinwerfer an meiner Zimmerdecke. Wer auch immer dieses Klischee in die Welt gesetzt hat, dass man nur schönen Sex haben kann, wenn Kerzenlicht den Raum in eine perfekte Stimmung taucht – das ist Unsinn. Kompletter Unsinn. Genau jetzt, mit Maya in meinen Armen, mit tanzenden Scheinwerfern an der Decke und dem Blau meiner Lavalampe, genau jetzt ist es perfekt.

Sie zieht die Decke über uns, als wolle sie uns vor der Außenwelt verstecken. Ich meine, ihr Herz noch immer schlagen zu hören, aber vielleicht ist das auch nur mein Puls, den ich in meinem Kopf höre wie den Beat einer Techno-Party.

„Jonas ... ?"

„Hm?"

Wir flüstern, so als würden meine Eltern durch die Tür kommen, obwohl ich doch schon längst alleine wohne.

„Danke."

Ich möchte lächeln, so breit und groß. Aber ich nicke nur, versuche wenigstens etwas von der Coolness zu behalten, auf die Frauen bei Männern ja angeblich so sehr stehen.

„Für alles heute."

Dann schließt sie die Augen, und es passiert das Wunderbarste, was mir seit langer Zeit passiert ist. Maya schläft nackt in meinen Armen ein.

Adriana Popescu

5 TAGE LIEBE

SCHULDE ICH DIR WAS?

Vermutlich muss ich es nicht erwähnen, aber ich habe in der Nacht kaum ein Auge zugemacht, denn ich habe sie die ganze Zeit angesehen. Für immer in meinem Gedächtnis verankert bleibt jetzt ihr Gesicht, wenn sie schläft. Frauen denken für gewöhnlich, sie sehen schrecklich aus, wenn sie schlafen. Um ehrlich zu sein, die meisten sehen schrecklich aus. Maya ist eine der wenigen Ausnahmen. Ihre Haare, ihre Augen, ihre Lippen, die sie zu einer unglaublich süßen Schnute verzieht, die Arme über dem Kopf verschränkt. Wenn ich wollte, könnte ich unter die Bettdecke schielen, ihren nackten Körper in aller Ruhe betrachten, studieren und verinnerlichen. Aber ich kann nicht von ihrem Gesicht wegschauen.

Die Kondompackung liegt auf dem Boden neben dem Bett. Dieses Bild werde ich ebenfalls nicht vergessen. Sie liegt da wie ein eingelöstes Versprechen. Egal was ich sehe, egal wohin ich schaue, überall scheint die Sonne, und ich grinse wie ein verliebtes Stinktier vor mich hin. Irgendwann gegen sechs Uhr früh schlafe ich endlich ein. Glücklich, zufrieden und unendlich verwirrt.

Adriana Popescu

Was wird morgen? Was wird, wenn ich die Augen wieder öffne? Vielleicht ist sie weg? Oder sie will Geld? Wie soll ich mich verhalten, wenn sie wirklich Geld will? Hat sie mit mir geschlafen, weil sie es wollte? Weil sie es nicht anders gewohnt war? Haben wir zu früh miteinander geschlafen? Irgendwann zwischen all diesen Gedanken besiegt mich die Müdigkeit, und ich ergebe mich ihr überdeutlich, wenn auch ohne erhobene Hände.

Das vertraute Geräusch eines Weckers reißt mich aus dem Schlaf. Draußen ist es schon hell, zumindest erahne ich das, als ich langsam die Augen öffne. Die Seite des Bettes neben mir ist leer. Kurz beschleicht mich das Gefühl, alles nur geträumt zu haben. Vielleicht war der Wunsch, Maya zu berühren, zu küssen und zu lieben stärker als die Realität. Sie ist weg. Entschwunden aus der Traumwelt, die ich gestern Nacht noch so intensiv gefühlt habe. Oder doch nicht?

Geräusche in der Küche. Ihre Sachen liegen noch immer auf dem Fußboden meines Zimmers verteilt. Ich habe es mir also nicht nur eingebildet, sondern wirklich genossen. Ich muss wach werden, denn die Erinnerung des gestrigen Tages will mich mit sich in die tosenden Wellen der Emotionen ziehen. Ich atme lange ein und aus, bevor ich mich aufsetze. Meine Hand tut höllisch weh. Über Nacht ist sie noch etwas mehr geschwollen und es schmerzt mich, eine Faust zu bilden.

Die Tür wird aufgeschoben und mir reicht die Zeit nicht mehr, um meine Haare in eine einigermaßen vernünftige Position zu bringen. Ich muss aussehen wie nach zehn Runden Sparring gegen einen der Klitschkos. Wahlweise auch gegen beide.

5 TAGE LIEBE

Maya trägt eines meiner T-Shirts, mehr nicht. Es reicht ihr bis zur Mitte der Oberschenkel und sie sieht unheimlich sexy aus. Wie können Frauen morgens so aussehen?

Ihre Locken scheinen eine siegreiche Rebellion zu feiern, denn ich sehe keinen Erfolg bei dem Versuch, Ordnung in ihr Haupthaar zu bringen. Das entspannt mich etwas.

Sie lächelt mich breit an, trägt ein Tablett mit Tassen und Tellern und versucht graziös, die Tür hinter sich mit dem Fuß zu schließen.

„Guten Morgen, Schlafmütze."

Es muss schon zehn Uhr sein oder gar noch später, aber ich habe Schlafmangel. Sie stellt das Tablett aufs Bett und bleibt am Fußende stehen. Mit stolzer Geste deutet sie auf die Teller.

„Rührei und Speck. Toast und Honig, Kaffee mit Milch und Zucker, und was das da ist, weiß ich nicht so genau."

Gibt es solche Lieblingsmomente? Wenn ja, dann sollte man darüber einen Roman schreiben! Ich habe mich in diesen Moment verliebt und würde ihn heiraten, wenn ich könnte. Okay, das soll also mein neuer Wahlspruch werden: „Mach jeden Moment zu einem Lieblingsmoment." Außerdem habe ich gelesen, in Australien hat ein Mann seinen Fernseher geheiratet. Warum sollte es mir also verwehrt sein, diesen Moment zu heiraten?

Maya streicht mein T-Shirt glatt und zupft es etwas tiefer, als wäre es ihr unangenehm, dass ich ihre Beine sehen kann.

„Ich habe das aus dem Schrank gefischt."
„Es steht dir."
Sie sieht wieder zu mir.
„Es riecht nach dir."

Adriana Popescu

Bevor ich überlegen kann, ob das gut oder schlecht ist, klettert sie neben mich aufs Bett und streichelt mein Gesicht.

„Milch und Zucker."

Ich verstehe kein Wort, nicke aber, um meine Ahnungslosigkeit zu überspielen. Maya kichert, als hätte nur sie den Witz verstanden.

„Was ist so lustig?"

„Ich rede von meinem Kaffee. Ich trinke ihn mit Milch und Zucker."

Sie beißt sich auf die Unterlippe und deutet mit einem Nicken auf meinen Nachttisch. Ihr Handy.

„Ich habe deine Nachricht auf meiner Mailbox gehört."

Kann man sich nur in Grund und Boden schämen? Oder auch in Bett und Matratze? Wenn das möglich ist, würde ich mich gerne hier und jetzt in dieses Bett schämen, und das versuche ich auch.

„Oder soll ich sagen deine Nachricht*en* ... ?"

Sie will mich aufziehen; aber gestern war das alles ein verzweifelter Versuch, sie zu erreichen, weil es zu sehr weh tat, sie zu verlieren. Ich drücke mir das Kissen ins Gesicht und hoffe, mich in Luft aufzulösen. Wie bescheuert hatte ich doch gleich geklungen? Drei Nachrichten in zwei Minuten, das war sogar für das verliebte Stinktier peinlich!

„Nicht sterben! Hey, schau mich an!"

Sie zerrt das Kopfkissen von meinem Gesicht und lacht fröhlich, während sie sich quer über mich auf den Bauch legt und nach einem Stück Speck fischt. Wie sie so daliegt, gibt sie einen Blick auf ihren perfekten Hintern frei. Sie trägt nur einen schwarzen String, den sie gestern noch in meiner Küche gewaschen hat. Ich bin versucht, meine Hand in einer nebensächlichen Bewegung auf ihre Run-

5 TAGE LIEBE

dungen zu legen, entscheide mich dann aber für ihre Kniekehle.

Sie kaut genüsslich den Speck und dreht ihren Kopf in meine Richtung.

„Dein Kühlschrank verfügt über immense Vorräte an Leckereien. Du kochst wohl wirklich gerne."

„Ich koche nicht gerne. Ich esse gern."

Sie wirft mir einen skeptischen Blick zu.

„Davon sehe ich aber nichts."

„Ich schwöre, ich habe in den letzten zwei Monaten bestimmt drei Kilos zugenommen."

Das ist nicht gelogen, allerdings liegt das nicht am Essen, vielmehr am Bier. Leider bringt mein unbedachter Ausspruch sie dazu, ihre Position zu wechseln; dabei hatte ich mich gerade an den Anblick gewöhnt. Sie setzt sich auf, zieht die Decke hoch und wirft einen prüfenden Blick auf meinen Bauch, ohne Erfolg zu verhindern versuche. Ihre Fingerspitze bohrt sich in meinen Bauch und ich spanne sofort alle mir zur Verfügung stehenden Muskeln an. Ob das reichen wird um sie zu beeindrucken, steht auf einem anderen Blatt.

„Oh, ich spüre Muskeln, gaaaanz weit unten."

Touché. Ich sollte mal wieder etwas für meine Figur tun. Zwar würde ich sie immer noch als „ziemlich ordentlich" beschreiben, aber vor einem Jahr versteckte sich unter meinem T-Shirt noch etwas wie ein Sixpack.

„Das wird sich ändern, das wirst du schon noch sehen."

Sie küsst meinen Hals und kuschelt sich an mich. Wie gerne würde ich sie für immer hier festhalten.

„Hast du heute etwas Bestimmtes vor?"

Ich hoffe, sie beantwortet die Frage mit einer Verneinung, dann kann ich sie entführen, ihr etwas zeigen und den ganzen Tag mit ihr verbringen. Ich fühle mich gezwungen, ihr ständig ein Entertainmentprogramm zu bieten, das sie vielleicht noch davon überzeugen kann, hier zu bleiben und nicht nach Spanien auszuwandern. Noch immer habe ich es nicht geschafft, nach dem Grund ihrer Flucht zu fragen. Ich umschiffe das Thema Spanien so geschickt – es würde mich nicht wundern, wenn ich bei diesem Versuch aus Versehen noch Indien entdecken würde.

„Noch nicht. Wieso? Hast du einen Plan?"

Sie sieht mich aus großen Augen an, und einen ganz kurzen Moment bin ich abgelenkt. Immer wieder wollen sich andere Bilder in meinen Kopf drängen: Bilder, die nicht zu der Frau passen, die hier in meinem T-Shirt neben mir sitzt und meinen Unterarm streichelt. Sie passen auch nicht zu der Frau, mit der ich gestern Nacht geschlafen habe.

Langsam schüttle ich den Kopf und sie lächelt.

„Also kann ich mir aussuchen, was wir machen?"

Wir. Was *wir* machen. Sie und ich. Irgendwann gestern Nacht ist daraus ein *wir* geworden.

„Klar."

Sie grinst frech. Ich erahne, sie erfindet einen Plan hinter ihrem hübschen Gesicht.

„Nicht weggehen. Bleib genau hier. Ich bin sofort wieder da."

Bevor ich fragen kann, was sie vorhat, springt sie aus dem Bett und über den Flur. Ich sehe ihr kurz nach, bis die nackten Beine in der Küche verschwinden, dann schnelle ich zum Kleiderschrank und fische eine schwarze Boxershorts heraus. Obwohl wir uns gestern Nacht so nahe standen, ist es mir jetzt unangenehm, nackt vor ihr zu sein. Vor allem, wenn sie es nicht ebenfalls ist.

5 TAGE LIEBE

Ich höre sie in der Küche. Also begebe ich mich auf den Boden und versuche im Schutz des Bettes, ein paar Sit-ups zu bewältigen – was mich überraschend schnell an meine körperlichen Grenzen bringt. Bin ich wirklich so sehr eingerostet? Ich habe nur noch drei Tage Zeit, um ihr zu imponieren.

„Ich kann dich sehen."

Sofort gefrieren meine Bewegungen und mein Gehirn arbeitet auf Hochtouren. Wie erkläre ich, was ich hier tue, ohne mich zum kompletten Idioten zu machen?

„Jonas …"

„Weißt du, die Sache ist die …"

Ich stehe langsam auf, betont langsam, da ich noch mehr Zeit zum Nachdenken brauche.

„Eigentlich mache ich das jeden Tag. Jeden Morgen … und Abend. Ich hatte in letzter Zeit nur nicht so viel … Zeit. Ich arbeite so oft. Und viel. Und lange. Und deswegen komme ich nicht dazu …"

Sie durchquert den Raum und kommt auf mich zu.

„Deswegen erscheine ich vielleicht etwas außer Form. Aber eigentlich bin ich das gar nicht."

Sie nickt, bleibt vor mir stehen und streichelt meine Arme. Sie lässt eine kleine Tüte aufs Bett fallen.

„Ich kann dich sehen. Und was ich sehe, gefällt mir."

Sie streichelt über meine Schultern und über meinen Brustkorb, der kurz zuckt, auch wenn ich das gar nicht will.

„Und was ich spüre, auch."

Sie küsst meine Wange und schlingt ihre Arme um meinen Hals, dabei stellt sie sich auf ihre Zehenspitzen. Wieso haben wir Menschen Probleme, so was zu glauben? Es fällt uns unglaublich leicht, Kritik sofort zu glauben, an allem zu zweifeln, was wir angestellt haben, egal wie gut es doch eben noch erschien. Aber wenn jemand ein Lob ausspricht, hinterfragen wir diesen Ausspruch sofort.

„Ich mag dich genau so, wie du bist, Jonas. Bitte ändere dich nicht."

Ich habe mich in den letzten zehn Jahren nicht verändert, was mir auf dem Abi-Treffen jeder bescheinigte. Wieso sollte ich es also jetzt tun, wenn Maya das nicht möchte?

„Ich mag dich auch."

Ich hoffe, sie entlarvt diese kleine Lüge nicht. Ich habe einmal gelesen, dass man spüren kann, wenn jemand lügt. So nah wie Maya jetzt an meinem Körper steht, würde es mich nicht wundern. Ich mag sie, sicher, das ist keine echte Lüge. Aber ich mag sie eben nicht nur, nein, ich verliebe mich in sie! Ich weiß es. Ich weiß es, aber ich kann es weder sagen noch erklären. Also belasse ich es bei einer verkleinernden Lüge und hoffe, sie spürt es nicht.

Ein Handy klingelt in der Ferne, und sofort verkrampft sich mein Körper. Maya spürt es, denn sie küsst meinen Hals, dann mein Ohr und flüstert ein „Shh" hinein, bevor sie sich von mir löst und erneut im Flur verschwindet. Mein Herz wird schwer. Ich horche. Bitte nicht ...

„Hallo? ... Hey du, na wie geht es euch?"

Das klingt nicht nach Arbeit, ihre Stimme wirkt fröhlich und ungezwungen. Ich atme erleichtert durch. Wie schnell der Körper doch auf äußere Reize reagiert. Ich habe damit gerechnet, wieder auf den Boden der Tatsachen geholt zu werden. Ihre Arbeit, die wie ein Schatten über uns hängt und jederzeit in einem unheimlichen Gewitter ausbrechen kann. Aber nein, diesmal nicht.

Während Maya im Flur telefoniert, suche ich mir ein T-Shirt aus und schlüpfe hinein. Vielleicht können wir

5 TAGE LIEBE

zusammen in mein Lieblingscafé? Oder wir schauen uns einen Film im Kino an. Ich will einen kurzen Moment echter Beziehung mit ihr, will der Außenwelt klarmachen, dass wir ein Paar sind. Sein könnten.

Vielleicht gehen wir heute Abend essen, oder wir besuchen Patrick und Meli. Immerhin …

„Jonas."

„Was ist passiert?"

Maya sieht gar nicht mehr aus wie Maya. Ganz im Gegenteil. Ihre großen Augen, die immer strahlen, wenn sie lacht, sehen leer aus. Ich nehme sie sofort in die Arme, aber sie erwidert meine Umarmung nicht. Ich gehe vom Schlimmsten aus, jemand muss gestorben sein.

„Ich muss weg."

„Was? Wieso musst du weg? Wohin?"

Sie schiebt mich langsam von sich und fängt an, all ihre Sachen vom Boden zu sammeln. Dabei wirkt sie unendlich verloren.

„Maya, was ist los? Wer war das eben?"

Sie sieht mich nicht an, ich spreche nur mit ihrem Rücken.

„Ich kann das nicht so leicht erklären, aber ich muss weg. Ich habe was zu tun."

Ich verstehe nicht einmal Bahnhof. Es ist so, als hätte ich eine südamerikanische Telenovela eingeschaltet und muss binnen Sekunden den Sinn und Zusammenhang der Geschichte erraten. Ich tappe im Dunkeln.

„Wieso kannst du es mir nicht erklären? Vielleicht kann ich helfen?"

Aber ich weiß bereits jetzt, dass sie es nicht tun wird. Sie wird mich nicht wieder an sich ranlassen, es fühlt sich an, als würden wir nicht mal mehr im gleichen Zimmer stehen.

„Maya?"

„Jonas, das geht dich nichts an, okay? Es ist mein Ding und ich werde es durchziehen."

„Was durchziehen?"

Ich trete hinter sie, will sie umarmen, will ihr zeigen, dass ich da bin, wenn sie mich braucht – sie schüttelt mich geschickt ab, bringt Abstand zwischen uns und sieht mich ernst an.

„Das ist meine Sache. Es tut mir leid, aber ich kann nicht bleiben."

„Und kannst du mir vielleicht erklären, wieso?"

„Weil es nicht geht. Das hier war ein Fehler."

Die Welt wird still um uns herum. „Das hier" – – damit meint sie uns und gestern Nacht. Ich bin betäubt, nicht mehr wütend. Es fühlt sich so an, als würde ich es annehmen. Als würde ich verstehen, was sie gesagt hat, obwohl mein Kopf etwas ganz anderes sagen will.

„Ich habe es gewusst. Es konnte nicht gut gehen."

„War das deine ... Arbeit?"

Ich gebe mir Mühe, nicht angeekelt zu klingen als ich es ausspreche, und zu meiner Überraschung gelingt es mir.

„Nein. Aber ich muss los."

Sie will mich küssen oder mich umarmen, aber ich kann nicht und drehe mich weg und gehe über den Flur. Ich lasse mein Herz verlieren, und sie gewinnen. Es fühlt sich an, als wollte in mir eine Hitzewelle losbrechen, die es sich dann aber anders überlegt. Eine eisige Kälte übermannt mich, als ich in der Küche auf einem Stuhl Platz nehme. Nichts hier drinnen ist mehr wie früher. Ich werde hier immer an sie denken. Sie sehen, spüren und schmecken.

5 TAGE LIEBE

Maya ist mir nicht gefolgt. Vermutlich zieht sie sich um und schleicht sich aus der Wohnung, aber ich bin zu taub, um sie aufhalten zu wollen. Ich habe verloren, gegen wen oder was auch immer. Ich kann nicht immer und immer wieder um sie kämpfen. Mal gewinne ich eine Schlacht, aber am Ende verliere ich doch den Krieg. Ich kann nicht immer und immer wieder um sie kämpfen!

Es ist nicht ihre Arbeit gewesen, also gibt es da noch etwas anderen. Oder jemand anderen? Ich weiß es nicht und werde es nicht erfahren, da sie sich weigert, mich in ihr Herz zu lassen. Das habe ich verstanden.

„Es tut mir leid."

Ich höre ihre Stimme in meinem Rücken und spüre, dass sie weint. Sofort will ich sie umarmen und trösten, aber ich bewege mich kein Stück.

„Geh."

Meine Stimme klingt so kalt, wie ich mich fühle.

„Es ist besser so."

Sie versucht das Spiel auch zu spielen. Wir belügen uns. Ich tue so, als ob es mir recht ist, dass sie geht – und sie versucht, sich und mich davon zu überzeugen, dass wir keine Zukunft haben. Also doch eine schlechte Telenovela, nur diesmal verstehe ich die Sprache.

„Schulde ich dir was?"

Wieso ich es sage, weiß ich selbst nicht, vielleicht um ihr auch weh zu tun. Um sie spüren zu lassen wie ich mich fühle.

„Wie bitte?"

Sie kommt zurück in die Küche, aber diesmal gibt sie sich nicht damit zufrieden, mit meinem Rücken zu sprechen, sie stellt sich direkt vor mich.

„Was hast du gesagt?"

„Schulde ich dir etwas? Für letzte Nacht."

Ihre Augen werden ganz klein und dunkel. Sie ist wütend.

„Du bist ein Arschloch."

Mit dieser Beleidigung kann ich besser umgehen als mit der Tatsache, dass sie uns einen Fehler genannt hat.

„Danke."

„Ein großes Arschloch."

Ich stehe langsam auf.

„Bin ich jetzt ein Arschloch oder ein Fehler?"

Sie muss zu mir hochsehen, was ihr nicht gefällt.

„Vergiss es."

Aber ich stelle mich ihr in den Weg.

„Sag schon."

„Beides, okay? Du bist ein Arschloch, das ein Fehler war!"

Sie will schreien, aber ihre Stimme schafft es nicht über ein Schluchzen. Ich spüre die Kälte verschwinden, dafür flammt die Wärme auf. Bedrohlich nahe an meiner Halsschlagader.

„Wenn ich ein Fehler bin, wieso hast du es dann gestern Nacht so sehr genossen?"

Sie will wieder wegsehen, aber ich packe sie am Kinn und zwinge sie, mich anzusehen.

„Wieso hast du dann Frühstück gemacht? Wieso fühlst du dich in meiner Wohnung so wohl? Wieso wolltest du den heutigen Tag mit mir verbringen? Wieso bist du gestern nicht zu deinem Job gegangen?"

Ich versuche sie nicht anzuschreien, aber die Kontrolle über meine Stimme habe ich längst verloren. Sie zuckt kurz, dann zittern ihre Hände.

„Und hör auf mich anzulügen. Ich bin bereit, alles zu tun, um uns eine Chance zu geben. Ich versuche mit dei-

5 TAGE LIEBE

nem Job zu leben, ich versuche zu verstehen, was in dir vorgeht, und ich versuche, dir gerecht zu werden. Du rennst davon. Und zwar bei der ersten Fluchtmöglichkeit! Wieso?"

Jetzt zittert ihr ganzer Körper. Ich will sie so gerne umarmen.

„Wieso willst du nicht mal ein bisschen kämpfen? Wieso lässt du mich nicht da bleiben, wo ich gestern Nacht war?"

Auch wenn ihr Körper von meiner Rede mitgenommen erscheint, bleibt ihr Blick auf mich fixiert, unabhängig von den Tränen, die sich deutlich sammeln.

„Maya, du magst mich."

Sie will den Kopf schütteln, aber ich umklammere ihr Kinn etwas fester, ohne ihr wehtun zu wollen.

„Doch. Du magst mich. Du willst nur nicht dafür kämpfen. Ich habe es von Anfang an getan. Ich habe alles getan. Ich wollte all das vom ersten Moment an. Aber dich muss ich immer und immer wieder davon überzeugen, dass wir es wert sind, eine Chance zu bekommen."

„Weil es nicht funktionieren kann."

Ich lasse ihr Kinn los, erhoffe mir mehr, aber es kommt nichts mehr.

„Du hast es nicht mal versucht."

Ich mache einen Schritt zur Seite und gebe ihr den Weg frei.

„Ich werde nicht hier stehen und hoffen, dass du deine Meinung änderst und zurückkommst, wie gestern. Ich kann das einmal machen. Und vielleicht auch noch ein zweites Mal, aber weißt du, mein Herz bricht jedes Mal ein kleines bisschen. Ich will nicht der Typ sein, der auf die Tür starrt und hofft, dass du doch zurückkommst. Wenn das hier nicht genug für dich ist, wenn ich nicht genug bin, dann geh."

Sie zögert, ich kann es sehen.

„Mach's gut, Jonas."

Als ich die Tür ins Schloss fallen höre und durch den Spion verfolge, wie sie die Treppe nach unten hastet, will ich ihr hinterher, aber ich kann nicht. Also starre ich auf die Tür und hoffe, dass sie doch zurückkommt.

Siebenundvierzig Minuten später habe ich es verstanden.

Patrick hat die Playstation angeschlossen und ich öffne das erste Bier. Ich habe ihn sofort angerufen, was unvermeidbar war. Er habe es kommen sehen, sagt er mir. Ich fühle mich irgendwie anders, als würde sich mein Leben für eine Weile in einem „post-Maya-Schock" befinden. Ich sehe sie überall, ich rieche sie überall. Ich vermisse sie. Dabei ist sie erst seit drei Stunden weg.

Patrick hat mich in den Arm genommen, so wie man Männer nicht in der Öffentlichkeit umarmen möchte, weil man Angst hat, unter einem Cristiano Ronaldo-Poster aufzuwachen. Aber unter besten Freunden ist es etwas ganz anderes, vor allem, wenn einer an gebrochenem Herz leidet. Ich habe Patrick oft so umarmt, meistens dann, wenn wir um drei Uhr morgens von einer Stufenparty nach Hause schlichen und Melanie mal wieder einen anderen Oberstufler geküsst hatte, anstatt Patrick zu bemerken. Ich musste auf Podolski und Schweinsteiger schwören, dass ich niemals jemandem erzählen würde, wie oft er wegen Meli geweint hat. Auch heute halte ich mich noch an dieses Versprechen unter besten Freunden aus der Schulzeit.

5 TAGE LIEBE

Deswegen weiß ich auch, dass Patrick es niemals erzählen würde, wie sehr ich mich in Maya verliebt habe.

Die ersten drei Spiele lässt er mich gewinnen: ein Versuch, mich zum Lächeln zu bringen. Immerhin ist die Chance erdenklich klein, dass mein Verein Tottenham Hotspur gegen die Übermacht von Manchester United ein Tor schießt. Und doch gewinne ich 3:1 und sollte mich freuen, einen Siegestanz auf der Couch vollführen – aber ich sehe nicht, was ich mache, meine Hände spielen das Spiel ohne meinen Kopf.

„Vielleicht kommt sie ja doch wieder?"

Patrick, der sogar jetzt noch Hoffnung in die Stimme legt, hat ebenso wie ich genau diese vor Stunden abgelegt.

„Ich kann gegen ihren Job nicht gewinnen."

So langsam ist es klar: wie der Sonnenschein nach einem Gewitter, wenn alle Wolken sich verziehen und nur noch der klare Himmel zu sehen ist. So geht es mir. Alles andere ist weg. Ich habe mich in eine Nutte verliebt und zahle jetzt den Preis.

„Du hast doch gegen ihren Job gewonnen."

Patrick reicht mir ein frisches Bier, dabei habe ich mein altes nicht mal bis zur Hälfte getrunken.

„Sie ist zurückgekommen. Und so wie du es erzählt hast, ging es doch um was anderes."

„Dann habe ich eben gegen das andere verloren."

Ich lege die Füße auf den Couchtisch und rutsche tiefer in die Kissen. Genau hier hat sie neulich noch gelegen, nachdem sie diesen emotionalen Ausbruch hatte. Genau an dieser Stelle haben ihre Haare den Bezug berührt.

„Erinnerst du dich noch daran, als wir in der Raucherecke der Schule standen und dieser Großkotz Steffen dazukam?"

Adriana Popescu

Wie könnte ich diesen Moment jemals vergessen! Wir waren nicht cool genug um zu rauchen, also gesellten wir uns zu den echten Rauchern, damit unsere Jacken nach Zigaretten stanken und wir somit behaupten konnten, schon seit Monaten auf Lunge zu ziehen.

Steffen Bohner war einer dieser Jungs, der alle Mädchen haben konnte, sie aber nie lange behielt, weil die Verlockung des nächsten Mädchens viel größer war. Er sammelte sie wie Triumphe. Wo konnte man besser mit ihnen angeben als in der Raucherecke?

Nie werde ich Patricks Gesicht vergessen, als Steffen in detaillierten Geschichten erzählte, wie er eine gewisse Melanie gestern Nacht bis zu den Sternen gebumst hatte, so laut habe sie geschrien. Er ließ kein Detail aus, und mit jedem Wort wurden Patricks Knie weicher, er lehnte sich gegen die Wand und ich schob meinen Arm unauffällig um ihn. In diesem Moment war es mir egal, was andere über uns dachten, ob wir für die nächsten Monate das Gespött der Schule waren. Ich hielt Patrick fest, dessen junges Teenagerherz solche Schmerzen nicht gewohnt war, denn er litt wie ein sterbender Hund.

In dem Alter glaubt man nun mal, diese Schmerzen würden niemals vergehen. Das Herz bricht so schnell und heilt doch noch schneller.

Als Steffen fertig war und sich die Gruppe um uns herum langsam auflöste, konnte ich Patricks ganzen Schmerz sehen.

Ich hatte damals keine Worte, um ihn zu trösten, keine Playstation oder einen Kasten Bier; also habe ich ihn nur umarmt und fest an mich gedrückt.

„Das hat verdammt wehgetan. Aber schon bei der nächsten Party habe ich es wieder versucht."

„Du hattest einen langen Atem, was Meli angeht."

5 TAGE LIEBE

„Glaubst du, das war leicht? Das war es nicht! Und das mit Maya ist auch nicht leicht. Aber wenn du jetzt hier sitzen bleibst, dann bleibt nur der Schmerz. Und nie die Erleichterung, als ich erfahren habe, dass Steffen nicht mal unter ihr T-Shirt durfte ..."

Er grinst mich breit an. So, wie nur ein Mann grinsen kann, der die Wahrheit weiß und den Schmerz von damals vergessen hat.

„Fahr zu ihr. Ein letztes Mal, dann lasse ich dich in Ruhe."

„Ich dachte, du hältst das alles für emotionalen Selbstmord?"

„Tue ich auch, aber ich bin hoffnungslos romantisch. Vielleicht ist sie es auch."

Adriana Popescu

5 TAGE LIEBE

ZWEITAUSEND EURO

Ich habe vier Freunde angerufen, bevor ich über Ecken und Umwege eine Adresse bekommen habe, hinter der sich die Wohnung einer gewissen Jessie verbergen soll. Genau die Jessie, die ich in der U-Bahn Station habe kennenlernen dürfen, Mayas Freundin. Sie ist meine erste Anlaufstation, da Mayas Handy ausgeschaltet ist und ich ihr bereits acht Nachrichten hinterlassen habe.

Jetzt drücke ich die Klingel und warte. Es ist schon nach zehn Uhr, vermutlich ist es unverschämt, um diese Uhrzeit noch zu klingeln – aber im Krieg und in der Liebe ist alles erlaubt, heißt es. Ich weiß nur, dass ich atme, weil ich es in der kühlen Nachtluft sehen kann.

Ich warte. Dann höre ich das Knacken in der Sprechanlage.

„Ja?"

„Hallo, hier ist Jonas, ich wollte fragen, ob Maya zufällig bei dir ist?"

Eins. Zwei. Drei. Ich zähle meine Pulsschläge am Hals, während ich auf eine Antwort warte. Vier. Fünf.

„Moment."

Dann das erlösende Surren, und ich schiebe die Tür auf. Der Fahrstuhl ist außer Betrieb, ich muss fünf Stockwerke nach oben steigen. Ich höre Schritte auf der Treppe, die mir entgegenkommen. Und im dritten Stock sehe ich sie.

„Was machst du hier? Woher weißt du, dass ich hier bin? Wie hast du die Adresse gefunden?"

Sie trägt weiße Hüttenschuhe mit blauen Bommeln, ich muss kurz lächeln. Dazu graue Jogginghosen und einen weiten Strickmantel, den sie um ihren Körper zieht, als wäre er eine Rüstung, der sie vor meinen Worten schützen kann. Ihre Locken tanzen noch ein bisschen vom Treppenlaufen.

„Soll ich die Fragen in chronologischer Reihenfolge beantworten?"

„Jonas ..."

„Okay, ich habe ein bisschen recherchiert, okay? Ich muss noch was loswerden."

„Ich kann dich hier nicht brauchen. Jessie muss schlafen, und morgen ..."

Sie bricht ab – und bevor ihr eine günstige Ausrede einfällt, schiebe ich meinen Satz schnell dazwischen.

„Es dauert nicht lange. Bitte."

Langsam komme ich auf sie zu und ziehe sie auf die erste Stufe neben mich. Wir sitzen eng nebeneinander, unsere Hüften berühren sich, ihr Ellenbogen bohrt sich durch meine Jacke in meine Seite.

„Ich will wissen, was los ist. Ich muss es wissen, weil ... tja, weißt du, als Patrick damals in der Schule als Teenager sein Herz gebrochen bekam, da waren er und sein Herz noch jung. Junge Herzen heilen schnell. Das ist so, wie wenn Kinder zwei Sprachen gleichzeitig lernen, ganz ohne Probleme. Später dann wird es immer schwerer. Ich kenne ein Kind, das spricht vier Sprachen und ist gerade mal fünf.

5 TAGE LIEBE

Ich habe versucht, mir selbst Italienisch beizubringen und kann nur einen Kaffee bestellen. Weil es mit dem Alter schwerer wird."

Ihre Augen beobachten mich und sicher spiegeln sie sich in meinen. Ich habe eine ganz genaue Vorstellung von dem, was ich sagen will. Ich habe alle Sätze fertig in meinem Kopf, ich habe Pläne B bis D für alle ihre Reaktionen. Aber jetzt schneidet meine Nervosität jegliche Verbindung zwischen Kopf und Zunge ab. Was will ich doch gleich sagen? Ich muss mir schnell etwas Neues einfallen lassen. Also überlasse ich meinem Herzen die Kontrolle und schalte den emotionalen Autopiloten ein.

„Also, was ich sagen will ... Patricks Herz ist eben wieder ganz geworden, weil er erst fünfzehn war. Aber wenn ihm das heute noch mal passieren würde, dann stehen die Chancen schlecht, dass es wieder heilt. Weißt du ..."

„Was hat Patrick damit zu tun?"

„Er ist ein Exempel. Mein Exempel. Wenn Patrick es schafft, Melanie zu heiraten, dann können Herzen heilen und Liebe erzeugt Gegenliebe, verstehst du?"

„Kein Wort."

Das läuft super. Ich greife nach ihrer Hand, die sich weich und warm in meiner anfühlt. Ihre Finger sind lang und dünn und wunderschön. Die Erinnerung an ihre Haut ist noch so stark, ich spüre eine Gänsehaut auf meinem Körper.

„Mein Herz würde nicht mehr so leicht heilen, wenn du jetzt gehst. Vielleicht gar nicht mehr. Aber wenn du trotzdem gehen willst, dann will ich wissen, gegen was ich verliere."

Adriana Popescu

Ich habe Angst, ihr ins Gesicht zu sehen, also spiele ich mit ihren Fingern zwischen meinen und konzentriere mich auf nichts anderes mehr.

„Ich musste noch mal anschaffen gehen. Ich brauche noch etwas Geld."

So tötet man Vampire, habe ich mir sagen lassen: den Holzpflock direkt durchs Herz rammen!

„Auch wenn ich es nicht mehr will. Wegen dir. Weil es dir so wehgetan hat und ich dir nicht wehtun will."

Sie berührt meine Wange mit ihrer Nase, und ich muss automatisch lächeln, obwohl mein Herz von Buffy der Vampirjägerin zu Tode malträtiert wird. Ihre Stimme ist ein Flüstern, ganz nah an meinem Ohr.

„Aber ich muss, Jonas. Es tut mir so unendlich leid. Ich wusste keinen anderen Weg und ich kann dir nicht mal mehr in die Augen schauen. Früher war es nur ein Job, den ich gehasst habe, und trotzdem kam ich damit klar. Was andere denken, ist mir egal; ich weiß, wer ich bin."

Sie streichelt meine Hand langsam. Ich meine ertrinken zu müssen, so schwer fällt mir das Atmen.

„Aber du siehst mich so anders, und ich habe mir so gefallen, wie deine Augen mich sehen. Ich tue dir weh, Jonas, das bringt mich fast um."

Sie küsst meine Wange und ich schließe die Augen.

Das ist wie bei diesen Cartoon Strips, bei denen die Untertitel nicht zu den Bildern passen. Maya ist zärtlich und liebevoll, sucht meine Nähe und scheint sie auch zu genießen – aber ihre Worte tun mir weh, als würde man mich bei lebendigem Leib verbrennen und gleichzeitig ertränken.

„Also hast du mit einem anderen geschlafen, als du von mir weggegangen bist?"

5 TAGE LIEBE

Ich will die Antwort nicht hören, will es nicht wissen und weiß die Antwort doch jetzt schon. Patrick hat sich geirrt, als er sagte, ich hätte gegen ihren Job gewonnen. Maya sagt nichts, und so bin ich gezwungen, die Augen wieder zu öffnen. Ihre stehen unter Tränen, und es tut so sehr weh.

„Ich verstehe."

„Nein, du verstehst nicht. Ich brauche das Geld ganz dringend, sonst fällt alles zusammen. Und ich habe so lange darauf gewartet, ich kann sie jetzt nicht im Stich lassen."

„Wen ihm Stich lassen?"

„Jonas, unter anderen Umständen würde ich sofort aufhören, das musst du mir glauben!"

„Wie viel Geld brauchst du denn?"

„Nein. Ich will kein Geld von dir. Ich schaffe das schon allein."

„Wieso nicht? Von den anderen nimmst du auch Geld. Schlaf mit mir und ich zahle den vollen Preis."

Sie zieht ihre Hand zurück und sieht mich an.

„Nein."

„Okay, dann verkaufe ich meine Couch oder meine Seele oder sonst was. Aber hör auf!"

Ein ganz kleines schüchternes Lächeln zuckt über ihr Gesicht und verschwindet so schnell, wie es gekommen ist. Aber bevor sich wieder diese Traurigkeit ausbreitet, schnappe ich ihre Hand, halte sie fest in meiner (was bei der verdächtigen Blaufärbung meiner Hand zu erstaunlichen Schmerzen führt) und sehe sie direkt an. Ich fahre das letzte Geschütz auf.

„Bitte Maya."

„Ich brauche fast zweitausend Euro, Jonas. Und das bis übermorgen. Ich muss es tun."

„Verkauf dein Flugticket. Ich verkaufe auch was. Gemeinsam kriegen wir die Kohle schon zusammen, für was auch immer du sie brauchst. Okay?"

Der Plan klingt nach einer guten Möglichkeit, das sehe ich in ihrem Gesicht, sie sagt nicht sofort nein, sie denkt ernsthaft darüber nach. Jetzt muss ich am Ball bleiben, ihre Verteidigung ist fast ausgespielt, ich muss jetzt meine Worte so geschickt wählen, wie Gareth Bale die Pässe bei Tottenham Hotspur.

„Das kriegen wir hin."

„Und wie komme ich nach Barcelona?"

Gar nicht, will ich sagen, zucke aber nur die Schultern.

„Ich fahre dich."

„Du spinnst."

„Ich fahre dich. Ich bin ein guter Fahrer, habe nur drei Punkte in Flensburg. Ich fahre dich, wohin du willst."

Sie schließt die Augen und atmet langsam ein und aus.

„Jetzt sag endlich JA, du Angsthase!"

Die Stimme kommt von oben. Überrascht sehe ich zum Stockwerk über uns. Wie eine lächelnde Version von Gollum mit schwarzer Kapuze sitzt Jessie am Treppengeländer. Sie hat uns belauscht, aber anstatt sauer zu sein, will ich zu ihr rennen und sie fest umarmen. Wenn ihre Freundin meinen Plan gut findet, dann muss Maya auch ja sagen.

Mayas Augen öffnen sich, ein Lächeln erscheint.

„Okay. Ich ergebe mich. Ich verkaufe das Ticket. Aber wir müssen die zweitausend Mücken zusammenkriegen."

„Das schaffen wir! Du wirst schon sehen!"

Ich denke gar nicht nach, ich drücke einfach meine Lippen auf ihre und küsse sie. Vergessen all die Worte, die

5 TAGE LIEBE

wir uns in der Zwischenzeit an den Kopf geworfen haben, vergessen das langsame Zerreißen unserer Herzen, ich will sie nur noch küssen. Und sie küsst mich zurück, legt die Arme um meinen Nacken, während sie ihren Körper gegen meinen drückt.

„Herrgott, nehmt euch doch ein Zimmer."

Jessies Stimme werde ich ab sofort immer mit positiven Momenten in Verbindung bringen. In meinem Kopf wird die Verkündung des Mauerfalls nur noch in ihrer Stimme erklingen. Ich bin so glücklich, es fühlt sich an, als ob kleine Protonen auf meiner Haut tanzen und dabei immer wieder zu Maya überspringen wollen.

Wir müssen nur zweitausend Euro verdienen. Das wird ein Klacks.

Adriana Popescu

5 TAGE LIEBE

SCHÖNE NEUE WELT

Wir liegen zusammen auf der Schlafcouch in Jessies Gästezimmer und halten uns in den Armen. Mayas Gesicht liegt ganz nah neben meinem, ihre Augen sind geschlossen, sie streichelt meinen Bauch und lächelt.

Jessie ist so nett und lässt uns hier übernachten. Ich komme mir vor, als würden wir bei Mayas Eltern liegen, wir flüstern und geben uns viel Mühe, nicht übereinander herzufallen, auch wenn ich spüre, dass wir es beide möchten.

„Meinst du, die Couch quietscht?"

Sie verpasst mir einen spielerischen Schlag gegen den Bauch und beißt in meine Schulter.

„Sie mag dich."

„Meinst du? In der U-Bahn-Station klang das alles anders."

„Glaub mir, sie mag dich."

Ihre spüre Mayas Atem auf meiner Haut und fühle mich gut. Mein Herz schlägt wieder in einem normalen und überschaubaren Rhythmus, was nach all den Hochs und Tiefs gut tut. Seitdem Maya in mein Leben gestrippt ist, hat sich alles verändert. Ich fühle mich wie ein Linksfahrer im Rechtsverkehr, wie ein Engländer in New York oder wie ein Mensch auf dem Mars. Soll ich ihr dankbar für all das sein? Oder lieber versuchen, sie im Schlaf mit dem Kissen zu ersticken?

„Du bist ein guter Mensch, Jonas Fuchs."

Solche Komplimente erwarte ich von Eltern, die damit ihre eigene Erziehung loben wollen, weil sie zumindest bei einem Kind alles richtig gemacht haben. Noch nie hat jemand zu mir gesagt, ich wäre ein guter Mensch. Ein guter Koch, ja. Ein guter Autofahrer, ein passabler Fußballspieler – aber ein guter Mensch? Solche Komplimente hört man selten bis gar nicht.

Ich wühle mich durch Mayas Lockenpracht, finde ihr Gesicht und küsse es. Nase, Wange, Mund, Stirn, Hals, alles was ich zu packen kriege. Sie kichert und schiebt mich von sich.

„Hör auf! Benimm dich!"

„Ich muss mich nicht benehmen, meine Freundin sagt, ich bin ein guter Mensch."

Ich spüre, wie ihr Körper sich in meiner Umarmung versteift und nur noch ihr Brustkorb sich beim Atmen hebt und senkt. Verdammt, ich habe nicht nachgedacht und das Thema auf den Tisch gebracht, das ihr gerade nicht zu passen scheint. Ich habe gehört, Mädchen probieren auf einem Zettel ihren Vornamen mit dem Namen des potenziellen Zukünftigen aus. Also müsste sie Maya Fuchs auf den Zettel geschrieben haben, aber ihre Reaktion zeigt mir einmal mehr, dass sie eben nicht so ist wie die anderen Frauen und Mädchen, die ich kennengelernt habe. Sie ist ganz anders. Ich wollte mir auch Zeit lassen, bevor ich das Thema anspreche; aber jetzt ist es passiert, also muss ich am Ball bleiben.

5 TAGE LIEBE

„Tut mir leid, aber in der kleinen perfekten Welt, die sich gerade in meinem Kopf abspielt, bist du, Maya, nun mal meine Freundin. Und zwar nicht eine Freundin, sondern *die* Freundin."

Ich lasse meine Umarmung lockerer werden, weil sie das erst verarbeiten soll. Ich will nicht zu viel auf einmal. Ich will mein Herz nicht schon wieder aufs Schlachtfeld schicken, sonst muss ich es bald blau-weiß anstreichen und auf den Namen William Wallace umtaufen. Mayas Hand fängt ganz langsam wieder an, meinen Bauch zu streicheln. Ein gutes Zeichen, wie ich meine. Sie sagt kein Wort, aber diese Geste zeigt mir auch: so abwegig ist dieser Gedanke von „Freund und Freundin" gar nicht.

„Erzähl mir mehr über diese perfekte Welt."

„Nun, dort ist es jetzt schon Sommer. Jeder Tag hat einen Soundtrack und ich einen Waschbrettbauch."

Wie auf Kommando drückt sie ihren Finger wieder in meinem Bauch, ich spanne die Muskeln an.

„Ich spüre ihn."

„Und die Freundin macht immer Frühstück."

„Nackt."

„Natürlich."

Ich küsse ihre Wange.

„Und zweitausend Euro werden leicht verdient."

Ich spüre ihren Körper eng gegen meinen gepresst, ihr Bein schlingt sich um meine Hüfte, für einen kurzen Moment weiß ich nicht mehr, wo ihre Haut anfängt und meine aufhört.

„Und was ist mit behinderten Kindern?"

Die Frage überrascht mich völlig, da ich über solche Dinge in meiner kleinen perfekten Welt nicht nachgedacht habe. Über meinem Kopf erscheint ein großes Fragezeichen. Ich schaue zu Maya, die regungslos und mit geschlossenen Augen neben mir liegt. Kein Lächeln. Sie meint es ernst und will eine Antwort auf die Frage.

„Behinderte Kinder werden geheilt."

Vielleicht ist meine Version von „Schöne neue Welt" noch mehr Science-Fiction als Huxleys Original, aber etwas in mir drin sagt, dass Maya genau diese Antwort hören will. Ihre Hand wandert über meinen Oberkörper, schiebt sich weiter unter mein T-Shirt und bleibt auf meiner Brust liegen, genau über meinem Herzen. Sie scheint meinem Herzschlag zu spüren.

„Das wäre so schön."

Die Traurigkeit in ihrer Stimme berührt mich an Stellen, die ich für tote Nervenregionen gehalten habe. Mich überkommt das Bedürfnis, ihre Welt zu verändern, ihr genau so eine Welt zu schenken, wie es eine ist, die nur in meinem Kopf existiert.

„Maya. Geht es darum?"

Aus dem Fragezeichen wird langsam aber sicher ein Ausrufezeichen.

„Behandlungen für autistische Kinder sind teuer. Wenn die Kasse es nicht anerkennt, dann musst du es selbst bezahlen."

Wieder flüstert sie.

„Meine Mutter kann das Geld nicht aufbringen. Sie weiß nicht, was ich mache. Ich überweise ihr das Geld. Sie denkt, ich verkaufe Kunst."

Ein bitteres Lächeln erscheint auf ihrem Gesicht, und ich bin mir nicht sicher, ob sie das schon mal einem anderen Mann erzählt hat. Ich setzte mich auf und warte, ob sie ihre Augen öffnet, was sie tut.

„Kein Mitleid bitte, Jonas."

5 TAGE LIEBE

Aber ich habe kein Mitleid, ich bin einfach nur überrascht.

„Worüber reden wir hier eigentlich?"

„Über Fabian. Meinen Bruder."

Ihre Stimme klingt gepresst. Als würde sie sich wehren wollen, all das auszusprechen, als würde ihr Körper es verhindern wollen.

„Ich wusste nicht, dass du einen Bruder hast!"

„Das wissen auch nicht viele. Jessie weiß es. Und jetzt weißt du es auch. Ich spreche nicht über meine Familie oder über andere Dinge."

Sie zieht die Beine an den Körper und schlingt die Arme darum, als würde sie ein Kissen umarmen.

„Fabian ist fünfzehn. Wir haben alle Behandlungen versucht, du machst dir keine Vorstellung, wie viele Quacksalber da draußen herumspringen und versuchen, verzweifelten Familien das Geld aus der Tasche zu ziehen. Aber wenn du einen Funken Hoffnung hast, dann schaltet sich das Gehirn aus und du versuchst es. Das ist nur verdammt teuer."

„Und deine Eltern?"

„Mein Vater ist gestorben, als Fabian acht war. Meine Mutter arbeitet als Reinigungskraft in einer Schule."

Mir wird schlagartig bewusst, wie wenig ich über Maya weiß und wie viel ich noch lernen muss, bis ich das Gesamtkunstwerk verstanden habe. Sie weiß nicht viel mehr über mich, aber ich habe auch keine großen Geheimnisse. Ich bin wie die Bild-Zeitung: Schlagzeilen, aber leere Artikel. Maya ist anders, und in mir steigt die Spannung, ich will alles wissen und noch viel mehr. Ich will wirklich zuhören und dann helfen. Ich will für sie die Welt verbessern – das klingt verrückt und blöd; aber diese Traurigkeit, die immer mal wieder in ihren Augen auftaucht, macht jetzt Sinn.

„Sie verdient nicht genug um Fabian teure Behandlungen zu ermöglichen. Ich habe früher in einer Galerie gearbeitet, aber da kommt kaum etwas zusammen."

„Aber Prostitution?"

„Zuerst war es nur das Strippen. Das hat genug Geld am Abend eingebracht. Dann bekam Fabian neue Medikamente, die teurer waren. Mama hat einen zweiten Job in der Nachtschicht angenommen. Meine Tante hat dann auf Fabian aufgepasst, aber der Kleine ist ziemlich wählerisch."

Sie lächelt ein wenig, und ich spüre die Liebe, die sie für ihren Bruder empfindet.

„Er mag nicht jeden. Und er kann ziemlich zickig werden. Meine Tante hat das kaum einen Monat ausgehalten, also hat meine Mutter gekündigt."

Sie streicht über eine längliche Narbe an ihrem Bein, die mir erst jetzt auffällt.

„Damals bekam ich das erste Angebot, mit einem Freier mitzugehen. Das Geld konnten wir gebrauchen und ich habe es mir so einfach vorgestellt. Ich würde einfach meinen Kopf ausschalten, ich tat es für Fabian, es würde sich lohnen."

Ich sehe, wie die feinen Haare an ihren Armen sich aufstellen, die Erinnerung alleine reicht aus, um das Gefühl von damals aufleben zu lassen. Langsam lege ich den Arm um sie.

„Aus einem Freier wurden dann drei Stammkunden. Fabians Zustand hat sich mit den neuen Medikamenten verbessert. Ich dachte, das würde es rechtfertigen."

Sie nimmt meine Hand und legt sie auf die Narbe an ihrem Bein.

„Bis ein Freier nicht bekommen hat, was er wollte."

5 TAGE LIEBE

Ich fahre über die tote Haut und spüre Wut in mir aufkochen. Sie legt meine Hand an ihre Hüfte, wo eine weitere, jedoch kleinere Narbe ihren Körper ziert.

„Dann habe ich aufgehört. Fabian hat wieder andere Tabletten genommen und es ging ihm wieder schlechter."

Mein Mund ist staubtrocken, aber ich presse die Worte trotzdem hervor.

„Also hast du wieder angefangen."

„Irgendwann denkst du dich an schöne Orte. Es fühlte sich an, als würde ich meinen Körper verlassen wie eine leblose Hülle. Ich ließ die Männer machen, was sie wollten und dachte mich in die schönsten Museen dieser Welt. Ich war im Louvre in Paris, im Picasso-Museum in Barcelona ... überall."

Sie legt meine Hand an ihre Wange und ich streichle leicht über ihre Haut, die mir so kalt vorkommt.

„Männer haben es nicht lange mit mir ausgehalten. Sex war für mich ein Job, ich bin einfach mit dem Kopf ganz weit weggegangen. Bis du kamst."

Erst jetzt sieht sie mich wieder an, und ihre Augen beobachten mich ängstlich.

„Und jetzt weißt du alles über mich. Mehr als je ein Kerl zuvor."

Hilflos zuckt sie die Schultern und ich sehe Tränen, die sie tapfer bekämpft.

„Jetzt hoffe ich, du bleibst."

Es ist ein Flüstern, das im Raum verhallt, in meinem Herzen aber so laut dröhnt wie das Schiffshorn des Ozeandampfers „Pacific Princess". Ich rücke ganz nah heran und schlinge meine Arme um sie. Sie hält mich fest, während ich spüre, dass sie weint, aber ich kann nichts sagen, weil ich nicht weiß, wie ich die Gefühle in meinem Inneren zu Worten basteln soll. Ich habe Angst, ich bin wütend, ich bin verliebt, ich bin traurig. Niemand hat mir gesagt, wie man in so einer Situation reagieren soll. Ich bin der erste Mensch auf dem Mond, keiner hat mir gesagt, wie sich die Schritte anfühlen. Aber ich muss einen Schritt machen.

Ich lasse sie langsam los, als das Zittern ihres Körpers nachlässt und sie sich die Tränen aus dem Gesicht wischt.

„Bleibst du?"

In meinem Kopf geistern Bilder der Maya durch meinen Kopf, die ich bereits kennengelernt habe. Ihr lautes Lachen im Döner-Imbiss, ihre erotischen Bewegungen auf dem Junggesellenabschied, ihre Schläge gegen meine Schulter im Flur, ihre Tränen jetzt. Sie hat unglaublich viele Gesichter und ich setze in meinem Kopf ein Puzzle zusammen. Maya ist nicht einfach so oder so. Sie ist all das. Sie ist genau so, wie ich sie in den letzten Tagen habe kennenlernen dürfen.

Ich küsse ihre Lippen, und ihr Körper entspannt sich. Langsam legt sie sich zurück auf die Couch, ich liege fast auf ihr, stütze mich mit den Armen ab und beobachte ihr Gesicht. Zum ersten Mal habe ich das Gefühl, *die* Maya zu sehen, die ich all die Zeit irgendwo hinter einem Vorhang aus lautem Lachen und wilden Locken vermutet habe. Ich küsse sie erneut, gleite dann an ihrem Körper nach unten und umschließe leicht ihre Wade. Sie lässt mich keine Sekunde aus den Augen. Ich streiche über die Narbe und spüre wieder die Wut in mir. Die Wut darüber, dass jemand es gewagt hat, ihr wehzutun. Sie körperlich anzugehen, nur weil sie „nein" gesagt hat. Nein! Nie und nimmer ist sie einfach nur eine „Nutte". Sie ist keine von der Sorte Frau, die ohne Plan und Verstand auf den Straßen steht und Männer in die Zimmer winkt.

5 TAGE LIEBE

Langsam küsse ich ihre Narbe und spüre, wie sie kurz zurückzuckt, nur um sich dann zu entspannen.

Ich schiebe ihr T-Shirt leicht nach oben und küsse die Narbe an ihrer Hüfte, die mir in der Nacht davor nicht aufgefallen ist, die sie vielleicht bewusst versteckt hat. Vielleicht habe ich auch einfach nicht genau genug hingeschaut. Dafür schäme ich mich jetzt ein kleines bisschen. Habe ich mir doch eingebildet, so viel besser zu sein als all die anderen Männer vor mir – und doch sind mir diese Narben nicht aufgefallen.

Langsam zieht Maya das T-Shirt aus, und obwohl ich wieder überrascht bin von der Wucht, die ihr Körper auf meinen ausübt, sehe ich sie heute ganz anders. Sie dreht sich ein bisschen und ich kann ihre Schulter sehen. Dort erkenne ich eine kleine runde Narbe, die ungefähr die Größe einer Zigarette hat. Gesichtslose Männer werden in meinem Kopf gerade hingerichtet, aber das hilft Maya jetzt auch nichts mehr. Ich beuge mich über sie und küsse diese Narbe, auch wenn mein Versuch, ihr den Schmerz zu nehmen, wohl etwas zu spät kommt. Sie greift nach meiner Hand und hält sie fest in ihrer, unsere Finger bilden die Nachahmung eines Wollknäuels. Ich küsse ihren Nacken, ihre Schulter, ihre Wirbelsäule, während sie meine Hand so fest hält, als würde nur sie ihr Halt geben.

„Jonas."

Ich küsse den Weg zurück zu ihrem Hals.

„Ich bin hier."

„Schlaf mit mir, bitte."

Darum hätte sie nicht bitten müssen, aber ich nicke.

„Ich will dich ansehen."

Sie dreht sich unter meinem Körper so, dass ich sie wieder ansehen kann, dabei lässt sie meine Hand nicht los.

Ihre Augen sind auf mein Gesicht gerichtet wie beim ersten Mal. Sie küsst meine Lippen und legt die Arme in meinen Nacken.

„Versprich mir, dass du bleibst."

Ich habe es ihr bereits versprochen, aber ich werde nicht müde, es ihr erneut zu versprechen. Also nicke ich und versuche dabei, so ehrlich wie möglich zu wirken.

„Ich verspreche es unter einer Bedingung."

Ein kurzer Anflug von Panik huscht über Mayas Gesicht.

„Kein Museum heute Nacht. Bleib bei mir."

Maya lächelt, als sie nickt. Während wir miteinander schlafen, gehen wir diesen Pakt ein. Sie denkt sich nicht weg, und ich bleibe bei ihr. Auch wenn das für andere nicht viel sein mag – für uns ist es, mehr als jemals zuvor, unsere ganz eigene „Schöne neue Welt".

5 TAGE LIEBE

MÖBELPACKER

„Und du hast nicht gefragt, für was sie diese zweitausend Euro genau braucht?"

Patrick stellt die Couch zum vierten Mal im Treppenhaus ab und schnauft. Ich spüre ein verdächtiges Ziehen im Rücken und fürchte schon die Rückkehr des Schmerzes morgen früh.

„Nicht direkt, ich habe eine Ahnung, aber genau weiß ich es nicht."

Patrick wirft einen Blick nach unten, wo uns noch zwei weitere Stockwerke erwarten. Ich folge seinem Blick in die Tiefe und in das breit grinsende Gesicht der Realität. Wir sind keine zwanzig mehr.

„Wie verdammt noch mal haben wir diese Couch denn damals nach oben gekriegt?"

Patrick gönnt sich eine Pause auf der Stufe neben der Couch, die quer das ganze Treppenhaus ausfüllt.

„Gar nicht. Möbelpacker."

„Ach, und die waren uns diesmal zu teuer!?"

Patrick hat sich heute spontan frei genommen und den Sprinter seiner Eltern ausgeliehen. Jetzt merkt er zeitgleich mit mir, dass wir zu alt sind, um zu zweit eine Couch durchs Treppenhaus zu schubsen, ohne am nächsten Tag mit Schmerzen im Bett zu liegen.

Ich setze mich neben ihn, und schon jetzt gelingt es mir nicht mehr schmerzfrei. Ich verfluche diese beschissene Idee jetzt schon. Hätte ich nicht vielleicht Küchengeräte verkaufen können, die in der Summe meinen Geldbeutel füllen und meine Küche entleeren?

„Aber du bist dir sicher, dass es das wert ist?"

Ich nicke, aber denke keinen Sekundenbruchteil darüber nach. Ich weiß seit gestern Nacht ganz genau, was Maya alles wert ist. Und zweitausend Euro sind nun wirklich nicht die Welt für die Liebe des Lebens – oder etwa doch?

Ich denke, ein Blick in mein Gesicht reicht um zu wissen, dass jeder Warnschuss zu spät käme. Ein Lächeln liegt auf Patricks Gesicht, als er vor sich hinstarrt.

„Gestern Nacht hat es also *klick!* gemacht."

„Das war kein Klick. Das war mehr ein *BOOM!*"

Anders kann ich es nicht erklären. Heute Morgen war die Welt anders. Nicht für mich – für mich hat sich die Welt verändert, als ich sie zum ersten Mal von ihrem VHS-Kurs abgeholt habe. Aber Mayas Blick war anders, als sie mich heute Morgen angeschaut hat. Als wäre eine enorme Last von ihren Schultern genommen. Sie hat außer Jessie niemandem davon erzählt und hat all die Zeit alles für sich behalten. Ich kann mir den Druck einer solchen Situation nicht einmal vorstellen.

„Das freut mich für dich, Jonas. Für Maya natürlich auch. Sie will aufhören?"

„Ja. Ich hole sie nachher ab, und das wird der Schlussstrich."

Ich sage das nicht ohne Stolz, denn als Maya mich darum gebeten hat, sie an ihrer baldigen Ex-Arbeitsstelle abzuholen, schlug mein Herz zu schnell und zu laut, und ich schwebe noch immer etwas über dem Boden.

5 TAGE LIEBE

„Du musst sie beeindruckt haben."

„Keine Ahnung. Ich weiß nur, dass sie ab heute nie wieder Lucy sein wird."

Lucy, ihr Alter Ego, wird ab heute der Vergangenheit angehören. So wie damals, als David Bowie Ziggy Stardust für immer umgebracht hat, um eben nur noch Bowie zu sein. Ich denke, so fühlt es sich an. Ich habe Lucy nicht umgebracht, nur in Rente geschickt.

„Dann sollten wir nicht faul rumsitzen, sondern diese verdammte Couch nach unten schaffen."

Meine Begeisterung hält sich bei diesem Ausblick in Grenzen, aber wir haben nicht den ganzen Tag Zeit. Vor allem habe ich in gefühlten dreißig Minuten auch keine Kraft mehr, um dieses Ungetüm an Möbelstück erneut zu tragen.

Zwei Stockwerke und zwei gedehnte Sehnen später kommen Patrick, ich und die Couch tatsächlich unten an. Mein Handy klingelt in meiner Gesäßtasche, und so legen wir eine weitere unfreiwillige Pause beim Verfrachten meiner ehemals geliebten, jetzt verhassten Couch ein.

„Ja?"

„Ich habe das Ticket zurückgegeben."

Mayas Stimme klingt schrill und etwas panisch, so als wäre sie sich nicht sicher, die richtige Entscheidung getroffen zu haben.

„Das ist gut. Das war richtig."

„Sicher?"

„Absolut. Patrick und ich haben die Couch schon im Sprinter."

Eine glatte Lüge. Patrick tippt sich stumm an die Schläfe, aber ich ignoriere ihn.

„Ich verkaufe sie einem alten Schulfreund, der sie schon lange haben wollte. Du wirst sehen, alles wird gut."
„Und du holst mich nachher ab?"
„Versprochen. Ich habe die Adresse, keine Sorge."
Pause.
Pausen sind nicht gut. Maya zweifelt.
„Danke."
„Nicht dafür. Ich mache das wirklich gerne."
„Dann sehe ich dich nachher."
„Ganz bestimmt."
Als wir auflegen, fällt mir ein Stein vom Herzen. Sie hat das Ticket wirklich zurückgegeben. In mir war immer noch diese kleine versteckte Panik. Was, wenn sie einfach in diesen Flieger steigt und dann weg ist. Ich würde sie nie wiedersehen, aber all solche Gedanken sind jetzt komplett überflüssig.

Patrick lehnt am Sprinter und schaut am Gebäude nach oben, wo meine Wohnung liegt.
„Deine nächste Wohnung sollte im Erdgeschoss liegen. Entweder das, oder du musst dir einen neuen besten Freund suchen."
„Möbelpacker."
Wir sind gerade dabei, die Couch in den Bauch des Sprinters zu drücken – bedacht, möglichst wenig zu ruinieren, was nur den Preis drücken würde –, als mein Handy erneut klingelt. Wieso diese Handymelodie die Gabe hat, einen spastischen Anfall in meinem Herzen zu verursachen, weiß ich nicht. Wieder krampft sich alles zusammen. Aber es ist nicht Maya.
„Frank, hallo. Wir sind schon auf dem Weg zu dir."
„Den Weg kannst du dir sparen, Jonas."
Frank Schulze war mein Sitznachbar in Geschichte. Die halbe Oberstufe hat er nur überlebt, weil meine Hand-

schrift in Arbeiten immer besonders schön und groß war. Er hat sich nie dafür bedankt, aber das passiert schon mal. Heute Morgen hatte er mir fest zugesagt, die Couch für knapp tausend Euro zu kaufen.

„Was?"

„Meine Freundin hasst das Teil. Und sie will unter keinen Umständen unsere Couch loswerden."

„Das ist eine Eins-a-Couch! Und für den Preis ist sie geschenkt!"

Patrick dreht sich zu mir um, er ahnt, wie sich mein Plan in Luft auflöst.

„Ja, ich mag sie ja auch, aber daraus wird leider nichts, tut mir leid."

„Du hast deine verfickten zehn Punkte in Geschichte nur wegen mir bekommen! Alles, was du über Karl den Großen weißt, weißt du wegen mir und meiner klaren Handschrift!"

Meine Stimme wird so laut, dass sich eine Dame mit Hund empört zu mir umdreht.

„Ich sage doch, es tut mir leid, Jonas."

„Du kannst dir dein „tut mir leid" in den Arsch schieben, mein Lieber! Hätte ich dich in der Schule mal so hängen lassen, du hättest dir dein Abi abschminken können! Und nichts wäre es gewesen mit deinem tollen Job bei Daimler, du Arschloch!"

Patricks Lachen dröhnt aus dem Sprinter zu mir nach draußen, aber ich denke nicht daran, zu lachen. Frank durchkreuzt all meine Pläne.

„Hör mal! Ich habe mich doch schon entschuldigt!"

„Hoffentlich ist deine Freundin jetzt glücklich! Soll sie sich ihren Arsch ruhig auf eurer Ikea-Couch platt sitzen!"

Adriana Popescu

Damit lege ich wütend auf und starre die Frau mit dem Hund an, die mich nach wie vor überrascht ansieht.

„Wenn Ihr Köter auf den Bürgersteig scheißt, ist hier die Hölle los!"

Patricks Hand packt meinen Nacken und schiebt mich in den Sprinter zur Couch, die jetzt so wertlos erscheint, während er sich bei der Frau für seinen Freund entschuldigt; ich sei heute nicht ich selbst. Dabei hat er so recht, ich fühle mich tatsächlich nicht wie ich selbst – eher so, als würde ich neben mir stehen.

„Komm erst mal wieder runter:"

„Nur weil seine Freundin die Couch nicht mehr will! Und jetzt?"

Ich hatte mich zu sehr auf diesen Plan verlassen.

„Wir lassen uns was anderes einfallen. Vielleicht will ja noch jemand die Couch. Wer weiß."

Niemand, den ich kenne, denn bevor Frank ja und dann wieder nein gesagt hat, habe ich meine gesamte Freundesliste bei Facebook, Google+ und Xing durchgefragt, aber niemand hatte Interesse oder Geld, meine Couch zu erwerben. Dabei wäre das Geld jetzt doch so verdammt wichtig!

„Zweitausend Euro, das kann doch nicht so schwer sein."

Ich setzte mich neben die Couch und lasse den Kopf hängen.

„Sie verlässt sich auf mich."

„Deswegen bringt es jetzt nichts, wenn du hier rumheulst! Wir müssen einen Plan B finden."

Aber auch unser Plan B trägt keine Früchte. Die nächste Stunde verbringen wir damit, Freunde anzurufen und meine Wohnung einschließlich Keller zu durchforsten, hektisch auf der Suche nach Zeug, das genug Geld abwerfen würde. Ich kann meinen Computer nicht verkaufen, da ich ihn für meine Arbeit brauche. Alles andere bin ich gewillt zu verscherbeln, für weniger Geld, als es wert ist. Aber wo sind die kaufsüchtigen Freunde, wenn man sie mal braucht?

Mir dämmert es so langsam. Maya braucht das Geld, verlässt sich auf mich, und ich werde sie enttäuschen. Ich verfluche mich für meine Faulheit und für mein Talent, über meine Verhältnisse zu leben. Ich wünschte mir, ich hätte mein aktuelles Projekt zur letzten Deadline eingereicht. Aber ich bin ein nutzloser Webdesigner, ich versage immer dann, wenn ich den zeitlichen Druck spüre. Ich blockiere, rufe an, verschiebe den Termin. Verschiebe ihn noch mal und stehe jetzt so hier. Die Miete ist bereits abgebucht, somit dürfte wieder dieses kleine Minus vor der Zahl auf meinem Konto stehen. Ich habe Möbel, die ich mir mal leisten konnte. Als ich mir die Möbel nicht mehr leisten konnte, habe ich sie auf Pump gekauft, immer in der Vorstellung, mein nächster Auftrag würde genügend Geld abwerfen. Das funktioniert auch ganz gut. Es funktioniert für mich alleine. Aber nicht für spontane zweitausend Euro. Ich hasse mich.

Patrick sieht mir meine Verzweiflung an, als er mich über den Tisch hinweg ansieht.

„Geh und hol deine Süße ab. Sag ihr nichts davon. Ich lasse mir was einfallen in der Zwischenzeit, okay?"

So viel ich auch von Patrick halte, so oft er mir in vielen brenzligen Situationen meines Lebens geholfen hat – wenn er nicht über ein Drogenarsenal verfügt, das er in Windeseile an Stuttgarts Junkies verkaufen kann, wird meine Hoffnung auf Rettung weiter schrumpfen.

Adriana Popescu

Mein Magen zieht sich zusammen wie nach einem Bauchkrampf, als ich durch die Tür schreite. Von außen sehe ich bestimmt aus wie ein Freier, der keine Hemmungen hat, auch bei Tageslicht seinem Drang nach Frauen nachzugehen.

Man erwartet mich. Vier Mädels sitzen in einem Wohnzimmer um einen Tisch herum und trinken Kaffee. Maya springt auf, sobald sie mich sieht, und umarmt mich fest. Genau das habe ich gebraucht. Ich atme ihren Duft ein und frage mich, wie ich ihr erklären soll, dass unser Plan eine winzige Änderung enthält.

„Mädels, das ist Jonas."

Ich winke in die Runde und stelle erneut fest, wie absurd das alles ist. Hier sitzen junge Mädchen um einen Tisch, die eines gemeinsam haben. Und das ist weder die Studienrichtung noch eine gemeinsame Schulzeit; sie alle verkaufen sich und ihren Körper Nacht für Nacht an fremde Männer.

„Ich habe meine Sachen oben, hilfst du mir?"

Oben. Mit oben meint sie nicht einfach nur das Zimmer im Obergeschoss, sondern den Raum, in den ich jetzt sehr ungern möchte. Trotzdem folge ich ihr die Stufen schleppend nach oben. Im Vergleich zu diesem Gang war das Tragen der Couch ein Kinderspiel. Mit jedem Schritt und jeder Stufe wird mir schlechter. Jetzt weiß ich auch, wie der kleine Hobbit Frodo sich unter der Last des Ringes auf dem Weg nach Mordor gefühlt haben muss.

„Ist alles okay?"

Oben angekommen, lehne ich mich kurz gegen das Geländer und atme tief durch. Ich stehe kurz vor dem emotionalen Erbrechen, aber ich reiße mich zusammen.

„Sicher. Ich habe nur Schmerzen von vorhin."

„Die Couch?"

5 TAGE LIEBE

„Genau."

Und die Tatsache, dass du hier mit Männern geschlafen hast – und mir die Bilder nicht aus dem Kopf gehen wollen. Nadelstiche an Stellen des Körpers, die ganz sicher nicht mit Nadeln traktiert werden sollten. So fühlen sich diese Bilder an. Ein Muskelkater, der mit einem fiesen Wadenkrampf gekreuzt wurde und jetzt Schmerzen an alle Enden meines Körpers schickt.

Sie deutet nickend auf eine Tür entlang des Ganges und ich folge ihr stumm, bedacht, nicht unnatürlich zu wirken. Ein leichtes Kribbeln in meinen Händen ist der Vorbote einer bald folgenden Taubheit. Ich kenne dieses Gefühl zu gut, vor jeder Prüfung oder jedem Examen hat es sich so angefühlt. Immer dann, wenn ich am liebsten abgebrochen hätte, wenn die Angst mich anfallen wollte. Um mich abzulenken, tue ich das, was ich an dieser Stelle schon immer getan habe und immer tun werde. Ich gehe die Spieler des VfB Stuttgart im Geiste durch: Ulreich (ist kein Neuer), Tasci (sucht seine Form), Rani Khedira (noch nicht ganz sein Bruder), Cacau (unser Helmut), Niedermeier …

„Das hier ist mein Zimmer."

Ich spüre den kalten Schweiß, der an meinem Nacken Anlauf nimmt, um in der nächsten Sekunde meine Wirbelsäule hinabzuschießen wie Stefan Raab in einem Wok durch den Eiskanal. Ich schlucke. Macheda (nur ausgeliehen), Ibišević …

Sie öffnet die Tür und wir treten ein. Da ist ein Bett, ein Schrank, ein Couchtisch, zwei Stühle. Das Fenster geht in einen Hinterhof, sonst nichts. Eigentlich kein erkennbarer Grund für eine Panikattacke, aber ich habe Schwierigkeiten zu atmen. Mein Blick ist auf dieses Bett gerichtet, und ein Spielfilm an gemeinen Bildern spielt sich in meinem

Innern ab. Maya nimmt eine Tasche und einen Kulturbeutel vom Fensterbrett, dann dreht sie sich zu mir um.

„Jonas?"

Ich möchte sie ansehen, aber nach wie vor schaue ich aufs Bett. Ich kann damit nicht besonders gut umgehen, aber ich weiß auch, wenn wir diese Türe schließen, beenden wir damit ein für alle Mal ein hässliches und schmerzliches Kapitel in Mayas Leben. Sie kommt zu mir.

„Das tut mir so leid, ich habe nicht nachgedacht. Ich habe kein Stück nachgedacht. Jonas, es tut mir so leid."

Ich will etwas sagen, aber ich wage es nicht, den Mund zu öffnen. Dieser Raum will mich erdrücken. Nein, zerquetschen! Von allen Seiten. Nicht mit Wänden, sondern mit Bildern und Erinnerungen. Ganz unauffällig und doch so aufdringlich mischt sich das Gefühl der Wut dazu. Nicht darüber, was in diesen vier Wänden passiert ist, sondern darüber, dass niemand vor mir etwas unternommen hat, um sie von hier wegzuholen. Wieso gab es niemanden, der gesehen hat, wie falsch das alles ist, und wie sehr sie gerettet werden musste? Mayas Hände umschließen mein Gesicht.

„Sieh mich an!"

Selbst wenn ich es nicht will, ich bin wehrlos, wann immer sie mich berührt. So auch dieses Mal.

„Das ist Vergangenheit. Dank dir! Ich werde dieses Zimmer nie wieder betreten müssen! Und das alles wegen dir. Ohne dich könnte ich das nicht machen. Das darfst du nicht vergessen."

Ich finde allmählich meine Sprache wieder, auch wenn Worte sich jetzt fremd anfühlen.

„All diese Männer ..."

„Hatten nicht, was du hast, Jonas."

Sie streicht über mein Kinn.

5 TAGE LIEBE

„Das darfst du nicht denken. Bitte."

Ich versuche es wirklich, kann aber den Stummfilm in meinem Kopf nicht ausschalten.

„Ich bin doch hier. Bei dir."

Ich frage mich, wie oft Männer in ihrem Leben an genau dieser Stelle ausgestiegen sind. Als ihnen wirklich und im vollen Ausmaß bewusst wurde, wie real Mayas Leben als Lucy wirklich ist. War. Nicht mehr ist. Sie hat aufgehört. Ich nehme ihre Hand in meine, nehme ihr die Tasche ab und werfe einen letzten Blick in dieses Zimmer.

„Bringen wir dich hier raus."

Adriana Popescu

5 TAGE LIEBE

BATMAN

Draußen atme ich erst mal tief ein, spüre ihre Hand in meiner und beobachte sie, wie sie ihre Mütze aufsetzt und dabei so breit lächelt. Mein Herz wird so warm, dass ich befürchte, gerade erheblich zur globalen Erwärmung beizutragen.

„Manchmal, wenn ich nachts nicht schlafen konnte, da habe ich mir diesen Moment vorgestellt. Vorgestellt ist untertrieben."

Sie kichert und hakt sich bei mir ein.

„Ich habe es mir ausgemalt. Jedes Detail. Alles. Wie ich mit wehenden Haaren rausmarschiere. Und nicht einen Blick zurückwerfe."

„Kam ich in dieser Vorstellung vor?"

Wir gehen langsam die kleine Gasse entlang, und mit jedem Schritt erscheint mir dieser Moment erträglicher.

„Hm. In den wilden Vorstellungen war es irgendwie immer Clive Owen, so wie in *Sin City*, weißt du?"

„Klar."

„Aber ich bin mit dir auch ganz zufrieden."

Adriana Popescu

Unter anderen Umständen hätte ich diese Aussage in ihre Einzelteile zerstückelt und analysiert, aber jetzt bin ich zu glücklich.

„Wo steht dein Auto?"

„Mein Auto. Gute Frage."

Ich schiebe meine Hände in die Hosentasche und ziehe so Maya mit mir über die letzten Sekunden der grünen Ampel.

„Es steht etwas weiter weg."

„Wie weit?"

„Vaihingen."

Vaihingen liegt tatsächlich etwas außerhalb von Stuttgart, gehört aber noch dazu. Der einzige Grund, mich da hinzuschleppen, war das Corso-Kino und die Auswahl an Filmen im Original, die es gezeigt hat. Mit anderen Worten: im Moment habe ich gar keinen Grund, da hinzugehen.

„Ich verstehe nicht."

Wie soll sie es auch verstehen. Ich habe es ja selbst noch nicht ganz verstanden. Wieso passieren manche Dinge im Leben so schnell, dass man nicht mehr mitkommt? Vor knapp zwei Stunden war ich panisch, hatte alles verloren, fühlte mich wie ein Verlierer. Wieso? Weil ich vor lauter Bäumen den Wald nicht mehr gesehen habe. Aber als ich auf dem Weg zur Tankstelle war, fielen mir die Worte eines alten Kumpels ein, Markus. Jedes Mal, wenn wir uns in der Stadt trafen, beschwerte er sich über die Tatsache, dass er kein Auto hatte. Immer musste er ein Taxi oder die letzte S-Bahn nehmen. Das wurde auf Dauer zu teuer, oder der Abend endete zu früh. Egal wie er es drehte, es nervte ihn. Aber sein Budget war begrenzt, und die Suche nach einem fahrbaren Untersatz wurde zur Tortur. Er habe doch nur wenige tausend Euro und würde

5 TAGE LIEBE

alles für einen Fiesta wie meinen geben. In der Euphorie der Couch-Aktion hatte ich den Fokus einzig und alleine darauf gelegt, und alles andere vergessen oder aus dem Weg geschoben. Aber einen Anruf und einen Bankgang später saß ich in der S-Bahn – und Markus in meinem ehemaligen Fiesta.

Jetzt habe ich Maya an meiner Seite und führe sie mit jedem Schritt weiter weg von ihrer Vergangenheit. Wenn ich ganz viel Glück habe, dann wird sie eines Tages vergessen, was alles hier in diesem Viertel passiert ist. Und wenn ich nicht ganz so viel Glück habe, dann wird sie sich manchmal noch daran erinnern. Wird vielleicht nachts aufwachen und weinen. Aber selbst wenn das passiert, werde ich da sein. Ich lasse nicht zu, dass noch einmal jemand etwas tut, das sie verletzt. Das habe ich mir geschworen. Als wir auf das kleine grüne Männchen an der nächsten Ampel warten, greife ich in die Innentasche meiner Jacke und fische meinen Geldbeutel heraus. Ich lasse mir Zeit, als ich die Geldscheine zähle und Mayas Gesicht beobachte. Ihre Augen sind so groß wie Murmeln auf dem Schulhof, und ihr Mund steht offen, als wolle sie jeden Moment losschreien. Ich falte die Scheine zu einem kleinen Päckchen und überreiche sie ihr feierlich mit einer kleinen Verbeugung.

„Zweitausend Euro."

„Oh – mein – Gott!"

Ihre Hände zittern, als sie die Geldscheine berührt, und in ihren Augen spielt sich ein Gewitter aus Freude und Unverständnis ab. In meinem ganzen Leben war ich niemals der Held für jemanden und habe das Gefühl auch nie vermisst. Jetzt erlebe ich es zum ersten Mal. Gomez schießt den Siegtreffer für Deutschland, eine ganze Nation jubelt wie verrückt, er lässt sich von seinen Mitspielern umarmen.

Mich umarmt nur Maya, und es fühlt sich genau richtig an. Sie küsst meinen Hals, meine Wange, mein Ohr. Ich spüre, wie warm ihre Lippen im Vergleich zu meiner Haut sind.

„Danke. Danke. Danke. Du bist unglaublich."

Mit geschlossenen Augen sehe ich nicht, ob die Ampel auf grün gesprungen ist, aber ich habe plötzlich keine Eile mehr, nach Hause zu kommen. Ich habe gar keine Eile mehr, das Leben könnte genau jetzt die Pausentaste drücken und ich würde es genießen.

„Aber wenn du dein Auto verkauft hast ... wie kommen wir dann nach Barcelona?"

Heißt es nicht, wenn sich eine Türe schließt, öffnet sich dafür eine andere? Ein Fenster? Eine Katzenklappe? Ich habe noch keinen neuen Plan, aber ich bin mir sicher, wir finden einen Weg, und an Mayas sanftem Lächeln erkenne ich, dass es ihr ganz ähnlich geht. Im Moment ist das alles nicht wichtig. Sie hat das Geld für Fabian, und nur das ist wichtig.

Ihr Körper sieht unter der Dusche noch besser aus. Der Schaum des Duschgels läuft über ihren Bauch wie ein milchiger Fluss, der sich vor ihrem Bauchnabel spaltet und in zwei Nebenflüssen weiterläuft. Sie massiert das Shampoo in meine Haare und tobt sich dabei kreativ aus. Mal sehe ich aus wie Adolf Hitler, mal wie David Beckham (niemals hätte ich gedacht, diese beiden Namen in einem Satz unterzubringen), dabei lacht sie und scheint diese Dusche sehr zu genießen. Während ich ihren Körper betrachte, diesmal nicht ganz so heimlich, ertappe ich mich bei der Suche nach mehr Verletzungen oder Narben. Ent-

5 TAGE LIEBE

weder ich stelle mich dabei gut an, oder sie entscheidet sich, es zu ignorieren. Sie genießt die Tatsache viel zu sehr, hier unter dem warmen Wasserstrahl zu stehen. Ihre Augen sind geschlossen, das Wasser prasselt auf ihren Rücken, und sie lächelt stumm.

Ich stehe neben ihr, kriege nicht ganz so viel von dem Wasser ab und friere ein bisschen, will aber nichts sagen. Sie genießt diesen Moment. Ich genieße es, sie ansehen zu dürfen. Dann entdecke ich eine weitere Narbe an ihrem Ellenbogen. Meine Hände gleiten von ihren Schultern über die Arme, bis ich scheinbar zufällig über die Narbe streiche.

Maya öffnet sofort die Augen und sieht mich an. Ich nicke nur, glaube verstanden zu haben. Nur weil es in der Vergangenheit liegt, bedeutet es nicht, dass es mir jetzt weniger wehtut. Aber sie lächelt.

„Nein, das ist nicht so wie du denkst."

Sie hält den Arm nach oben und ich kann die Narbe in aller Ruhe betrachten. Dabei läuft mir Shampoo in die Augen und ich versuche, es durch hektisches Blinzeln zu verhindern. Vergeblich. Ich muss die Augen schließen und tauche wieder neben sie unter den Wasserstrahl. Sie wäscht mir das Shampoo aus den Haaren und streicht mir immer wieder übers Gesicht.

„Fabian wollte Rollschuhe. Unbedingt, weil jeder welche hatte. Glaub mir, er kann so stur sein. Aber meine Mutter fand es zu gefährlich, und sie hatte natürlich recht. Aber ich dachte, ich tue ihm einen Gefallen."

Ich höre, dass sie lächelt, ihre Stimme klingt dann viel leichter und höher. Ich genieße es, sie lächeln zu hören, auch wenn ich es nicht sehen kann.

Adriana Popescu

„Wir sind auf den Spielplatz neben unserem Haus gegangen und ich sollte ihm zeigen, wie es geht. Er ist sehr ehrgeizig. Leider wird er dann auch oft wütend, deswegen wollte ich es ihm zeigen, damit er es nachmachen kann, weißt du?"

Ich nicke und öffne langsam wieder meine Augen, die nicht mehr brennen. Durch das Wasser kann ich ihr Gesicht erahnen, das Lächeln sehen.

„Aber ich hatte ja selbst keine Ahnung, wie man das macht. Ich bin nicht besonders sportlich."

Das halte ich für einen unverschämte Lüge und betrachte noch einmal in aller Ruhe ihren Körper. Sie muss sportlich sein, ich habe gesehen und gespürt, wie sie sich bewegt. Ihre Hand packt mein Kinn und zwingt mich, ihr wieder in die Augen zu sehen.

„Hier oben spielt die Musik, mein Herr!"

Ich lache und ergebe mich, während ich sie unter den Duschstrahl ziehe.

„Nun, lange Rede kurzer Sinn ... ich habe mich langgelegt. Und dabei den Ellenbogen verletzt. Es hat wie wild geblutet und Fabian wurde ganz panisch. Er hat gedacht, ich würde sterben, und er hat so bitterlich geweint ... er dachte, es wäre seine Schuld."

Sie wirft einen Blick auf die Narbe an ihrem Ellenbogen.

„Er hat sich selbst geohrfeigt und die Haare rausgerissen. Er tat mir so leid. Mama hat mich ins Krankenhaus gebracht und Fabian durfte mit dem Stethoskop spielen. Dann war alles vergessen."

„Du hängst sehr an ihm."

Sie schließt die Augen und tritt unter den Wasserstrahl, das Gesicht nach oben gerichtet. So kann sie nicht ant-

5 TAGE LIEBE

worten, aber sie muss es auch nicht, ich kenne die Antwort bereits.

„Ich habe ihn seit einem Jahr nicht mehr gesehen."

Sie stellt das Wasser ab und so stehen wir uns gegenüber in meiner viel zu engen Dusche, die viel zu schnell kalt wird. Maya schlingt die Arme um sich, und ihre Unterlippe zittert.

„Willst du ihn nicht mal besuchen?"

Ein Nicken.

„Er ist in Barcelona."

Noch immer weiß ich nicht, wieso sie heute noch so dringend auf die Bank wollte, um dort das Geld aufs Konto ihrer Mutter zu überweisen, aber jetzt macht zumindest ihr dringender Wunsch Sinn, nach Spanien zu fahren.

Mit dem blauen Saunatuch, das meine Mutter mir in einer unbeholfenen Geste zu Weihnachten geschenkt hat, wickle ich sie fest ein und hoffe, so dem Frieren ein Ende gesetzt zu haben. Mir reicht ein durchschnittliches Handtuch, das ich um meine Hüften schlinge.

„Deswegen also Barcelona."

Ihre nassen Locken, ihre ehrlichen Augen, das hoffnungsvolle und gleichzeitig traurige Lächeln. All das ist Maya.

Es klingelt an der Tür. Ein Blick an mir herab reicht, um zu wissen: egal, wer um diese Uhrzeit bei mir klingelt, er wird es bereuen.

Ich tapse durch meinen Flur und hinterlasse nasse Fußspuren, an denen mich auch ein Anfänger der Pfandfindergruppe Backnang-Ost erkennen würde. Maya verschwindet hinter meinem Rücken im Schlafzimmer und zieht die Tür hinter sich zu, während ich einen hektischen Blick durch den Spion in ein mir sehr bekanntes Gesicht werfe. Auch wenn die Fischaugenoptik sein Profil verzerrt und zur übergewichtigen Maske seines Gesichts verzerrt – ich würde ihn überall wieder erkennen.

„Was machst du denn hier?"

Es ist immerhin kurz vor Mitternacht. Frisch verheiratete Ehemänner sollten sich um diese Uhrzeit an die Liebste kuscheln und nicht in meinem Hausflur stehen.

„Habe ich etwa gestört?"

Patrick lässt seinen Blick zu meinem Handtuch wandern, das ich fest umklammert halte. Ob es zu spät ist, den Bauch einzuziehen?

„Nein, wir haben nur geduscht."

„Wieso habe ich eigentlich nicht das Glück und Maya macht mir so die Tür auf?"

Er macht keine Anstalten, in die Wohnung zu kommen; so lehne ich mich gegen den Türrahmen und spüre, wie die Kälte meine Füße einnimmt. Nur eine Frage der Zeit und meine Waden kapitulieren ebenfalls.

„Du bist in der Hoffnung vorbeigekommen, Maya noch mal spärlich bekleidet zu sehen?"

Er schüttelt den Kopf und überreicht mir einen braunen DIN-A4-Umschlag.

„Ich wollte dir das nur geben."

„Was ist das?"

„Ein Umschlag, aber ich bin mir sicher, das weißt du auch so."

Er lächelt und sieht dabei etwas traurig aus. Eine Unruhe aus der Mitte meines Körpers übermannt mich, also greife ich in den Umschlag und ertaste einen Schlüssel und Papiere, dazwischen ein kleines technisches Gerät von der Größe eines Handys.

5 TAGE LIEBE

„Du musst sie doch nach Barcelona fahren. Ohne Auto ist das schwierig. Und dein Orientierungssinn gleicht dem einer unreifen Tomate."

Ich betrachte den Reiseführer von Barcelona, einen vom ADAC ausgestellten Routenplaner, in zweifacher Ausführung ausgedruckt, ein Navigationssystem, eine Straßenkarte und den Schlüssel für Patricks Sprinter.

„Aber ... "

„Meine Eltern sagen, du kannst ihn irgendwann zurückbringen."

Unbeholfen wie ich Patrick selten erlebt habe, schiebt er die Hände in die Jackentasche und sieht mich an.

„Melde dich, wenn ihr angekommen seid, oder auch von unterwegs oder so."

„Klar, machen wir."

Ich spüre den Umschlag in meinen Händen, will etwas sagen oder tun. Wie sagt man „Danke"? Wenn ich bedenke, wie er in dieser Nacht- und Nebelaktion die Lösung für mein Problem gebracht hat, dann frage ich mich, wieso er kein Superhelden-Outfit trägt. Wo ist sein Cape?

„Danke."

Er nickt. Manchmal fühlen sich Dinge nach Abschied an, obwohl wir beiden wissen sollten, dass ich bald wieder hier stehe. Mit meinem Handtuch bekleidet drücke ich ihn fest an mich und versuche, mal eben zehn oder fünfzehn Jahre zurückzudrehen. Zwei Jungs in kurzen Hosen, die im Sommer mit dem Skateboard durch die Straßen düsten und so taten, als ob sie die Könige der Welt wären. Dabei den Eiswagen jagten, den sie gerade verpasst hatten, und schnell noch für fünfzig Pfennig eine Kugel Schlumpfeis kauften. So schmeckten die Sommer damals, so schmeckt Freundschaft heute.

Die Tür neben uns wird aufgeschoben und Herr Renner, mein Nachbar, sieht uns etwas konsterniert an, bevor er ein verschämtes „Tschuldigung" nuschelt und wieder verschwindet.

„Meinst du, wir haben dieser Abschieds-Umarmung etwas zu viel Homoerotik verliehen?"

Und dann lachen wir. Wir lachen so laut und hysterisch, dass wir ohne Zweifel das ganze Haus wecken, aber es schert uns nicht.

Ich drücke meine Nase am Küchenfenster platt und sehe nach unten, wo mein bester Freund über die Straße springt, in seinen Wagen steigt und davondüst. Fast wie Batman werden er und die Lichter seiner Scheinwerfer von der Nacht verschluckt. Mayas Arme legen sich von hinten um mich. Mir ist kalt, und ich spüre ihre warme Haut auf meiner. Sie küsst meine Schulter.

„Alles okay?"

Ich nicke, denn alles ist okay. Und ich weiß ganz genau, wem ich dafür ewig dankbar sein muss.

„Wir fahren nach Barcelona."

5 TAGE LIEBE

SPRINT IN DEN SÜDEN

Maya hat kaum geschlafen und trinkt ihren dritten Becher Kaffee. An jeder denkbaren Tankstelle nötigt sie mich zum Rausfahren. Dann klettert sie vom Beifahrersitz des Sprinters, sprintet los zur Toilette und dann in das Bistro, um mit einem warmen Milchkaffee und einer Flasche Cola für mich zurückzuhopsen. Sie ist überdreht und ich zweifle ernsthaft an dem Kaffee als Ursache. Die ganze Nacht hat sie mich gefragt, wann wir denn endlich fahren. Nachdem ich meinem Körper zwei Stunden Schlaf gegönnt hatte, packte ich meine Tasche und wir machten uns auf den Weg.

Sie singt jedes Lied im Radio mit, was immer wieder zu Missverständnissen mit der freundlichen Damenstimme des Navi-Systems führt – und zu zahlreichen Wiederholungen, die langsam an meinem Nervenkostüm kratzen! Meine Couch scheppert im Laderaum des Sprinters immer wieder laut vor sich, als wolle sie mich daran erinnern, dass sie auch noch anwesend ist. Als ob ich das vergessen könnte, bei den Kreuzschmerzen, die mich quälen.

Während Maya nun also einen Radiosender gefunden hat, der ohne Rauschen und kurze Unterbrechungen ihr

Lied zu Ende spielt, konzentriere ich mich auf die Straße vor mir. Aber das nur rein optisch, denn geistig gehe ich die letzten Tage durch und frage mich, was genau der Grund dafür ist, warum ich jetzt auf der Autobahn unseres befreundeten Nachbarlandes bin und auf die Frage des Navigationssystems als Zielort „Barcelona" eingegeben habe.

Maya ist wie ein hibbeliges Kind auf der Fahrt in den Urlaub. Sie spielt mit Sicherheitsgurt, lässt die Seitenfenster rauf und runter und entdeckt schließlich im Handschuhfach eine alte Polaroidkamera. Patrick scheint sie hier vergessen zu haben.

„Oh was haben wir denn da?"

Sie sieht durch den Sucher und zielt gnadenlos auf mich. Ein heller Blitz trifft mich, ein zischendes Geräusch folgt und schon spuckt die Kamera ein Bild aus.

„Erwischt!"

Dabei lacht sie so zufrieden, dass ich ein Lächeln auf meinen Lippen spüre. Sie wedelt mit dem Foto rum, bis sich mein erstauntes Gesicht langsam aber sicher erkennen lässt. Stolz hält sie es in meine Richtung.

„Hübscher Kerl."

„Toller Fahrer."

„Beschissene Radiosenderwahl."

Sie zieht eine Grimasse und küsst dann schnell meine Wange. Wie um alles in der Welt soll man sich nicht in sie verlieben? Weiß sie wirklich nicht, was sie mit mir anstellt?

Ich habe meinem Freund eine Stripperin für den Junggesellenabschied besorgt, mehr eigentlich nicht. Noch vor ein paar Tagen war mein Leben damit ausgefüllt, bei Facebook unsinnige Spiele zu spielen, meinen Status dort je nach Befinden zu aktualisieren und hin und wieder am

5 TAGE LIEBE

Auftrag zur Erstellung eines passablen Webauftritts für einen Weinhandel zu arbeiten. Abends bin ich für ein bis fünf Bier in meine Stammkneipe gegangen, habe mit Patrick Fußball geschaut und ihn heimlich beneidet, weil er bald ein Ehemann sein würde.

Jetzt habe ich eine Couch im Sprinter, kein Auto mehr, heute Morgen den Abgabetermin meiner Auftragsarbeit (und gleichzeitig die Sicherung meiner Miete!) verpasst, die katalanische Hauptstadt als Ziel, und die potentielle Liebe meines Lebens neben mir. Wenn das mal keine Drehung um 360 Grad ist, bin ich wirklich überfragt.

Ich bereue keine meiner Entscheidungen (bis auf den Schlag gegen die Wand, von dem meine Hand sich nur langsam erholt, sowie das Tragen einer Couch durchs enge Treppenhaus) und spüre doch dieses leichte Brennen in meinen Nerven, weil ich mir zwar erhoffen kann, wie diese Geschichte ausgehen wird, es aber nicht weiß. Diese Autobahn ist entweder der Weg ins Paradies oder eine Einbahnstraße in die emotionale Vorhölle. Und das mit Lichtgeschwindigkeit.

Als ich einen kurzen Blick auf Maya werfe, die an dem Kaffeebecher nagt wie ein Eichhörnchen, kribbelt es in meinem ganzen Körper. Eigentlich wäre sie schon nicht mehr hier, wenn ich nicht hartnäckig geblieben wäre.

Mit jedem Kilometer, den ich zwischen uns und Stuttgart bringe, fahre ich sie auch weiter weg von ihrer Vergangenheit, und hin zu ihrem Bruder, den sie sehr vermisst. Aber was wird dann aus mir? Werde ich aussortiert und darf den Weg zurück in die Kesselstadt allein antreten? Werde ich Fabian überhaupt kennenlernen? Sie sagt, kaum jemand weiß von ihm, nur wenige haben ihn kennenlernen dürfen. Zu welcher Sorte Mensch gehöre ich?

Adriana Popescu

Das Klingeln ihres Handys bringt mich kurzzeitig zurück in die Realität und ich stelle fest, dass ich wie ein Gestörter auf der linken Spur gefühlte zwanzig Kilometer zu schnell fahre.

„Hallo? ... Nein, wir sind schon unterwegs ... ja, ich weiß."

Mayas Stimme überschlägt sich erneut, und sie kichert ganz viel. Dabei tanzen ihre Locken die eigenartige Interpretation einer Samba. Oder Rumba. Irgendwas mit viel Hüfte. Ich komme um ein Lächeln nicht herum, sie grinst frech zurück.

„Jonas fährt mich ... nein, keine Sorge ... ja doch. Das sage ich ihm ... gut. Ich freue mich auch."

Dann legt sie auf und lässt ihre Hand zu meiner auf dem Schaltknüppel wandern.

„Du sollst vorsichtig fahren. Sagt meine Mutter."

Ihre Mutter weiß also von mir? Maya hat nur gesagt: „Jonas fährt mich". Mein Name muss also bereits gefallen sein. Oder nicht? Würde sie mich sonst nicht etwas genauer vorstellen oder zumindest erklären müssen, wieso ein wildfremder Mann sie ins Urlaubsparadies fährt?

Erstaunlich, wie schnell vier Becher Kaffee ihre Wirkung verlieren können. Mayas Kopf lehnt an der Scheibe, ihre Augen sind geschlossen, ein Lächeln auf den Lippen. So schaukelt der Sprinter über die Autobahn, während meine Couch hinter mir ab und an ein ächzendes Geräusch von sich gibt.

Also fahre ich stur und stumm zu den Popsongs der gesamten Castingshow-Geschichte durch Europa. Den ganzen Tag.

Irgendwo an einer französischen Raststätte kann ich nicht anders und muss auch mal meine Blase entleeren. Maya bewacht solange den Sprinter, während ich mir die

5 TAGE LIEBE

Hände wasche und mein Spiegelbild betrachte. Wenn Bonnie und Clyde so auf der Flucht wären wie wir im Moment, sie hätten nicht lange gelebt. Außer einem Sandwich mit Thunfisch und Mayo habe ich nur Jelly Beans gegessen, die mir Maya in den Mund gestopft und geschwiegen hat, bis ich die Geschmacksrichtung richtig erriet. Zwischen „saftige Birne" und „Jalapeños" liegt ein großer Unterschied, auch wenn der grüne Farbstoff nicht darauf schließen lässt. Am liebsten würde ich neunzig Prozent der kleinen Bohnen unzerkaut auf die Autobahn spucken, aber Maya hat so unheimlich viel Spaß dabei – es wäre eine Schande, das zu verderben.

Meine Augen sind blutunterlaufen, ich bin unendlich müde, halte mich aber recht gut, wie ich finde. Patrick hat vor ungefähr einer Stunde angerufen um zu überprüfen, wie es uns geht, ob wir leben und wieso wir uns nicht melden.

Ich stapfe zurück zum Sprinter, den Maya geschickt in eine große Parklücke manövriert hat. Sie sieht mich lächelnd an.

„Wir haben uns angefreundet."

„Du hast den Rückwärtsgang gefunden?"

Ich muss grinsen, weil Maya tatsächlich Probleme hat, die Gänge zu finden. Wir haben das Ganze noch in Deutschland probiert, als sie großspurig behauptete, mich ablösen zu können. Nicht, weil ich den Eindruck erweckt habe, ich würde kaum noch auf der linken Spur durchhalten, sondern weil wir uns über die Wahl des Radiosenders gestritten haben. Mir wurde das Gedudel zu viel, und so habe ich spontan meinen Lieblingssender gesucht, nämlich einen rockigen Sender. Gerade für lange Fahrten auf der Autobahn eignete sich dieser Sender meiner Meinung nach hervorragend. Aber Maya wollte lieber zurück zu einem belanglosen Popsender.

„Hey! Du kannst doch nicht mitten im Lied umschalten."

„Ich bin der Fahrer, ich kann und darf alles."

„Nicht wenn der Beifahrer gerade den Refrain mitsingt."

Ihre kleine Falte zwischen den Augenbrauen zog sich zusammen. Ich liebe es, wenn sie so was macht.

„Nein, dann erst recht!"

„Wieso darf nur der Fahrer entscheiden?"

Ich zuckte wahrheitsgemäß die Schultern.

„Das ist ein ungeschriebenes Gesetz, denke ich."

„Dann fahr raus, ich übernehme das Steuer!"

Sie klang so überzeugt, also wollte ich ihr diese Chance gebe. Allerdings war ganz schnell klar, Maya und Patricks Sprinter, das war wie Modern Talking nach 2004 – nicht vorstellbar. Sie fand die Gänge nicht, sie kam mit den Außenspiegeln nicht klar, sie hatte einfach kein Gefühl für dieses motorisierte Ungetüm. Mein Grinsen machte sie wütend, was zu trotzigen Reaktionen ihrerseits und zu Lachanfällen meinerseits führte.

Maya gab auf, was ihr gar nicht gefiel, und so fuhren wir die kommenden Kilometer in Begleitung meines Radiosenders.

Jetzt aber steht sie neben dem Sprinter und ist stolz wie Oscar. Während ich näher komme, schiebt sie die Seitentür auf und gibt den Blick auf meine Couch frei. Auf dieser liegen all unsere Kissen und Decken, die wir bei unserer Abreise mitgenommen haben. Jetzt hat sie alles schön hergerichtet, es sieht fast gemütlich aus.

„Wir sollten ein bisschen schlafen. Sonst fährst du uns noch gegen einen Baum."

5 TAGE LIEBE

„Ich schaffe das schon."

Aber die Wahrheit ist: noch nie sah meine Couch besser und gemütlicher aus als in diesem Moment. Maya greift nach meiner Hand, zieht mich zu sich und umarmt mich fest. Das hat sie inzwischen perfektioniert. Ganz im Ernst, manchmal umarmt man Leute und merkt sofort, es passt nicht zusammen, es fühlt sich falsch und gestellt an. Aber mit Maya ist es anders. Ihr Körper hat sich inzwischen perfekt an meinen angepasst. Als würde man ein letztes Puzzlestück in das Gesamtbild einfügen, ganz ohne Mühe, weil es eben der perfekte Platz ist. Sie weiß ganz genau, wo sie ihre Arme, ihren Kopf und ihre Hände hinlegen muss, um möglichst viel von meinem Körper an ihrem zu spüren. Ich bin dann schnell hilflos und ergebe mich.

„Jonas, du musst ein bisschen schlafen, ich bitte dich."

Und so kriechen wir unter drei Decken, liegen ganz eng bei einander, und hoffen, es wird bald warm. Mayas Hände steckt sie unter die Decke, ihre Mütze hält die Locken zurück. Ich habe meine Mütze bis über die Augen und die Jacke übers Kinn gezogen.

Es ist frisch, es ist fast schon ungemütlich, aber mein Rücken dankt mir diese kurze Pause. Mayas warmer Atem an meiner Wange macht auch diesen Moment unverzichtbar. Langsam schiebt sich ihre Hand unter meine Decke, unter meinen Pullover, unter mein T-Shirt, zupft mein Unterhemd aus der Hose und legt ihre aufgewärmte Hand auf meinen Bauch. Etwas, das sie sehr gern tut und ich sehr genieße. Es ist unsere kleine Art von Intimität.

Mit einem Lächeln schlafe ich ein.

Meine Nase ist noch immer kalt, aber zumindest habe ich wieder ein Gefühl in den Fingern, mit denen ich das Lenk-

Adriana Popescu

rad umschlossen halte. Schlafen in einem unbeheizten Sprinter in der französischen Autobahnwüste im Frühjahr wird nicht den Top-Spot in meinem Unterhaltungsprogramm mit Maya erklimmen.

Während der nächsten Stunden wird Maya immer stiller, die Stimme der Navigationsfrau immer schwerer zu ertragen und die Strecke immer fremder. Ein ungutes Gefühl macht sich in meiner Magengegend breit. Ob es der Hunger, der abgelaufene Thunfisch mit der säuerlich schmeckenden Mayonnaise, oder doch meine Panik ist? Panik wovor? Ich sehe immer wieder die leuchtenden Anzeigen auf meinem Armaturenbrett. Ich weiß auswendig, wie schnell ich fahre, welche Lichter ich eingeschaltet und wie viele Liter Benzin ich noch im Tank habe. Aber die Anzeige, die mir am grellsten entgegen leuchtet, ist eine ganz andere. Es ist die Uhr, die mir unmissverständlich klar macht: Fuchs, deine Zeit tickt! Fünf Tage sind bald um. Wenn ich heimlich zu Maya schaue, werde ich traurig; denn sie wird mit jedem Kilometer aufgeregter. Ich weiß jetzt, was sie mit den fünf Tagen meint. Wir haben alles erlebt, was man erleben kann in diesen fünf Tagen. Ich habe mich zuerst verguckt, dann verknallt und schließlich verliebt. Wer behauptet, man braucht Wochen oder Monate, um zu wissen, ob man verliebt ist oder nicht, der lügt. Weil man nämlich nicht auf den Kopf hört. Man hört auf das Herz. Und das Herz weiß sofort, ob es verliebt ist. Meines hat die Schlagzahl erhöht, als Maya sich zum ersten Mal in meinen verbeulten Ford Fiesta gesetzt hat. Danach waren wir (also ich und mein Herz) auf Wolke sieben. Nur leider nicht nonstop. Maya wollte gehen, mein Herz mitnehmen, es zertrümmern, zertreten und zerschlagen, nur um es dann wieder zusammenzukleben und schützend in ihrer Hand zu halten. Das Blöde an diesen

5 TAGE LIEBE

fünf Tagen ist, ich habe Gefallen daran gefunden. Ich möchte mehr! Ich möchte noch viel, viel mehr davon!

Spanische Autobahn ist wie deutsche Autobahn. Nur spanischer. Vielleicht sehe ich auch nur deswegen alles etwas bunter, weil ich die zweite Dose Red Bull trinke, um den ätzenden Geschmack von der Bohne mit „Popcorn Peanut Butter"-Geschmack runterzuspülen. Maya hat Spaß daran, auch wenn die Augen deutlich ihren Müdigkeitszustand anzeigen. Nur eine Frage der Zeit, bis ihr Kopf gegen die Scheibe sinkt und ihre Atmung ruhig und gleichmäßig wird.

Jetzt redet nur noch die Navitante mit mir, zu meinem Glück auf Deutsch, was die Aussprache der spanischen Städte und Ortschaften zu einer humoristischen Einlage auf der trüben Autobahn macht. Es wird wärmer, das merkt man selbst im Wagen. Auch in Spanien scheint man noch auf den warmen Frühling zu warten, aber im Vergleich zu Stuttgart ist es hier deutlich wärmer.

Maya schläft, als wir das Ortsschild von Barcelona passieren. Einen kurzen Moment möchte ich sie wecken, damit sie dabei ist, aber ich tue es nicht. Ich habe Angst davor. Es ist kurz nach zweiundzwanzig Uhr, ich bin müde, ausgebrannt, hungrig und ängstlich. Dieser Zustand kommt einem betrunkenem Zustand sehr nahe, und ich habe Angst, mich gegebenenfalls genauso zu benehmen. Also lasse ich Maya schlafen und hoffe auf noch etwas Zeit.

Ich denke nach. Ich muss etwas tun, etwas Besonderes. Etwas, das ihr zeigt, wie sehr ich sie liebe, ohne es zu sagen. Eine Geste. Es muss ein Moment sein, den sie nie mehr vergessen wird.

Adriana Popescu

Und manchmal, wenn man nicht weiß was man tun soll, taucht hier und da ein kleines Schildchen auf, das uns den Weg weist. Schicksal vielleicht? Ich glaube nicht an Schicksal, ich glaube an Karma. Ich denke, wir Menschen haben eine Art Konto für gute Taten, auf das wir einzahlen, wann immer wir etwas Gutes tun. In meinem Fall würde es mich nicht wundern, wenn ich jetzt gerade schwarze Zahlen schreibe. Aber es muss einiges auf dem Konto sein, um mir jetzt dieses Schildchen zu schicken. Und so setze ich den Blinker, obwohl sich die freundliche Stimme des Navigationssystem heftig beschwert und mich dringend dazu auffordert, zu wenden oder bei der nächsten Möglichkeit rechts wieder abzubiegen. Aber wenn ich schon nicht auf die Stimme in meinem Kopf höre, wieso dann auf sie? Ich folge dem Schild und taste mich mehr und mehr in ein buntes Barcelona. Jede Straße überrascht mich mit einer anderen Kleinigkeit, die es so in anderen Städten wohl nicht geben wird. Eine Sammlung von Ideen und kreativen Momenten, so bunt und lebendig. Anders und wild, doch gleichzeitig so ruhig. Als hätte diese Stadt ihre Ruhe gefunden, als wäre sie angekommen.

Mayas Kopf schaukelt hin und her, während ich versuche, auch enge Straßen geschmeidig mit dem Sprinter zu befahren. Ich will sie noch nicht wecken. Nur noch ein paar Straßen, nicht mehr lange. Ich wünsche mir sehr, dass auch Maya in Barcelona ankommen wird. Sie hat es verdient.

Ich stelle den Motor ab und sehe auf das beleuchtete Gebäude vor uns. Es sieht prachtvoll aus in der Nacht. Ein schlafender Gigant. Meine Arme fühlen sich schwer an, als ich aus dem Sprinter steige und mich die Luft im spanischen Küstenort umgibt. Es riecht nach Meer, ganz anders als in meinem Stuttgart. Leichter, aber auch spannender.

5 TAGE LIEBE

Ich gehe um den Sprinter herum und betrachte Maya hinter der Scheibe. Sie bewegt sich, nicht mehr lange, und sie wird aufwachen. Ich kenne sie inzwischen, weil ich zwei Nächte neben ihr liegen durfte und hunderte von Kilometern mit ihr an meiner Seite verbracht habe. Kleinigkeiten haben sich in mir verankert. Sie reibt sich kurz über die Nase und das Gesicht, dann öffnet sie die Augen und ihr Blick geht suchend zu ihrer Linken. Aber ich bin nicht da. Sie sieht sich um, dann raus zu mir. Ein verstörtes Lächeln umspielt ihre Lippen, als sie mich erkennt. Schön zu sehen, wie sie langsam zurück in die Realität findet, erneut die Augen reibt und sich etwas streckt. Vermutlich weiß sie noch nicht, dass wir bereits angekommen sind. Ich gebe ihr ein paar Sekunden, dann deute ich auf das Gebäude vor uns. Ihr Blick folgt meiner Hand, bis sie sieht, wohin ich sie gebracht habe. Ihre Augen betrachten das Gebäude und ich warte auf ein Zeichen, dass sie verstanden hat. Sie beugt sich weiter vor, liest das beleuchtete Schild. Ihre Augen werden größer, wie Untertassen sehen sie aus. Ihr Mund steht offen, bevor er sich zu einem Lächeln verzieht. Ein breites Lächeln. In ihren Augen sammeln sich Tränen, und wieder sieht sie zu mir. Ihre Lippen formen Worte, die ich durch die Scheibe nicht verstehen kann.

„Was?"

Sie legt ihre Hand gegen die Scheibe, und ich tue es ihr gleich. Das Glas fühlt sich kalt an und beschlägt unter der Wärme meiner Handfläche. Ich spüre es gegen meine Fingerkuppen, aber es kann uns nicht trennen. Mayas Gesicht strahlt, als sie einen Kussmund auf der Scheibe hinterlässt, bevor sie die Tür aufreißt und zu mir ins Freie springt. Nur ein Schritt, dann habe ich sie in meinen Armen und spüre, wie fest sie sich an mich drückt.

„Danke, Jonas!"

Ich möchte es durch einen blöden Spruch herunterspielen, weil ich nicht weiß, wie ich damit umgehen soll, aber so weit komme ich nicht, denn sie küsst mich. Zuerst stürmisch und leidenschaftlich, dann sanft und zärtlich, während sie mich so fest hält, wie sie nur kann.

Hinter uns in der Nacht von Barcelona leuchtet das Picasso-Museum. Maya muss sich nicht mehr hierher denken, um hier zu sein. Sie ist es einfach. Als wollte sie diesen Moment für immer festhalten, schnappt sie sich die Polaroidkamera, zieht mich neben sich und macht ein Foto von uns beiden, auf dem die Hälfte meines Ohres und Mayas rechtes Auge fehlen. Ich habe noch nie ein schöneres Foto gesehen.

5 TAGE LIEBE

FAMILIENBANDE

Mayas Mutter Elke sieht ihr ähnlich, nur ist sie etwas kleiner. Fabian, ein erstaunlich großes Kerlchen, macht auf mich nicht den Eindruck, als wäre er behindert oder eingeschränkt, als er auf Maya zustürmt und sie fest umarmt. Minuten vergehen, Tränen fließen, es wird noch mehr umarmt, bis ich schließlich wahrgenommen werde. Ich stehe am Sprinter, will die Situation nicht stören und fühle mich etwas fehl am Platz. Dem Mann, der in der Eingangstür stehen geblieben ist, scheint es wie mir zu gehen. Unsere Blicke treffen sich, wir nicken uns zu und wissen: dieser Moment findet ohne uns statt.

Irgendwann zerrt mich Maya heran und stellt mich als „der Jonas" vor. Der Mann von der Eingangstür heißt Alejandro und ist wohl ein Freund der Familie, oder so was. Zumindest spricht er gebrochenes Deutsch und lächelt uns an. Er hat Elke und Fabian geholfen, die Wohnung zu finden und ist bereit, beim Einzug zu helfen. Die Familie möchte hier in Barcelona einen neuen Start wagen. Elkes Spanisch ist erstaunlich gut, nur Fabian bleibt stumm. Große klare Augen beobachten und mustern mich. Ich traue mich nicht, Maya zu berühren, weil ich nicht weiß, wie er wohl reagieren wird. Eifersucht will ich nicht provozieren, deswegen folge ich mit langsamen Schritten in das Gebäude, die Treppe nach oben in eine schlichte Wohnung, die ohne Zweifel noch nicht völlig eingeräumt ist. Kartons empfangen uns im Flur, Möbel fehlen bis auf Tisch und Stühle komplett. Alejandro versucht mir zu erklären, dass Freunde von ihm am Wochenende einen Schrank vorbeibringen, dann können die Kartons endlich ausgepackt werden. Ich versuche nicht zu viel zu lächeln, wenn er mit mir spricht, was bei seiner Art der Aussprache nicht ganz einfach ist. Er erinnert mich an eine Mischung aus den Fußballern Javi Martínez und Mario Gomez – nur einige Jahre älter und deutlich außer Form.

Fabian und Maya verschwinden sofort in einem der Zimmer, und ich höre nur noch Lachen und Gekichere. Elke nimmt sich meiner an, während Alejandro sich verabschiedet. Er wohnt nicht hier, hilft nur, wenn er gebraucht wird.

In der Küche schiebt mich Elke auf einen Stuhl; sie besteht darauf mich zu duzen, und schöpft eine Art Eintopf auf meinen Teller.

„Du musst am Verhungern sein."

„Ziemlich."

Eine Dose Cola folgt dem Teller, dann setzt sie sich zu mir und lächelt. Sie ist ohne Zweifel Mayas Mutter, die beiden haben zu viel gemeinsam, um das abzustreiten. Ihre Locken sind nicht ganz so ungezähmt wie Mayas', und das Leben hat deutliche Spuren in Form von Falten in ihrem Gesicht hinterlassen – aber ja! sie sieht wirklich aus wie ihre Tochter.

„Fabian hat sich die ganze Zeit auf Maya gefreut, die beiden haben sich viel zu lange nicht mehr gesehen."

5 TAGE LIEBE

Sie nickt in Richtung Flur, als wolle sie Mayas Abwesenheit erklären, aber das ist für mich okay. Maya hat sich das verdient und ich kann sowieso nur noch ans Essen denken. Ich schiebe Löffel um Löffel in den Mund und spüre, wie die Müdigkeit meine Beine hochkriecht. Bald werde ich mich ihr ergeben müssen, will aber nicht hier auf dem Stuhl einschlafen. Ich trinke hastig etwas Cola und versuche so gut es geht, einen ansehnlichen Eindruck zu hinterlassen.

„Und du hast Maya also in der Galerie kennengelernt?"

Fast verschlucke ich mich. Ich habe keine Ahnung, was Maya ihrer Mutter erzählt hat und was ich nun sagen soll, um ihre kleine Lüge nicht auffliegen zu lassen. Meine Antwort ist eine Mischung aus Nicken und Schulterzucken, dabei achte ich darauf, den Mund wieder schnell zu füllen. Mit vollem Mund spricht man schließlich nicht.

„Sie sagte, ihr hättet euch bei der Arbeit kennengelernt."

„Das stimmt."

Da muss ich nicht mal lügen, nur trifft es „Galerie" nicht so genau, aber ich spiele mit.

„Das ist schön. Was machst du beruflich?"

„Ich bin Webdesigner."

Fehler! Ich war Webdesigner, denn nachdem ich auch dieses Projekt nicht in dem vorgegebenen Zeitrahmen fertiggestellt habe, bin ich diesen Job wohl auch los.

„Schön. Zwei kreative Köpfe."

Sie scheint mich zu mögen, was mich wundert. Mütter meiner Partnerinnen mögen mich üblicherweise nicht. Das ist ein Gesetz, so wie: „Engländer können keine Elfmeter schießen". Manche Dinge sind ungeschriebene Gesetze. Sie haben sich einfach im Leben zu oft bewiesen.

Adriana Popescu

„Du schläfst im Zimmer bei Maya, das Bett dürfte groß genug sein. Ich schlafe dann bei Fabian."

„Ich kann auch auf der Couch schlafen, das ist kein Problem."

Wieso ich das sage, weiß ich selbst nicht. Will ich einen guten Eindruck hinterlassen?

„Leider ist das ein Problem. Wir haben keine Couch. Unser Budget ist etwas ... eingeengt."

So wie sie es sagt, lässt sie keinen Zweifel daran, dass es ihr peinlich ist. Das muss es nicht, denn ich kenne ja die Situation.

Mayas Lachen tönt aus dem Nebenzimmer zu uns, dann wird die Tür aufgeschoben und Fabian steht in der Küche. Er sieht zu mir, sieht zu Elke, wieder zu mir, dann auf meinen Teller.

„Ich will auch!"

„Oh Schatz, wir haben nichts mehr. Ich habe für die beiden was aufgehoben. Maya muss etwas essen."

„Er kann meine Portion haben, ich bin satt. Wirklich."

Ich bin nicht satt, aber ich fühle mich in dieser Situation unwohl. Es stehen drei Stühle um den Tisch. Es gibt nicht genug Betten. Es ist wie eine taubstumme Version von: „Du gehörst hier nicht her". Niemand spricht es aus, aber es ist überdeutlich im ganzen Raum zu sehen.

Fabian nimmt mein Angebot an, als ich den Platz räume und er sich über meinen Teller hermacht. Zuerst wird allerdings nach dem Pfefferstreuer gegriffen und versucht, auf Teufel komm raus den halben Inhalt auf den Teller zu entleeren. Ich empfinde den Eintopf bereits als ausreichend scharf, aber Fabian würzt eifrig nach. Ohne auch nur einen Löffel probiert zu haben.

Maya bemerkt meinen verwunderten Gesichtsausdruck und winkt mich in den Flur. Wir verlassen die Küche zu-

5 TAGE LIEBE

sammen und lassen Fabian und Elke in der Küche mit dem überwürzten Eintopf zurück.

„Jetzt hast du ihn ja mal kennengelernt."

Sie lächelt.

„Netter Kerl."

„Er ist heute überdreht, eigentlich ist er viel ruhiger."

Ich folge ihr über den Flur ins Wohnzimmer, wo nur ein alter Ledersessel und ein Couchtisch stehen, dazu ein Fernseher, ein Schrank, vollgestopft mit Büchern, zwei Kartons, eine Decke, zwei große Kissen. Es ist offensichtlich, hier wird gerade eingezogen. Maya setzt sich auf den Sessel und verfolgt meinen Blick, der über die Buchrücken im Schrank wandert.

„Fabian ist verrückt nach Märchen. Frag mich nicht wieso. Ich denke, es hat damit angefangen, dass wir ihm früher welche vorgelesen haben."

„Märchen?"

Tatsächlich sind so ziemlich alle Märchen, die jemals zu Papier gebracht wurden, in diesem Schrank vertreten. Standardwerke, aber auch Exotisches. Alles steht hier, in Reih und Glied.

„Er ist eben verrückt danach."

„Und nach Pfeffer?"

Ich drehe mich wieder zu ihr und komme langsam auf sie zu. Ich möchte Fabian gerne etwas besser verstehen, und ich denke, sie versteht ihn am besten.

„Bei Fabian gibt es meistens nur Extreme. Er überwürzt alles, damit er überhaupt etwas schmeckt oder fühlt. Deswegen schlägt er sich auch manchmal selbst, allerdings sehr selten. Die Medikamente helfen."

„Und die zweitausend Euro?"

Adriana Popescu

Ich nehme vor ihr auf einem Karton Platz und lege meine Hände auf ihre Oberschenkel. Sie legt ihre auf meine und hält sie fest, während sie weiterspricht. Es ist das erste Mal, dass ich nach dem Geld frage. Vielleicht hatte ich gehofft, sie würde mir während der Fahrt von alleine mehr darüber erzählen, aber jetzt sind wir hier.

„Fabian begeistert sich für wenige Sachen, weil seine Konzentration schnell von hier nach da huscht."

Ich nicke.

„Märchen, Bücher und Fische."

„Fische?"

„Komm mit."

Sie zieht mich vom Karton hoch und wir gehen zusammen ins andere Zimmer. Auch hier sieht es nicht danach aus, als ob Menschen schon lange hier wohnen. Nur ein kleines Aquarium auf dem Tisch am Fenster zeugt von der liebevollen Einrichtung. Drei kleine Fische tummeln sich im Innern, schwimmen um einander herum. Daneben alle Futterboxen, wie die Orgelpfeifen nach Größe sortiert.

„Er liebt Fische über alles. Uns ist vor einer Weile aufgefallen, dass er völlig loslässt, wenn er sich mit ihnen beschäftigt. Es tut ihm gut."

Ich beuge mich vor und beobachte das langsame Tanzen der schuppigen Freunde im Wasser. Es beruhigt mich binnen Sekunden. Kein Wunder, dass es eine angenehme Wirkung auf jemanden wie Fabian hat.

„Wir wollen die Delfintherapie mit ihm versuchen."

Ich sehe wieder zu Maya. Ich habe schon oft gehört, dass solche Therapien mit Tieren den Kindern geholfen haben.

„Hier in Barcelona haben wir eine gefunden, die Fabian angenommen hat. Natürlich zahlt die Versicherung das nicht. Wie üblich."

5 TAGE LIEBE

Sie zuckt nur die Schultern, als hätte sie sich schon längst damit abgefunden. Ich werde immer noch etwas wütend, wenn ich das höre, aber sie hat sich daran gewöhnt.

„Dafür also das Geld."

Sie nickt. In ihren Augen sehe ich einen Hoffnungsschimmer, der sie vorantreibt. Ich habe in den Augen ihrer Mutter das Gleiche gesehen. Sie klammern sich an alles und versuchen, keine Möglichkeit unversucht zu lassen.

„Kannst du das verstehen?"

Ich nicke. Ich war noch nie in einer solchen Situation, aber jetzt bin ich als Zaungast dabei. Obwohl ich mit Fabian kaum ein paar Worte gewechselt habe, sehe ich doch, wie wichtig er Maya ist. Sie geht liebevoll mit ihm um, und er sieht zu ihr auf. Sie muss es versuchen. Was auch immer sie sich von der Delfintherapie verspricht – ich hoffe, es tritt ein.

Sie legt die Arme von hinten um mich und küsst meinen Nacken.

„Ohne dich wäre das alles vielleicht nie so gekommen."

Ich bin mir da nicht mehr so sicher. Maya hat einen sehr sturen Kopf und findet Möglichkeiten, wenn sie will. Nicht immer müssen diese konventionell sein, aber sie findet Wege. Soviel weiß ich schon über sie.

Hinter uns wird die Tür geöffnet, und Fabian kommt ins Innere. Maya löst sich aus der Umarmung, Fabian tritt wortlos neben das Aquarium und mustert mich misstrauisch. Ich hebe abwehrend die Hände.

„Schöne Fische."

Wie wird man Freund mit dem Bruder der Freundin? Wie gewinnt man ein Herz, wenn man Angst hat, sonst besagte Freundin zu verlieren?

„Meine Fische."

Er nickt und zeigt auf das Aquarium, beobachtet sie ganz genau, Ich bewege mich nicht.

„Ich werde auch mit Fischen schwimmen."

Genau genommen sind Delfine keine Fische, aber das spielt keine Rolle, und ich sehe keinen Grund, ihm das zu erklären.

Er dreht seinen Kopf zu Maya.

„Ich werde mit ihnen schwimmen, richtig?"

„Ganz genau."

„Und du auch!"

Er lächelt sie breit an. Maya nickt, obwohl ich mir nicht sicher bin, dass sie das wirklich möchte. Besonders glücklich sieht sie bei der Vorstellung nicht aus. Fabian lacht, als er ihren Gesichtsausdruck bemerkt, und ich tue es ihm gleich.

„Jaja, lacht ihr nur!"

Fabian dreht sich zu mir um und zeigt mit dem ausgestreckten Finger auf mich.

„Und du auch!"

Maya sieht überrascht zu mir. Obwohl ich kein besonders großer Schwimmer bin, nicke ich, als wäre es selbstverständlich. Fabian beugt sich wieder zum Aquarium und stippt etwas Futter auf die Wasseroberfläche. Mayas Augen verharren auf meinem Gesicht. Ich weiß genau: in wenigen Minuten ist mein vierter Tag mit ihr vorbei und die Situation wird sich ändern.

Ihr Mund formt stumm Worte, die ich zu entziffern versuche. Für mich klingt es wie:

„Ich liebe dich."

5 TAGE LIEBE

GROSSE FISCHE

Ich wache in einem kleinen Zimmer mit braunen Wänden auf, als mich ein heller Blitz trifft. Erschrocken reiße ich die Augen auf. Das Bett ist klein und eng. Ich habe kein Kissen, aber die Decke bis zum Hals hochgezogen. Meine Füße liegen im Freien und fühlen sich kalt an. Soweit so gut, die Zehen bewegen sich noch – ich lebe. Aber wo zum Henker bin ich?

Langsam drehe ich meinen Kopf in Richtung Blitzlicht. Der Schmerz in meinem Nacken zieht sich in einem langen Strang die Wirbelsäule hinunter bis zum Po.

Auf der anderen Seite des Bettes sitzt ein Junge auf der Kante und beobachtet mich genau. In seiner Hand hält er eine Polaroidkamera, die mir verdächtig bekannt vorkommt. Er trägt einen Neoprenanzug und erinnert mich an einen Surfer, der jeden Moment mit seinem Brett die Wellen stürmen will. Er lächelt mich an.

„Hi."

Meine Stimme ist belegt, meine Augen gewöhnen sich nur langsam an die Helligkeit und an die Fremdheit dieses Zimmers.

„Du musst dich umziehen."

Seine Stimme ist frisch und jung, er grinst.

„Fabian, lass ihn erst mal richtig wach werden."

Adriana Popescu

Maya taucht im Türrahmen auf und winkt mir kurz zu. Langsam breiten sich meine Erinnerungen an gestern Nacht und an unsere Ankunft in Barcelona wieder aus. Der Eintopf, das Aquarium, Fabians Aufforderung, ich solle mit ihm schwimmen gehen. Richtig, so war das.

„Du hast das Frühstück verpasst."

Fabian steht auf, nickt zur Tür und ist verschwunden, bevor ich es schaffe, mich aufrecht hinzusetzen. Fabian wirkt wie jeder aufgeregte Junge: er will endlich los, will wissen, wie lang es noch dauert. Er will mit den Fischen schwimmen, höre ich ihn im Flur sagen.

Während ich mir die Augen reibe und meine Füße betrachte, kommen immer mehr Erinnerungen auf. Mayas Mutter, die mich sofort mit Namen begrüßte, lange umarmte und sich bedankte, weil ich so nett war, ihre Tochter bis vor die Tür zu fahren.

Die Wohnung, in die sie uns führte, ein Chaos aus Umzugskisten, klein und eng, anders als meine in Stuttgart. Auch das Badezimmer war erstaunlich klein, dabei wollen mir gar nicht so viele kleine Spanier einfallen. Wenn ich die Nationalmannschaft der Spanier im Geiste durchgehe, will sich außer Xavi und Iniesta keiner als „klein" darstellen. Aber dann schieben sich andere Gedanken in den Vordergrund.

Heute ist D-Day. Der magische fünfte Tag. Und obwohl ich mich sehr anstrenge, diese Vorstellung nicht in den Mittelpunkt meiner Gedanken rutschen zu lassen, kann ich mich auf kaum etwas anderes konzentrieren. Ich bin wie ein ADHS-Patient, nicht immer, aber irgendwie heute. Am magischen fünften Tag.

Jetzt taucht Maya wieder im Zimmer auf, zieht die Tür hinter sich zu und klettert übers Bett zu mir.

„Guten Morgen."

5 TAGE LIEBE

Sie lächelt so entspannt, als hätte sie gestern nicht auch die Strapazen der Fahrt auf sich genommen. Wie kann sie nur so unverschämt gut aussehen, während ich noch nicht sicher bin, alle Extremitäten meines Körpers bewegen zu können.

„Morgen."

„Tut mir leid, dass Fabian dich geweckt hat. Er wollte es unbedingt."

„Kein Problem, ich weiß ja nicht mal, wie spät es ist."

Sie streichelt meine Wange, die deutlich mal wieder eine Rasur gebrauchen könnte. Meine Haut muss sich inzwischen wie Sandpapier anfühlen, was Maya aber nicht zu stören scheint.

„Heute ist ein ziemlich großer Tag, was?"

Ich betrachte ihr Gesicht und frage mich, ob sie schon eine Entscheidung getroffen hat. Gut zu wissen, dass der Tag heute für sie nicht ganz bedeutungslos ist. Ich habe Hoffnungen, wie immer. Ich glaube daran, dass alles, was wir zusammen durchgemacht haben zeigt, dass wir mehr verdient haben als nur fünf Tage.

„Ziemlich. Ich bin auch schon etwas nervös."

Sie hält meine Hände fest. Auch ich bin nervös. Ich will und kann sie nicht gehen lassen. Ich hoffe, sie lädt mich ein, in ihrem Leben zu bleiben.

„Du bist süß, Jonas."

Mir fallen ihre stummen Worte von gestern Nacht wieder ein. Ich wollte sie die ganze Nacht fragen, was sie gesagt hat, aber ich habe mich nicht getraut. Aber was sonst soll sie gesagt haben?

„Süß? Nicht sexy oder so?"

Sie lacht und rutscht wieder vom Bett. Ich beobachte, wie sie das Zimmer verlässt, ohne sich noch einmal zu mir umzudrehen. Das Zimmer ist nach wie vor klein, aber ich fühle mich etwas verloren. Ich brauche erst mal einen Kaffee und etwas Wasser im Gesicht. Danach, da bin ich mir sicher, fühle ich mich etwas besser.

Aber ich irre mich. Nach der kurzen Dusche, bei der ich mir vier Mal die Ellenbogen an der Wand anschlage, während ich mir die Haare schamponiere, und nach einer Tasse Kaffee geht es mir kein bisschen besser. Von Maya bekomme ich so gut wie nichts mit. Sie ist mit Fabian im Wohnzimmer, ich höre sie lachen und freue mich für sie.

Elke stellt mir einen Teller mit Rührei vor die Nase und lächelt mich an.

„Eine kleine Stärkung vor dem großen Tag."

Aus Angst Fabian, könnte durch die Tür kommen und mein Frühstück mit Pfeffer klauen, schlinge ich es schnell herunter und spüre, wie mein Herz wild gegen meine Brust pocht. Ich kann eine Frage nicht aus meinem Kopf verbannen. Schon zigmal habe ich ihr die rote Karte gezeigt, aber sie ignoriert mich. Was wird heute Abend passieren? Was sind Maya und ich heute Abend? Und wieso habe ich so große Angst, nicht das zu sein, was ich unbedingt sein möchte? Bisher läuft es doch ausgesprochen gut. Ihre Mutter mag mich, ihr Bruder offensichtlich auch, ich darf an ihrem Leben teilhaben. Es läuft doch gut. Wieso aber habe ich dieses komische Gefühl im Magen? Nach einem letzten Kaffee habe ich meine Panik zunächst einmal in die Umkleidekabine geschickt und versuche, nicht mehr darüber nachzudenken.

Mayas Hand in meiner während wir uns alle auf den Weg machen, trägt ungemein zur Beruhigung bei. Obwohl sie mich immer wieder unsicher ansieht.

„Ist alles okay?"

5 TAGE LIEBE

Ich nicke und schenke ihr ein Lächeln, das ich mir am liebsten ins Gesicht schrauben möchte.

„Heute ist ein wichtiger Tag."

Wie sagen die Engländer so schön: „Are we on the same page?". In diesem Fall müsste ich verneinen. Ich wünsche mir, wir würden beide an das Gleiche denken, aber ich weiß ganz genau, dass wir – auch wenn wir beide diesen Tag für einen Wendepunkt halten – es nicht aus denselben Gründen tun. Während ich Angst habe, wieder auf die Autobahn geschickt zu werden, denkt sie nur an Fabian. Und weil ich kein Spielverderber sein will und kann, nicke ich strahlend zurück und überlasse Fabian diesen Tag.

Mit großen Fischen oder Schwimmern muss ich nicht unbedingt eine Freundschaft fürs Leben knüpfen, wenn ich ehrlich sein darf. Ich habe „Der weiße Hai" weder gemocht noch bis zum Ende ausgehalten, als mein Vater sich entschied, den Film direkt vor unserem Strandurlaub in Südfrankreich mit mir schauen zu müssen. Die qualvollen zwei Wochen am Atlantik habe ich im knietiefen Wasser verbracht, weil ich mich nicht weiter reingetraut habe. Auch heute noch sehe ich mich nicht gezwungen, mir Hai-Dokus oder Ähnliches im TV ansehen zu müssen, selbst wenn das Ausweichprogramm „Sexy Sportclips" heißt.

Auch „Free Willy" zählt nicht zu meinen Lieblingsfilmen, obwohl ich damals mit einer meiner ersten Freundinnen ins Kino gegangen bin. Während sie gerührt war und sich fest vornahm, als Walpflegerin in Kanada ihr Glück zu finden, war ich damit beschäftigt, die rechte untere Ecke der Leinwand anzustarren, wann immer Unterwasseraufnahmen kamen.

„Flipper" war grenzwertig, aber noch zum Aushalten. Allerdings reichte mir dort die Folge, in der Flipper mit einem Hai kämpfen musste, um Sandy das Leben zu retten. Zwar bin ich seitdem stolz darauf zu wissen, ein Delfin könnte mir im Falle einer Haiattacke das Leben retten; allerdings ist die Hoffnung größer, gar nicht erst in eine solche Situation kommen zu müssen.

So ein beheizter Whirlpool reicht ja eigentlich auch. Das Meer wird vollkommen überschätzt!

Jetzt sitze ich am Rand eines unglaublich großen Beckens und trage einen Neoprenanzug, der nur die unvorteilhaften Regionen meines Körpers betont und es damit nicht schafft, auf die Rangliste meiner Lieblingsoutfits zu kommen.

Maya sitzt neben Fabian, ich auf der anderen Seite. Unsere Beine baumeln im klaren Wasser, wie man es in diesem unglaublich großen Becken erwartet. Allerdings ist es salzig, was Fabian sofort mit Begeisterung festgestellt hat. Er trägt eine Schwimmweste über seinem Wetsuit. Er wirkt sehr nervös und spielt mit seinen Fingern, während er zu den beiden Delfinen schaut, die langsam und mühelos ihre Kreise ziehen. In Englisch und gebrochenem Deutsch wurde uns genau erklärt, was passieren würde, aber Fabian schien auch so zu verstehen. Er ist aufgeregt, aber nicht nervös. Ganz anders als ich. Ich schwitze unter diesem Wetsuit und meine Handflächen sind glitschig.

Der erste Delfin kommt zu uns geschwommen. Er strahlt eine Ruhe aus, die sich überraschenderweise sofort auf Fabian überträgt, und auch ich kann mich dem nicht gänzlich entziehen.

„Los Fabian, ganz langsam."

5 TAGE LIEBE

Eine der Betreuerinnen hilft ihm dabei, langsam ins Wasser zu gleiten, aber er weigert sich, Mayas Hand loszulassen, so dass sie ihm ins Nass folgen muss. Ich bin froh, nur Statist in dieser Situation zu sein.

Was dann kommt, ist schwer zu beschreiben. Er streichelt den Delfin, der ihn mit der Nase anstupst und kleine Kreise um ihn zieht. Mit jeder Berührung scheinen die beiden ein stilles Abkommen einzugehen. Fabians Gesicht ist nach wenigen Minuten entspannt. Maya, die nicht von seiner Seite weicht, flüstert ihm immer wieder aufmunternde Worte ins Ohr, und so traut sich Fabian immer mehr. Wieder lerne ich Maya von einer neuen Seite kennen. Sie wirkt unendlich fürsorglich und bedacht, sie spricht ruhig. Ich sehe, wie sehr die beiden einander brauchen. Maya ist weit weg von Lucy, weit weg von all den Dingen, die sie durchgemacht hat, um Fabian endlich hierher zu bringen.

Und ich sehe Fabian, der Mayas Hand fest umschlossen hält. Ich muss lächeln, als ich sehe, wie Fabian entspannter wird, sich schließlich traut und die Rückenflosse des Delfins zaghaft umschließt. Es sind nur wenige Meter, aber er lässt sich tatsächlich durchs Wasser ziehen, lacht dabei laut auf und scheint in genau diesem Moment loszulassen. Vergessen sind all die Zwänge, die seine Krankheit mit sich bringt. Vergessen ist die Welt, in die er sich zurückzieht, weil er sich nur dort wohlfühlt.

Maya sieht sofort zu mir, als brauche sie einen Zeugen für all das, und ich nicke ihr lächelnd zu. Einen Moment bin ich mir wegen des Wassers nicht sicher; es sind Tränen in ihren Augen, aber diesmal sind es fröhliche Tränen, und ich darf dabei sein. Fabian lässt den Delfin los und ergreift sofort wieder Mayas Hand, aber das Lächeln verschwindet nicht aus seinem Gesicht. Er lacht so laut und befreit, es ist verrückt, aber ich muss mitlachen. Er sieht zu mir und winkt mir zu. Oder winkt er mich zu sich? Ich weiß nicht, aber als Maya deutlich macht, ich soll zu ihnen ins Wasser kommen, überwinde ich meine Angst vor den Tieren, die mir so groß und clever erscheinen. Ich taufe meinen Wetsuit auf den Namen „Hosenscheißer", während ich zu ihnen schwimme. Ich bin kein besonders guter Schwimmer und meine Bewegungen erinnern vermutlich eher an einen ertrinkenden Hund, aber immerhin erreiche ich die beiden heil und am Stück. Maya will nach meiner Schulter greifen, aber Fabian ist schneller, nimmt ihre Hand in seine und hält sie fest. Es ist eine fast nebensächliche Bewegung, aber so wie er zwischen uns schwimmt, halb getragen von der Schwimmweste, da erscheint mir Maya so unendlich weit weg, obwohl sie nicht mal eine Armlänge entfernt ist.

Fabian strahlt mich an.

„Hast du gesehen? Ich bin mit ihm geschwommen!"

Ich schlucke die alberne Eifersucht herunter, nicke und schenke ihm mein ehrlichstes Lächeln, zu dem ich gerade in der Lage bin.

„Das war toll!"

Aber seine Aufmerksamkeit ist schon wieder bei Maya, die er sofort umarmt und fest an sich drückt. Sie hat die Augen geschlossen und hält ihn ebenso fest. Ich treibe irgendwo neben ihnen im Wasser wie ein Stück Treibholz. Weder mit besonders viel Grazie, noch von besonderer Bedeutung.

Den Rest der Therapiestunde beobachte ich wieder vom Beckenrand aus. Ich verstehe nicht alles, was da passiert, aber auch ich bemerke die Veränderung an Fabian. Wie er sich für wenige Minuten verändert, wie er Dinge zulässt, wie er sich entspannt und sein Gesicht einfach nur Glück

5 TAGE LIEBE

und weniger von dem Schmerz zeigt. Es tut gut, das zu sehen. Weil es Maya glücklich macht. Ich sehe, alles hat sich gelohnt. Wenn Patrick das sehen könnte. Er würde wissen, dass sich alles gelohnt hat. Wirklich alles. Zu gerne hätte ich einen Platz in diesem Bild, aber so langsam beschleicht mich das Gefühl, dass es eine Wunschvorstellung bleiben könnte. Dieses Gefühl schmerzt ganz tief in mir drinnen. So als ob eine alte Wunde aufplatzt. Und dann lächelt mich Maya an, und der Schmerz in mir spielt keine Rolle mehr.

Fabian und ich stehen in einer Umkleide und schälen uns aus den Wetsuits. Besser gesagt, wir versuchen es. So müssen sich Schlangen fühlen, wenn sie ihre Haut abwerfen. Fabians Hände sind ganz schrumpelig vom Wasser, aber er ist so aufgekratzt und erzählt immer wieder die gleiche Szene.

„Ich habe mich einfach festgehalten."

Ich nicke erneut und werde nicht müde, ihm zuzuhören. Es ist die Art und Weise, wie er es erzählt. Zuerst klingt es stolz, dann kommt die Unsicherheit dazu, ob es wirklich passiert ist. Aber ich nicke immer wieder, sporne ihn zu weiteren Erzählungen an. Für den Anfang, finde ich, mache ich das gar nicht schlecht. Ich kann weder mit Kindern noch mit Jugendlichen besonders gut umgehen. Es sei denn, ich darf sie in der U-Bahn wegen ihrer zu lauten Handymusik in die Schranken weisen. Und jetzt stehe ich vor einem autistischen Jungen, den ich gar nicht kenne – und den ich doch mag. Viel besser noch, er scheint mich auch zu mögen.

„So ein großer Fisch."

Er versucht aus dem Wetsuit zu kommen, was wirklich eine Doktorarbeit erfordert. Warum hat mich niemand gewarnt, wie eng die Teile wirklich sind? Ich schaffe es und rolle meinen Anzug über die Schulter. Fabian ist noch nicht ganz so weit, kämpft und betrachtet sich dabei im Spiegel, der vor uns an der Wand hängt.

„Hast du gesehen, wie groß der Fisch ist?"

Er versucht, es mir mit den Händen zu zeigen.

„Ja, habe ich. Aber weißt du, ein Delfin ist eigentlich gar kein Fisch."

Ich gehe zu ihm rüber und will ihm helfen, den tückischen Reißverschluss am Rücken zu öffnen. Er betrachtet mich über den Spiegel.

„Doch!"

„Nein, es sind Säugetiere. Sie haben keine Kiemen wie Fische."

Ich greife nach dem Reißverschluss, doch bevor ich ihn zu fassen kriege, dreht sich Fabian mit einer überraschend wuchtigen Bewegung um und stößt mich hart vor die Brust. Ich taumle ein paar Schritte zurück.

„NEIN!"

Er schreit mich an, und ich verstehe nicht.

„Ich wollte nur den Reißverschluss aufmachen."

„NEIN!"

Wieder stößt er mich, diesmal sind seine Hände zu Fäusten geballt und wieder überrascht mich seine Wucht. Offenbar bin ich ihm zu nahegekommen. Ich hebe abwehrend die Hände.

„Tut mir leid, ich wollte nur den Reißverschluss ..."

„NEIN!"

Doch anstatt mich zu schlagen oder zu schubsen, fängt er plötzlich an, sich selbst zu ohrfeigen, und ich erinnere mich an das, was Maya mir unter der Dusche erzählt hat.

5 TAGE LIEBE

Ich spüre eine leichte Panik in mir. Ich bin mit dieser Situation überfordert.

Hinter mir geht dir Tür auf und Maya kommt ins Innere gestürmt, gefolgt von einer der Betreuerinnen.

„Was hast du gemacht?"

Sie sieht mich wütend an. Ich habe so spontan darauf keine Antwort.

„Ich wollte ... ich habe ... der Reißverschluss."

Das klingt vollkommen idiotisch, dessen bin ich mir bewusst. Maya geht neben Fabian in die Hocke und hält seine Hände fest. Er beruhigt sich nicht sofort und versucht, auch sie abzuschütteln, aber Maya lässt nicht locker. Sie stellt sich auch bei weitem besser an als ich.

Die Betreuerin wirft mir einen skeptischen Blick zu, mustert mich.

„What did you do?"

„Nothing!"

Wieso geht eigentlich jeder davon aus, ich hätte etwas getan? Ich räuspere mich und versuche, es nochmal zu erklären. Aber Fabian funkelt mich böse an und schreit mir ein weiteres NEIN! entgegen. Offenbar will niemand die Geschichte vom Reißverschluss hören.

„Er sagt, es sind keine Fische!"

Dabei sieht er Maya an, als ob sie mich jetzt als Lügner entlarven wird. Darum geht es? Es geht gar nicht um den Reißverschluss? Maya wirft mir einen kurzen Blick zu und schüttelt genervt den Kopf, bevor sie Fabians Gesicht in ihre Hände nimmt und ihn zwingt, sie anzusehen.

„Doch, mein Schatz, das sind Fische. Große Fische, und du bist heute mit ihnen geschwommen. Und wenn wir wiederkommen, dann darfst du den anderen Fisch auch streicheln."

Sie betont das Wort Fisch explizit, und ich sehe zur Betreuerin, als könne sie mir helfen.

„Well, actually they are not fish..."

Sie hebt nur die Hand und deutet an, ich soll den Mund halten, was ich sofort tue. Fabian beruhigt sich wieder etwas und lässt sich von Maya aus dem Anzug helfen. Sie spricht die ganze Zeit mit ihm, aber er scheint mir nicht zu trauen, beobachtet mich immer wieder. Er ist ganz offensichtlich noch immer erbost, und ich entscheide mich, den Mund zu halten, während ich mich ebenfalls umziehe. Stumm schlüpfe ich in meine Klamotten und versuche, mir nicht anmerken zu lassen, wie verwirrt ich bin. Ich wollte Fabian ganz sicher nicht wehtun.

Bevor wir das Delfinzentrum verlassen, dreht sich Maya zu mir um.

„War das wirklich nötig, Jonas?"

„Tut mir leid. Ich wusste nicht, dass ..."

„Für ihn sind es Fische. Er ist misstrauisch. Jetzt können wir wieder von vorn anfangen."

„Von vorn? Ich verstehe nicht."

„Nein, du verstehst es nicht. Du verstehst es wirklich nicht. Dieser Weg war lang und wir sind endlich hier. Jetzt müssen wir uns auf Fabian konzentrieren."

Ich weiß, dass sie wütend ist, aber das ist unfair.

„Ich weiß das alles. Ich war dabei."

„Warst du nicht."

Damit dreht sie sich weg und führt Fabian nach draußen, wo Alejandro am Auto auf uns wartet. Ich bleibe einen kurzen Moment stehen, weil ich erst mal den Tiefschlag verarbeiten muss. Sie ist wütend. Sie ist nur wütend und müde. Ich sage es wie ein Mantra vor mir her, während ich langsam hinter ihnen hergehe. Ich habe einen Fehler gemacht, aber mehr auch nicht. Fabian will vorne

5 TAGE LIEBE

sitzen, ich klettere nach hinten, Maya nimmt neben mir Platz. Alejandro fragt, wie es gelaufen ist, und wir bleiben erst mal still, bis Maya Fabian motiviert, etwas zu erzählen. Aber der will nicht. Die gute Laune ist dahin, es tut mir ehrlich leid. Mayas Augen sind traurig. Sie hatte sich doch so viel von heute versprochen. Und es lief ja auch echt gut, bis zu meinem Fehltritt, der mir nach wie vor leid tut. Ich greife nach ihrer Hand und umschließe sie langsam. Sie sieht kurz zu mir, ich schenke ihr ein aufmunterndes Lächeln. Sie versucht, zurückzulächeln, aber es will ihr nicht überzeugend gelingen. Auch ihre Hand bleibt leblos in meiner.

So fühlt es sich also an, wenn fünf Tage vorbei sind.

Adriana Popescu

5 TAGE LIEBE

KLEINE ZICKE

Kaum sind wir daheim angekommen, verschwinden Maya und Fabian mit Elke im Wohnzimmer, Alejandro und ich bleiben in der Küche allein zurück. Er merkt, dass es nicht gut gelaufen ist und lehnt sich an die Arbeitsplatte.

„Nicht gut?"

„Doch. Schon. Ich habe es vermasselt."

Er zuckt die Schultern.

„Mir auch passiert. Mit Fabian. Schwer."

Wenigstens einer, der die Sache aus meiner Sicht sieht. Ich würde gern ins Wohnzimmer gehen und etwas sagen. Ich habe das dringende Gefühl, mich verteidigen zu müssen. Ich will erklären, dass ich neu bin auf dem Gebiet des Autismus. Ich bin noch Azubi! Aber Alejandro meint, wir sollen lieber etwas zu Essen machen. Und während wir das tun, spricht er über Barcelona, die Stadt und den Fußballverein, darüber, wie oft Fabian nach Maya gefragt hat, und wie oft Elke geweint hat, weil sie nicht wusste, wie sie die Therapie bezahlen sollte. Ich nicke nur, will nicht darüber nachdenken, wie Maya bisher die medizinische Behandlung ihres Bruders finanziert hat. Keiner hier hat eine Ahnung, durch welche Szenarien Maya gegangen ist, um jetzt hier zu sein. Ich aber weiß es. Deswegen war ihr Spruch vorhin unfair. Ich bin doch der Letzte, der etwas kaputtmachen will.

Es gibt Kartoffelpuffer; auch wenn Alejandro einen spanischen Namen dafür hat, weiß ich doch genau, was wir da zusammen kochen. Fabian scheint das gern zu essen, und wir wollen ihn ja wieder etwas aufmuntern. Vielleicht kann ich ihm sagen, dass ich mich geirrt habe und Delfine ja doch Fische sind.

Kaum ist das Essen fertig, kommt Maya und hilft uns beim Tischdecken. Sie hat sich wieder etwas beruhigt und bedankt sich mit einem Lächeln für unsere Kochkunst. Sie küsst meine Wange und ich bemerke beim Tischdecken erneut, es gibt nicht genug Platz. Irgendwie kriegen wir fünf Personen es hin, am Tisch unsere Teller zu füllen und bei wenig Konversation zu essen. Ich fühle mich mies und wie ein Störfaktor. Keiner will etwas sagen und ich traue mich nicht, den Anfang zu machen. Aber das ist auch nicht nötig. Maya übernimmt den Part und erzählt immer wieder, wie lustig sich Delfine anfühlen, und dass man das Gefühl mit keinem anderen vergleichen kann. Zum ersten Mal seit meiner Ankunft höre ich Fabian laut lachen. Nicht in seinem Zimmer, nicht unter Ausschluss der Öffentlichkeit, sondern hier an diesem überfüllten Tisch. Allerdings gibt es für mich keine Einstiegsmöglichkeit in das Gespräch. Und bevor ich den Mut aufbringe, etwas zu sagen, geht es um Erinnerungen aus einer Zeit, als ich noch kein Teil der Geschichte war.

Noch nie war ich so froh, den Abwasch machen zu dürfen. Maya bringt Fabian ins Bett und Alejandro verabschiedet sich. Es sei spät und er müde. Ich frage, wieso er nicht bleiben will – aber solange keine Couch im Wohnzimmer steht, wäre ohnehin kein Platz für ihn. Also lasse

5 TAGE LIEBE

ich ihn gehen und konzentriere mich auf die Teller und das Besteck, als Elke in die Küche kommt.

„Das musst du nicht machen, Jonas."

„Ich mache das gern. Ehrlich."

Außerdem versuche ich angestrengt, etwas wieder gutzumachen. Sie nimmt in meinem Rücken Platz.

„Stört es dich, wenn ich rauche?"

„Kein Problem."

Ich höre das Feuerzeug und ihren ersten tiefen Zug.

„Das ist mein Feierabend."

Sie scheint es zu genießen, und ich nicke.

„Jetzt wo Maya sich etwas um Fabian kümmert, kann ich mir die Pause gönnen."

Ich drehe mich langsam zu ihr um. Ich weiß, sie hat etwas zu sagen und ich sollte den Mut haben, ihr ins Gesicht zu schauen. Aber bevor sie etwas sagt, werde ich noch meine Sache los.

„Das mit heute tut mir wirklich wahnsinnig leid …"

Ich habe das Gefühl, eine CD auf Repeat zu sein. Ich habe mich nun wirklich bei jedem entschuldigt. Und das mehr als einmal. Elke winkt ab – oder sie wedelt den Rauch weg, ich bin mir nicht sicher.

„Ach, Fabian ist eine kleine Zicke. Nimm dir das nur nicht zu Herzen."

Erleichterung. Ein Stein fällt scheppernd von meinem Herzen. Hurra! Ich bin nicht der verhasste Bösewicht in dieser Geschichte.

„Ich wollte das alles gar nicht."

„Manchmal ist er selbst bei mir noch so. Es ist schwer, ihn immer richtig zu behandeln, weil wir manchmal nicht die Zeit haben. Ich verliere schon lange nicht mehr die

Geduld, aber früher wollte ich ihn schütteln. Ich wollte so sehr, dass er normal ist, wie alle anderen."

Sie nimmt einen tiefen Zug aus der Zigarette und behält den Rauch erstaunlich lange in den Lungen. Erst mit dem nächsten Satz verlässt der blaue Dunst ihren Körper wieder.

„Aber er kann nichts dafür. Ich habe angefangen, mich seinem Leben anzupassen. Er ist nun mal der Mittelpunkt."

Ich nicke, weil ich verstehe. Die Anstrengungen, die diese Art von Leben in ihrem Gesicht hinterlassen hat, sind deutlich sichtbar.

„Er wird das schon bald wieder vergessen haben, du wirst sehen."

„Wie ist das mit ihm?"

Ich lehne mich an die Spüle und möchte mehr über ihn erfahren. Ich will nicht noch einmal einen solchen Fehltritt auf Mayas Lebensbühne begehen.

„Anstrengend. Nervenaufreibend. Aber manchmal auch schön und einfach. Als Kleinkind zeigte er kaum Auffälligkeiten, er schien nur schüchterner als andere Babys. Als er älter wurde, kamen einige Eigenheiten dazu. Er hat nicht gelacht, er hat nicht viel geredet, war lieber für sich. Ließ niemanden wirklich an sich ran. Manchmal Maya."

Das kann ich mir nur zu gut vorstellen, die beiden scheint eine Art unsichtbares Band zu verbinden, das in all den Jahren nur stärker geworden ist.

„Autismus wird meistens einfach nur medikamentös behandelt, aber das hilft nicht viel. Er ist an vielen Tagen wie eingesperrt in einer Welt, zu der ich keinen Zugang habe. Er sieht niemandem wirklich in die Augen. Er lässt sich nicht gern anfassen."

5 TAGE LIEBE

Auch das ist mir bereits aufgefallen. Wenn man mit ihm spricht, sind seine Augen ständig in Bewegung, als würde er bewegende Punkte im Raum verfolgen.

„Die Delfintherapie hat bei vielen Kindern geholfen. Man sagt, es liege an den Schallwellen, die vom Delfin ausgehen. Sie stimulieren die Gehirnströme der Kinder."

Von dieser Seite habe ich das alles noch nie betrachtet oder bedacht. Wieso auch? Die Wahrscheinlichkeit, dass ich mit einem Autisten zusammentreffe, war gleich null.

„Interessant ist, dass die Aktionen zwischen den Patienten und den Tieren von den Delfinen ausgehen. Als würden sie merken, was mit dem Menschen nicht stimmt. Es ist fast so, als wollten sie helfen."

Ich erinnere mich daran, wie der Delfin auf Fabian zugeschwommen ist, wie er Kreise um ihn zog. Nichts von all dem sah in irgendeiner Art und Weise gezwungen aus.

„Es soll helfen, die Tür zur Welt der Autisten etwas aufzustoßen. Vielleicht können wir dann etwas mehr auf Medikamente verzichten."

„Das wäre großartig."

Sie lächelt mich aufmunternd an, wir wünschen uns das Gleiche in diesem Moment. Während Elke ihren Feierabend und die Zigarette genießt, wasche ich das Geschirr und lausche Mayas und Fabians Gemurmel im Nebenzimmer. Mehr bleibt mir nicht übrig.

Maya legt die Wäsche zusammen, drei Stapel. Auch meine Sachen sind dabei. Sie wirkt müde, was bei der Uhrzeit und dem heutigen Tag auch kein Wunder ist. Ich trete hinter sie und küsse ihren Nacken.

„Kann ich helfen?"

„Ich bin gleich fertig."

Mit einer geschickten Bewegung nimmt sie die Stapel und legt sie auf einen Karton neben der Tür. Mein Stapel liegt noch auf dem Bett. Ich sehe ihr zu, wie sie T-Shirts und Unterwäsche trennt.

„Geht es Fabian gut?"

„Ja. Er ist schnell eingeschlafen. Vermutlich träumt er jetzt von den Delfinen."

Sie lächelt leicht und vermutlich sieht auch sie noch mal die Bilder vor sich: Fabian mit der Schwimmweste im Wasser ... Mit einem kurzen Kopfschütteln wischt sie die Erinnerung weg, kommt mit meiner Reisetasche wieder zum Bett und legt den Stapel mit meiner Jeans, dem T-Shirt und der Boxershorts hinein. Ich beobachte ihre Bewegungen, und sie sieht mich kurz an.

„Alles wieder sauber."

Sie reicht mir die Tasche, kurz bin ich etwas überrascht. Das sieht für mich so aus, als ob sie mir jetzt noch Abschiedsworte dazu packt und dann zur Tür zeigt.

„Ich gehe schnell duschen."

Ein Kuss auf die Wange, und sie greift nach einem Handtuch. Ich halte ihre Hand fest.

„Eine Dusche würde mir auch gut tun."

„Willst du zuerst?"

„Nein. Ich dachte ..."

„Jonas, die Dusche ist doch viel zu eng für zwei. Willst du zuerst?"

„Nein. Geh du nur."

Damit ist sie auch schon zur Tür raus und lässt mich mit meiner Reisetasche allein zurück. Was war das denn?

Es ist weit nach Mitternacht, alle Tage sind vorbei, die Maya mir zu Beginn quasi zugestanden hatte. Sie liegt neben mir, allerdings nicht so nah wie sonst. Sonst sucht sie meine Nähe, und ich ihre. Heute ist es irgendwie anders. Aber ich spüre, dass sie noch nicht schläft und robbe etwas auf ihre Seite des engen Bettes. Kein besonders großer Kraftakt.

„Schläfst du?"

Ich flüstere es gegen ihre Schulter, küsse ihre Haut am Nacken, die nach einem erdbeerigen Duschgel riecht.

„Nein. Und du offensichtlich auch nicht."

Ich stütze mich auf meinen Ellenbogen und streiche ihr einige Locken aus dem Gesicht hinters Ohr. So kann ich ihr Profil sehen und muss sofort lächeln.

„Bist du nicht müde?"

Ich versuche, irgendwie ein Gespräch aufzubauen; das will ich so geschickt wie möglich auf meine abgelaufene Zeit lenken, um endlich die erlösende Antwort zu bekommen.

„Doch, aber heute ist so viel passiert, ich gehe das alles noch mal im Kopf durch."

Sie rollt sich auf den Rücken und sieht mich an, ihre Hand fährt über mein Kinn. Ich will etwas sagen, mich erneut entschuldigen oder es erklären, vielleicht auch einfach nur sagen, wie sehr mich ihre Worte verletzt haben – aber sie legt mir den Finger auf die Lippen.

„Morgen muss ich eine Menge erledigen und vielleicht willst du dir ja die Stadt ansehen?"

Ich kenne Barcelona, aber ich würde mir manche Ecken gern noch mal anschauen. Gerne mit ihr an meiner Seite.

„Sollen wir morgen Abend vielleicht was trinken gehen?"

Ich küsse ihren Finger auf meinen Lippen, während ich spreche.

„Ich kann nicht einfach abends weg. Mama ist froh, wenn ich ihr etwas abnehme."

„Aber wenn Fabian schläft? Nicht lange. Nur ein Bier? Du und ich?"

Ich will es nicht zugeben, aber ich würde gern wieder einen kurzen Moment nur mit ihr haben. Es soll nicht so klingen, als würde ich Fabian oder Elke nicht mögen. Aber ich fühle mich auch nicht wirklich wohl hier.

„Jonas, wir sind doch gerade erst angekommen."

Nicken. Ich muss nicken, denn sonst sieht sie vielleicht die Enttäuschung in meinem Gesicht. Aber zu spät, sie hat es bereits bemerkt und streicht über meine Wange.

„Aber vielleicht am Wochenende?"

Hoffnung. Das Wochenende. Ich beuge mich zu ihr und küsse sie, lege meine Hand auf ihren Bauch auf der Suche nach etwas Haut, die ich berühren kann und darf.

„Wochenende klingt gut."

Ich habe noch eine Frage. Sie brennt in meinem Kopf seit gestern Nacht, und ich muss die Antwort hören. Während ich meine Hand sanft unter ihr T-Shirt schiebe, sehe ich sie an.

„Gestern Nacht, als Fabian die Fische gefüttert hat ..."

„Ja?"

„Da hast du doch was zu mir gesagt ..."

Für gewöhnlich klopft man, bevor man einen Raum betritt, aber Fabian hat das offensichtlich nicht nötig – denn plötzlich steht er im Raum, direkt vor dem Bett. Maya schiebt zuerst meine Hand, dann mich etwas zur Seite.

„Hey du. Was ist los? Kannst du nicht schlafen?"

Fabian sieht Maya und mich einen kurzen Moment an. Ich rücke etwas weiter weg, was Maya mir gleichtut. Sie setzt sich auf und greift nach Fabians Händen.

„Hast du schlecht geträumt?"

Er schüttelt den Kopf.

„Der Fisch war so groß!"

5 TAGE LIEBE

Er klingt aufgeregt, und da ist dieses verschobene Lächeln. Sofort lächelt auch Maya und ich kann mich auch nicht dagegen wehren. Fabian hat die Gabe, Leute mit seinen Gefühlen anzustecken, wenn er sich traut, sie zu teilen. Maya klopft neben sich aufs Bett, sofort nimmt ihr Bruder Platz.

„Das war auch ein großer Tag für dich."

Er nickt und fängt an zu reden. Seine Stimme überschlägt sich, er wiederholt Momente immer wieder, die ihm besonders wichtig erscheinen, schwärmt von den Fischen, dem Gefühl, die Flosse zu berühren, dem Geräusch, wenn der Delfin Wasser rauspustet. Maya nickt, sitzt im Schneidersitz neben ihm und wirkt gar nicht mehr müde. Vielleicht hat Elke recht, und diese Therapie öffnet etwas die Tür zu seiner Welt. Vielleicht traut er sich endlich etwas mehr in unsere und wird sehen, so schlimm ist sie gar nicht. Nicht solange jemand wie Maya da ist.

Ich rolle mich auf die Seite und warte ab. Vielleicht erwarte ich, dass Fabian irgendwann wieder ins Bett will, aber er redet und redet und wird dann endlich müde.

„Willst du heute hier schlafen?"

Ich sehe zu Maya, die mich scheinbar vergessen hat. Fabian hingegen sieht zu mir herüber. Schnell versuche ich, ein freundliches Gesicht zu machen. Maya folgt seinem Blick, als würde ihr jetzt wieder einfallen, dass ich auch noch da bin. Unsere Blicke treffen sich, und ich berechne den verbleibenden Raum im Bett, wenn drei Personen hier schlafen. Schnell komme ich zum gleichen Ergebnis wie Maya. Ich hole tief Luft, aber ihr Blick stellt stumm die Frage.

„Oh. Ja. Klar. Ich schlafe im Wohnzimmer."

Bevor mir oder ihr oder sonst wem einfällt, dass es dort keine Couch gibt, rollt sich Fabian in die Mitte des Bettes und schließt die Augen. Mayas Blick sagt überdeutlich ‚Danke!' und ihr Lächeln will mein Herz wie immer schmelzen lassen. Ich schnappe mein Kissen und stapfe ums Bett herum in Richtung Tür. Bevor ich sie schließe, sehe ich, wie Maya sich neben Fabian legt und ihn beobachtet. Alles, was sie getan hat, war und ist für diese eine Person. Sie hat verdient, all das zu genießen, weil sie einen unglaublich hohen Preis bezahlt hat.

Langsam schließe ich die Tür und gewöhne mich an die Dunkelheit im Flur. Auch ich habe alles in den letzten paar Tagen nur für eine Person getan. Und auch ich würde gerne neben ihr liegen.

Aber stattdessen schlafe ich zusammengerollt auf dem Sessel im Wohnzimmer mit dem Kissen im Arm ein, während meine Füße kalt werden.

5 TAGE LIEBE

PICASSO

Jemand legt mir eine Decke über, und ich fahre erschrocken aus einem dieser Träume hoch, an die man sich nicht erinnern möchte. Elke steht vor mir und lächelt freundlich. Ich spüre meine Knie nicht mehr, meine Füße müssen blau sein, mein Nacken schmerzt.

„Morgen."

Ich schließe die Augen wieder und hoffe, dass alles anders aussieht, wenn ich sie wieder öffne. Dann liege ich in meinem großen Bett in meiner Wohnung, spüre Maya neben mir und weiß, es ist nur eine kleine Strecke bis zum Bäcker, wo ich mir meine Quarktasche holen kann.

Aber es ist immer noch Elkes Gesicht, in das ich schaue.

„Ich habe dir Kaffee gemacht."

„Danke."

Elke ist eine gute Mutter, vollkommen egal, was sie glauben mag oder was andere vielleicht über sie sagen. Ich merke es an der Art und Weise, wie sie mit ihren Kindern umgeht und auch mit mir. Nur Mütter sind so.

„Maya sagt, du willst dir heute die Stadt ansehen."

Ich strecke meine Beine aus und spüre einen ziehenden Schmerz in beiden Waden. Ich erinnere mich nicht mehr so genau an das, was sie gesagt hat. Oder an unser Gespräch. Seitdem wir in Barcelona sind, habe ich starke Probleme, mich an unsere gemeinsamen Momente zu erinnern. Ich kann jeden Geruch, jeden Geschmack, jedes Geräusch, alles aus Stuttgart sofort in mein Gedächtnis rufen. Wie ein kurzer Teaser für einen Kinofilm spielen sich Szenen in meinem Kopf ab, die wir zusammen erlebt haben. Elke schiebt eine Tasse mit Kaffee und einen Reiseführer über den Tisch.

„Damit du nicht verloren gehst."

Sie lächelt.

„Ich habe heute ein Vorstellungsgespräch, aber ich lasse dir Alejandros Schlüssel da, wenn das in Ordnung ist."

„Sicher. Wo ist Maya?"

„Mit Fabian unterwegs. Sie will mit ihm die Stadt erkunden und ihm ihre Lieblingsplätze zeigen. Die beiden müssen einiges aufholen, wie es scheint."

Ich nicke und nehme den ersten Schluck Kaffee, vielleicht wird der Tag dann besser. Elke gibt mir einen Kuss auf die Stirn, irgendwo auf den Haaransatz, und ist dann zur Tür raus. Mir geht das alles zu schnell. Ich komme nicht so richtig mit. Morgens bin ich ohnehin nicht ganz auf der Höhe, aber mir die Nacht so zu verkürzen und die Gelenkigkeit meiner Knochen so zu strapazieren, um mir dann Informationen an den Kopf zu werfen, für die ich im wachen Zustand schon eine gute Stunde bräuchte – das ist kein guter Einstieg in den Tag. Ich bin erschlagen. Vor allem aber bin ich allein.

Die Wohnung, mag sie noch so klein sein, ist mir fremd. Es ist, wie wenn man mit den Eltern Urlaub in einem anderen Land macht und sich erst mal an die italienischen Steckdosen gewöhnen muss. Oder an die Türklinken in Amerika. An die Währung in England. Hier muss ich

5 TAGE LIEBE

mich an all das auf einmal gewöhnen. Und dieses Gefühl erdrückt mich. Ich brauche frische Luft, um wieder klar denken zu können. Also stürze ich den Kaffee herunter, so gut es die Temperatur erlaubt, ziehe mich an, schütte etwas Wasser in mein Gesicht, schnappe mir den Schlüssel und haste die Treppe nach unten, als würde ich ersticken.

Barcelonas Luft empfängt mich wieder mit dem salzigen Geschmack und der Brise der Küstenstädte, aber genau das brauche ich jetzt. Den Reiseführer in der Hand stolpere ich los, laufe einfach geradeaus, egal wohin. Wenn ich angekommen bin, werde ich es wissen, und dann kann ich immer noch auf den Reiseführer zurückgreifen.

Ich bin kein Jogger, kein Sportler, und schon lange außer Form – machen wir uns nichts vor. Aber die Gedanken, die wie ein Uhrwerk in meinem Kopf ticken und ticken, sind eine gute Motivation. Ich spüre nicht, wie viele Straßen ich entlanggehe, ich zähle nicht die Gebäude, die mich immer wieder zu kleinen Pausen des Staunens hinreißen, ich schaue nicht auf die Uhr, ich folge nur meinem Herzen. Darin habe ich in letzter Zeit viel Übung. Ich schalte das Gehirn auf Stand-by und ernenne mein Herz zum Navigationssystem. Egal, wo es mich hinbringt. Und wo hat es mich hingebracht? In die vielleicht aufregendste Stadt Europas. Aber ganz so aufregend, wie ich es mir vorgestellt habe, fühlt es sich jetzt nicht an. Ganz und gar nicht.

Ich will ans Meer. Also schlage ich den Reiseführer auf, nur um erstaunt festzustellen, ich bin schon so gut wie dort. Nur ein paar Straßen und Kreuzungen weiter, schon kann ich es sehen. Ich stehe am Port Olimpic und sehe, wie das Meer den Horizont küsst. Es ist eine halbe Ewigkeit her, dass ich das Meer gesehen habe. Es war 1999 mit Patrick, bei unserer ganz persönlichen Abi-Abschlussfahrt nach Italien. Während ich die meiste Zeit betrunken in der Sonne lag und mir abends in der Ferienwohnung die Seele aus dem Leib kotzte, hing Patrick am Telefon, um mit Melanie zu telefonieren und ihre Kleider- oder (wahlweise) Schuhgröße zu erfragen, zwecks Mitbringsel und so.

Ich laufe die Stufen runter zum Strand und beobachte das Meer. Es sieht so anders aus, als auf den sonnigen Postkarten, die ich manchmal in meinem Briefkasten finde. Es ist weder tiefblau noch klar. Keine badenden Menschen und bunten Schirme. Nur wenige Besucher, vermutlich Touristen wie ich, die sich von der Kälte des Winters nicht abschrecken lassen. Ich hole ganz tief Luft, lasse meine Lungenflügel komplett aufgehen, versuche das erdrückende Gefühl abzuschütteln.

Ich schließe die Augen, höre das Rauschen und lasse los. Ich höre weder auf Kopf noch Herz. Ich stehe nur da und höre dem Meer zu, erhoffe mir eine ozeanische Antwort auf die Frage, die ich nicht stellen mag, vor der ich Angst habe, und die mich nicht mehr loslassen will.

Habe ich einen Fehler gemacht?

Ich laufe weiter durch die Straßen, vorbei an Cafés und Bars, an Ständen, die mir hemmungslos und ohne Erfolg versuchen, ein Trikot des FC Barcelona aufzudrängen. Ich kann den Ausführungen der Verkäufer kaum folgen, mein Spanisch lässt leider nur „Messi, Messi, Messi" zu. Ich nicke freundlich und eile dann weiter.

Ich beachte die Basílica de Santa Maria del Mar nicht wirklich, obgleich ich mir ihrer Schönheit bewusst bin. Mein Reiseführer hat mir geflüstert, nicht weit von hier ist auch das Museu Picasso. Bei Nacht habe ich den Weg recht zügig gefunden, bei Tag werden meine Schritte langsamer.

5 TAGE LIEBE

Ich hatte immer angenommen, Barcelona würde künstlerisch quasi Gaudi gehören, da seine Einflüsse überall zu sehen sind, und niemand sich Barcelona ohne diesen Künstler vorstellen kann. Man stelle sich vor, alle Gebäude, an denen Gaudi beteiligt war, würden aus Barcelona verschwinden. Die Stadt wäre so nackt wie Stuttgart ohne Kessel, ohne Fernsehturm, ohne den VfB. Picasso hat sich selbst mehr als Katalane denn als Andalusier gefühlt, obwohl er erst im Alter von dreizehn Jahren nach Barcelona kam. Man sagt, er habe das Malen erst hier gelernt. Obwohl er viele Jahre malend in Frankreich verbracht hat, liegen seinen Wurzeln hier, direkt hier. Und ich will sie sehen.

Wieder stehe ich vor dem Gebäude und bemerke jetzt erst, wie groß es wirklich ist. Ein Mann sieht mich fragend an – und mir wird klar, er will wissen, ob ich eine Eintrittskarte kaufen will oder nicht. Ich will.

Für Kunst abseits der multimedialen Ecke habe ich mich kaum interessiert. Wie sich jetzt zeigt, war das ein großer Fehler. Ich gehe durch alle Stockwerke und Räume, die seine Arbeiten in chronologischer Reihenfolge wiedergeben. Von manchen Werken habe ich gehört oder gelesen. Sie aber jetzt zu sehen, ist ein ganz anderes Gefühl. Wie lange ich mich zwischen den Kunstwerken aufhalte, weiß ich nicht. Ich gehe durch die Räume, manchmal zweimal, und schaue in aller Ruhe. Ich frage mich, wie es sich für Maya anfühlen muss, jetzt nicht mehr nur in Gedanken solche Museen betrachten zu können. Ich versuche, die Bilder mit ihren Augen zu sehen, und entdecke tatsächlich in einigen von ihnen eine Art Rettungsanker für Verlorene wie mich. Sie strahlen manchmal Wärme, manchmal Wut, manchmal Liebe aus. Ich kann verstehen, wieso sich Maya Orte wie diese zur gedanklichen Flucht gesucht hat.

Nachdem ich mir sicher bin, jedes Bild gesehen zu haben, will ich schon die Treppe nach unten gehen, als mich ein Herr darauf aufmerksam macht, ich hätte das Stockwerk ganz oben vergessen, was eine Schande wäre. Ich bin mir nicht sicher, was ich von ihm halten soll, da er mich stark an eine katalanische Version von Diego Armando Maradona erinnert; aber vermutlich ist genau das der Grund, wieso ich seiner Aufforderung folge und wieder die Treppen nach oben gehe.

Und was lerne ich daraus? Vertraue immer auf „die Hand Gottes". In einigen Räumen könnte meine Kopfhaltung an einen Besuch beim Barbier erinnern. Ich recke den Kopf nach oben wie die wenigen anderen Besucher hier, um die Deckenmalerei zu betrachten. Beeindruckend und schön. Vor allem aber lenkt es ab. Auf eine merkwürdige Weise bringt es mich näher an Maya, weil ich ohne sie vermutlich niemals hier wäre. Nicht in dieser Stadt, nicht an diesem Ort.

Ich nehme auf einer Bank am Ende des Raumes Platz und betrachte die Decke in aller Ruhe. So ist es also. Barcelona mit Maya, aber ohne sie. Ich bin hier, wo sie sein sollte, aber sie ist es nicht. Sie ist bei Fabian, wo sie auch hingehört. Ich muss nur lernen, es zu sagen, ohne dass mir der blöde Unterton meiner Eifersucht über die Lippen kommt. Ich klinge wie ein Schuljunge. Ich will Maya eben auch für mich. Jetzt hätte ich sie so gern hier. Dieses Museum mit ihr zu erleben, wie unvergesslich hätte das sein können! Es ist ein komisches Gefühl ... Maya hat sich während der wohl unangenehmsten Momente ihres Lebens an genau diesen Platz gewünscht. In Barcelona fühle ich mich unendlich fehl am Platz, aber hier drin genieße

5 TAGE LIEBE

ich es. Die Ruhe, die Bilder und Skulpturen, es ist wirklich ein beeindruckender Ort. Ein bisschen scheine ich ihrem Vorbild zu folgen, immerhin habe auch ich mich hierher verkrochen und fühle mich nicht mehr ganz so mies. Nur allein. Ich habe Hunger und vielleicht lässt ich hier irgendwo in der Nähe etwas auftreiben. Spanische Küche ist ja nicht umsonst weltweit beliebt.

Als ich die Treppe wieder nach unten gehe, bedanke ich mich bei meinem persönlichen Maradona. Er lächelt wissend, als habe er mir ein Geheimnis verraten, das ich sonst verpasst hätte. Wie recht er doch hat.

Adriana Popescu

5 TAGE LIEBE

HARLEKIN

„Jonas?"

Noch immer trifft Ihre Stimme mein Herz aus dem Nichts. Ich denke, daran wird sich nie etwas ändern. Bevor ich mich umdrehe, weiß ich, dass es Maya ist. Maya mit Fabian.

„Was machst du hier?"

„Ich habe mir die Perlen der Stadt angesehen."

Dabei winke ich lächelnd mit dem Reiseführer, den sie für mich hinterlassen hat. Ich schätze, die beiden tummeln sich auch schon eine ganze Weile in der Stadt. Ein bisschen werde ich traurig, gerne wäre ich dabei gewesen.

„Ich wollte Fabian gerade das Museum zeigen."

So wie ich es ihr in der Nacht neulich gezeigt habe.

„Es ist toll. Ganz toll."

Sie nickt, und ich weiß nicht, ob sie schon mal drin war. Vermutlich schon. Für mich war es eine Premiere. Wir stehen uns gegenüber, Fabian neben ihr. Ich will sie berühren, sie umarmen, aber nichts deutet darauf hin, dass sie es will. Sie hat mich nicht mal umarmt, kein Kuss, keine Berührung. Nichts. In mir drin wird es so kalt wie im Winter.

„Ich denke, wir werden es uns auch anschauen."

Adriana Popescu

Sie wirft einen Blick zu Fabian, der nickt und sich das Gebäude ansieht. Er geht einige Schritte auf den Eingang zu, das gibt mir etwas Luft – denn was ich zu sagen habe, muss schnell gehen, bevor mich der Mut verlässt.

„Du bist früh weg heute Morgen."

Maya nickt.

„Ja, wir wollten kurz im Delfinzentrum vorbeischauen und dann eben eine Stadttour."

Ich nicke.

„Du hast mich nicht geweckt."

Sie nickt.

„Ja, ich dachte, vielleicht brauchst du den Schlaf."

Ich nicke nicht. Schlaf. Auf einem Sessel, nachdem ich aus dem Bett geschoben worden bin. Ich suche ihre Augen, sie weicht mir aus. Meine Lippen sind trocken, mein Mund fühlt sich taub an. Ich muss mich zum Sprechen zwingen.

„Ja dann ..."

Was soll ich sagen? Sie kann mir ja nicht mal ins Gesicht sehen. So kenne ich sie nicht. Ich weiß, wie sie ist, wenn sie wütend, traurig, müde, hungrig ist. Aber stumm? Stumm habe ich sie kaum jemals erlebt. Sie ist nicht auf den Mund gefallen, und es wundert mich, sie jetzt so zu erleben. Nein, es wundert mich nicht. Es tut mir weh. Sehr!

Fabian ist damit beschäftigt, die wenigen Bilder, die draußen angepriesen werden, zu betrachten. Ich hole tief Luft. Jemand muss es sagen, und sie wird es nicht tun.

„Also, Barcelona ist total schön. Aber auch unterkühlt."

Das stimmt, ist aber nicht das, was ich sagen will. Maya nickt, sieht kurz zu Fabian, der sich aber gut zu unterhalten scheint.

„Ich denke, ich sollte wieder nach Hause."

Maya sieht mich langsam an; ich warte, ob sie verstanden hat was ich sagen will. Sie nickt.

5 TAGE LIEBE

„Hat Mama dir den Schlüssel gegeben?"

Ich klopfe auf meine Brusttasche, in der der Schlüssel liegt. Sie nickt. Sieht wieder zu Fabian, der sich inzwischen nach vorn gebeugt hat und angestrengt ein Bild betrachtet.

„Du brauchst mich nicht mehr."

Sie sieht immer noch zu Fabian, obwohl sie es nicht müsste. Sie traut sich nicht, mich anzusehen, das weiß ich. Um nicht einfach umzufallen, rede ich weiter.

„Das meine ich durchweg positiv. Du hast hier alles, was du brauchst und ... was du willst."

Ich versuche, total dramatisch den Heldentod zu sterben, will ganz groß sein und gönnerhaft meinen Abschied aus ihrem Leben anpreisen. Es macht mir nichts aus. Ich steige auf mein Ross und reite in den Sonnenuntergang, weil ich total lässig bin und damit umgehen kann, weil meine Arbeit hier beendet ist.

Ich berühre ihre Wange das letzte Mal, aber das weiß ich noch nicht. Sie sieht mich aus glasigen Augen an. Zumindest ein kleines Lebenszeichen aus ihrer Gefühlswelt. Auch sie will tapfer sein.

„Du passt auf dich auf, ja?"

Ihre Stimme klingt erdrückt. Sie muss weinen, was ein kleines Lächeln auf mein Gesicht zaubern will.

„Sicher. Du kennst mich."

„Eben deswegen. Lass lieber Patrick auf dich aufpassen."

Sie lächelt kurz, ganz kurz, dann folgt ein Kuss auf die Wange. Ich will sie nicht loslassen, aber ich tue es.

„Viel Glück mit den ... Fischen."

Dann drehe ich mich um und laufe los, wissend, es ist die falsche Richtung. Der Reiseführer in meiner Hand wird mir diesmal nicht weiterhelfen, aber ich laufe einige Meter, bevor sich das Navigationssystem meines Herzens meldet und mir laut in meinen Brustkorb schreit: *„Bitte wenden Sie! Bitte wenden Sie!"*

Viel Glück mit den Fischen. Was ist denn das für ein beschissener Abschiedssatz? So werde ich hier nicht rausmarschieren. Und so leicht lasse ich sie mit der Nummer auch nicht davonkommen.

Ich drehe mich wieder um.

„Maya!"

Sie steht noch immer da, sieht zu mir.

„Neulich Abend, was hast du da zu mir gesagt?"

Ich muss es wissen. Ich will wissen, was es war, und ob sich alles hier gelohnt hat. Ich komme wieder auf sie zu. Sie verschränkt die Arme, tut unwissend.

„Was meinst du?"

„Vor dem Aquarium im Zimmer. Mit Fabian. Was hast du zu mir gesagt?"

Ich bleibe direkt vor ihr stehen.

„Ich will es wissen."

„Ich weiß es nicht mehr."

„Du lügst."

„Nein. Ich weiß nicht, was du meinst."

„Du hast gesagt, dass du mich liebst."

„Maya, hier ist auch ein Bild von einem Clown!"

Fabian hat ein ganz schlechtes Timing und alleine dafür würde ich ihn gern ohrfeigen! Maya will sich zu ihm umdrehen, aber ich halte ihre Schultern fest.

„Du hast gesagt, dass du mich liebst, stimmt's?"

„Kann ich den Clown sehen?"

„Einen Moment, Fabian."

„Ich will den Clown sehen."

„Du liebst mich!"

„Ich will den Clown sehen."

5 TAGE LIEBE

„Du hast gesagt, dass du mich liebst."
„Ich will den Clown jetzt sehen!"
„Liebst du mich?"
„Ich ..."
Sie sieht mich an, will etwas sagen, aber Fabian taucht hinter ihr auf, greift nach meiner Hand, die Mayas Schultern umschlossen hält und will sie wegziehen.
„Lass sie los!"
„Fabian!"
„Ich will den Clown JETZT sehen!!"
Mir reicht es. Es reicht. Ich kann nicht mehr. Alles bricht wie eine Tsunamiwelle über mir zusammen. Die Strapazen der letzten Tage, die Gefühle, die mein Inneres komplett umgekrempelt haben, Mayas Verhalten, jetzt wie damals. Alles wird zu viel, und ich platze!
„Das ist kein Scheiß-Clown! Das ist ein Harlekin, verdammt noch mal!"
Ich schreie ihn an, was ich nicht will, aber ich kann nicht anders. Da ist zu viel in mir drinnen, und es muss raus. Ich wollte perfekt sein. Ich wollte zeigen, dass ich in dieses Leben passe, ich wollte mich so sehr anstrengen, aber es klappt nicht. Es klappt einfach nicht. Ich bin nicht so stark.

Maya sieht mich überrascht an. Fabian hingegen starrt mich fasziniert an und ich erwarte einen Ausbruch seinerseits, so wie gestern. Ich bin auf alles gefasst und habe es auch verdient, ich bin zu weit gegangen.

„Was ist ein Harlekin?"
Er ist ruhig. Ich bin überrascht. Maya offensichtlich auch. Nur muss ich jetzt eine gute Erklärung abgeben. Wikipedia wäre jetzt von unschätzbarem Wert, aber da mein Gehirn so auf die Schnelle keine Wirel-

ess-Verbindung aufbauen kann, muss ich es ihm so erklären, wie ich es fühle. Aber wozu? Für Fabian ist vieles schwarz-weiß. Ich habe aus den Fischen und Delfinen gelernt.

„Ein Harlekin ist ... ein Clown."

Fabian nickt zufrieden, hat er doch alles richtig verstanden und so nicke auch ich.

Maya sieht mich an. Ich muss es sagen. Nur, um es einmal gesagt und gemeint zu haben. Einmal im Leben sollte man es meinen, wenn man es sagt.

„Weißt du Maya, ich liebe dich nämlich. Und es ist verdammt schade, dass du nicht den Mut hast für all das."

Dann gehe ich los. Langsam und dann schneller. So schnell, dass mir der Wind mit seinen spitzen Zähnen ins Gesicht beißt und die Tränen in die Augen treibt. Ich renne, so schnell ich kann. So weit ich kann. Für die Tränen in meinen Augen mache ich den Wind verantwortlich.

„Du bist ganz sicher?"

„Absolut."

„Kein Blick zurück, kein letzter Versuch?"

„Wie viele letzte Versuche denn noch?"

„Es waren erst ein paar Tage. Vielleicht wird es besser."

„Patrick, es wird immer schlimmer. Mit jeder Minute merke ich, dass ich keinen Platz in ihrem Leben habe. Das tut mir jede Minute mehr weh."

Es entsteht eine Pause. Ich hoffe, dass die Verbindung und mein Akku halten. Patrick ist bei der Arbeit, ich höre das Gemurmel im Hintergrund.

„Du hast es versucht, Jonas. Du hast es wirklich mit allen Mitteln versucht. Keiner kann sagen, du hättest es nicht versucht. Das kannst du dir niemals vorwerfen lassen."

5 TAGE LIEBE

Ich nicke und schaue über die Stadt, erahne irgendwo da hinten das Meer.

„Wann denkst du, bist du wieder daheim?"

„Ich fahre jetzt los."

„Hast du dich verabschiedet?"

Eine gute Frage. Habe ich das? Irgendwie schon. Zumindest meine ich, alles gesagt zu haben, was mir auf dem Herzen lag. Und falls nicht, kann sie es ja nachlesen in dem kurzen Brief, den ich ihr dagelassen habe.

„Ich denke, ich bin gegen Mitternacht wieder daheim."

„Fahr vorsichtig."

Damit legen wir auf und ich schaue noch mal zum Haus. Vielleicht ist es besser so, versuche ich mich zu belügen, während ich in den Sprinter steige und den Motor anlasse. Es hilft alles nichts, ich muss hier weg.

Die freundliche Navigationsfrau erfragt mein Ziel, und ich gebe meine Heimat ein: Stuttgart.

Ich lasse das Radio aus, weil mich jedes Lied vermutlich an sie erinnern würde, und fahre stur über die Autobahn zurück in mein vertrautes Leben. Vielleicht kann ich irgendwie doch noch mit meinen Auftraggebern sprechen, einen Notfall in der Familie vortäuschen und so weiter. Vielleicht verschieben sie die Deadline doch noch mal, und dann kann ich langsam aber sicher wieder zurück in die Normalität finden.

Mit jedem Kilometer versuche ich, die Gedanken zu sortieren, sie in kleine Schubladen zu stecken. Einen ganzen Schrank voller Gedanken räume ich ein. Schöne nach links, schlechte nach rechts. Private nach ganz unten.

Ich will vergessen, wie sie sich anfühlt. Wie sie riecht. Wie ihre Stimme klingt. Natürlich will ich es nicht sofort vergessen, denn noch fühlt es sich ganz gut an, zu wissen, wie nah ich ihr war. Aber mit der Zeit muss es aufhören zu brennen, wenn ich an sie denke.

Während ich die Erinnerungen alle einzeln und chronologisch durchgehe, ertappe ich mich oft mit einem Lächeln im Rückspiegel. Vielleicht soll das so sein. Vielleicht tun manche Erinnerungen weh, und andere werden ein Leben lang ein Lächeln hervorrufen. Vielleicht werde ich in unzähligen Jahren an diese Zeit mit Maya denken, dann ist der Schmerz weg, nur das Lächeln bleibt, weil das Leben mich weise gemacht hat. Hören wir das nicht immer, wenn wir mit Liebeskummer nach Hause kommen und die Durchhalteparole gesprochen wird: „Die Zeit heilt alle Wunden." Aber heilt sie auch ein zerfetztes Herz? Wenn Maya jetzt die Schachtel mit meinem Herzen bekommen würde – sie fände im Inneren nur einen kaputten, blutigen Klumpen. Würde sie dann begreifen, wie sehr sie mir wehgetan hat?

Ich will nur noch nach Hause und dort sehen, wie es weitergeht.

Alle fünf bis zehn Kilometer werfe ich einen Blick auf mein Handy. Kein Anruf, keine SMS. Nicht, dass ich erwarte, ein Lebenszeichen von ihr zu bekommen. Doch. Okay. Ja natürlich! Es gibt nichts Schlimmeres, als auf eine Nachricht zu warten und so langsam zu verstehen, es wird keine kommen.

Ich vermisse Maya. Die Jelly Beans. Den Kampf ums Radio. Der Platz neben mir ist leer. Ebenso die Ladefläche des Sprinters. Ins Handschuhfach habe ich das Polaroidfoto von uns beiden vor dem Museum verbannt.

An einer Tankstelle im spanischen Nirgendwo kaufe ich mir einen Kaffee und ein belegtes Brötchen und schaue ein letztes Mal auf mein Handy. Ich bin nicht am Ge-

5 TAGE LIEBE

schwindigkeitslimit gefahren. Vielleicht würde sie mich anrufen, dann würde ich die nächste Ausfahrt nehmen, würde umdrehen und in ihre weit ausgebreiteten Arme fallen, sie küssen. Sie würde mir ihre Liebe gestehen, mich bitten, nicht mehr aus ihrem Leben zu verschwinden. Aber jetzt sind fast drei Stunden vergangen und sie meldet sich nicht. Die Enttäuschung und Traurigkeit in meinem Magen mischt sich mit dem Milchkaffee und wird zu einer explosiven Mischung aus Wut und Ärger.

Mit einem weit ausholenden Wurf landet mein Handy irgendwo in einem Feld und wird ab jetzt dort sein Dasein fristen, falls es den Aufprall überlebt hat. Ich kenne Mayas Telefonnummer nicht auswendig. Ich weiß nicht, wie ich sie jetzt noch erreichen kann. Ob sie meine Festnetz-Nummer kennt? Ich denke nicht. Einen kurzen Moment verfluche ich meinen Tatendrang, aber nichts geschieht ja ohne Grund, nicht wahr? Ist jetzt auch zu spät, denn ich denke nicht, dass ich auf der Suche nach meinem Handy durch ein spanisches Feld robben kann, ohne mich zum deutschen Vollidioten zu machen. Schulterzuckend nehme ich vollends Abschied davon, von meiner Couch, meiner Zeit in Spanien und meinem Herzen.

Nach Spanien folgt Frankreich und endlich Deutschland. Stuttgart empfängt mich schließlich mit allen verfügbaren Lichtern. Ich sehe den Fernsehturm, spüre das Gefühl von Heimat überall, und obwohl sich an meiner Situation in den letzten Stunden rein gar nichts verändert hat, fühle ich mich etwas besser. Vorbei am Schattenring und dann in Richtung Westen, zurück nach Hause. Ich bin so müde, habe nur noch ein paar Straßen vor mir, und als ich schließlich den Motor ausschalte, sind unendlich viele Gefühle in mir drin. Ich habe Mühe, sie zu kontrollieren.

Adriana Popescu

Ich schleppe mich die Treppe nach oben und öffne meine Wohnungstür. Es brennt Licht. Alles sieht aus wie immer. Aus dem Wohnzimmer höre ich vertraute Geräusche. Ich bleibe kurz stehen und werfe einen Blick in die Küche. Pizzakartons stehen auf dem Tisch und ein Sixpack Bier, in dem zwei Flaschen fehlen. Ich gehe weiter und schaue ins Wohnzimmer.

Patrick sitzt auf einem aufblasbaren Sessel, hat das Joypad der Playstation in der Hand. Auf dem Tisch steht eine Pizza, die kalt aussieht und zwei Flaschen Bier. Er lächelt mich an.

„Willkommen daheim."

Ich lasse meine Tasche auf den Boden fallen und zucke etwas hilflos die Schultern. Er nickt und deutet auf den anderen aufblasbaren Sessel neben ihm, dort, wo eigentlich meine Couch stehen sollte.

„Bier ist kalt. Pizza leider auch."

Erschöpft lasse ich mich neben ihn fallen, und der Sessel gibt merkwürdige Geräusche von sich. Einen kurzen Moment sitze ich nur so da. Die Leere in mir will sich weiter ausbreiten, also schaue ich zu Patrick, der mich mit einem kleinen Lächeln ansieht.

„Du hast es versucht."

Ich nicke. Es klingt tröstend. Ich habe es versucht. Aber im Finale bin ich gescheitert und komme ohne Pokal nach Hause. Patrick reicht mir ein Bier und stößt mit mir an. Worauf wir trinken, weiß ich nicht. Vielleicht einfach nur auf das Einzige, was wirklich im Leben bleibt, wenn alles andere verschwindet, verblasst und vergessen sein wird: wahre Freundschaft.

5 TAGE LIEBE

TAG 6 - TAG 124

Adriana Popescu

5 TAGE LIEBE

Betreff: Re: Couchpotatoe
Von: jonesfox@contact-me.de
Datum: 18.04.2013, 11:32
An: Patrick.H@contact-me.de

Servus Patrick!

Ja, danke der Nachfrage, ich habe mir die Ikea-Couch gekauft und bevor du fragst: Ich bezahle sie mit der Kohle, die ich für den neuen Job kriege. Ich habe einen neuen Auftrag für den Webauftritt einer Waschstraße in Stuttgart angenommen. Ich habe nur zwei Tage gebraucht und bin überpünktlich fertig. Habe Tag und Nacht daran gearbeitet und bin mit dem Ergebnis sehr zufrieden. Fände es auch gut, wenn wir uns wie jeden Samstag zum Fußballschauen in der Kneipe treffen. Etwas Ablenkung tut mir gut.

Übrigens, ich vermisse eines meiner Lieblings-T-Shirts, hast du es nach dem Training eingesteckt?

Zu deiner anderen Frage: Ich habe nichts von Maya gehört. Dir kann ich es ja sagen, ich träume mich Nacht für Nacht ins Picasso-Museum in Barcelona und hoffe, sie dort zu treffen. Jetzt darfst du lachen oder mir die Ohren lang ziehen.

Bis die Tage, Jonas.

P.S. Danke, dass du das Polaroidfoto für mich verwaltest. Im Moment könnte ich ihr Gesicht in meiner Wohnung nur schwer ertragen. ☹

Adriana Popescu

5 TAGE LIEBE

Betreff: Re: Melis Geburtstag

Von: jonesfox@contact-me.de
Datum: 23.05.2013, 17:05
An: Patrick.H@contact-me.de

Hi!

Nee, ich habe die Ikea-Couch verkauft, weil ich mich mit ihr nicht wohlgefühlt habe. Jetzt können wir abends wieder auf den aufblasbaren Sesseln, die du mir geschenkt hast, sitzen und schauen dann ab neunzehn Uhr *Big Brother*. Und lass das Bier daheim, ich will meinen Bierkonsum schließlich einschränken!

Dann kannst du dir auch den Nachdruck von Picassos Harlekin-Bild in meiner Küche anschauen. Das hat etwas Tröstliches, wenn ich es mir beim Frühstück immer anschaue.

Falls du mich nicht erkennst: ich habe jetzt einen Bart, weil ich zu faul bin, mich zu rasieren. Noch gute News: habe einen Auftrag für das Erstellen einer Website für Physiotherapie angenommen. In wenigen Tagen sollte auch diese Arbeit fertig sein. Ich bin zufrieden, es kommen gute Aufträge und wie du dir denken kannst, nehme ich jede Arbeit dankend an.

Mein T-Shirt ist auch in der Schmutzwäsche nicht aufgetaucht, ich bin etwas traurig.

Ich habe diesen Monat nur ganz selten an Maya gedacht. Nur noch viermal täglich, schätze ich. Das ist eine enorme Verbesserung.

Gehört habe ich nichts von ihr. Gesehen habe ich sie nur in meinen Träumen, immer im Museum.
Jonas

Adriana Popescu

5 TAGE LIEBE

Betreff: Re: ICH WERDE PAPA!!!!
Von: jonesfox@contact-me.de
Datum: 11.06.2013, 08:12
An: Patrick.H@contact-me.de

Hallo „Papa"-Patrick!

Ich freue mich für euch! Toll toll toll! Melanie ist also schwanger und du wirst Vater! Ohne Zweifel wirst du ein guter Vater, immerhin bist du ein wunderbarer bester Freund. Und klar will ich Patenonkel sein, was für eine Frage?! Vielleicht sollte ich mir wieder eine Couch kaufen?

Da du dir immer Sorgen um meine finanzielle Zukunft machst: ich habe einen Auftrag für eine Firma in London angenommen. Soweit läuft es gut und sie sprechen schon von Folgeaufträgen, wenn es so weiterläuft. Das freut vor allem mein Bankkonto, das ich ja immer häufiger mit dem Erwerb von Kunstbüchern belaste.

Ich habe mir übrigens ein neues T-Shirt gekauft, aber es ist nicht das Gleiche. Ich befürchte, mein Lieblings-T-Shirt verloren zu haben.

Was Maya angeht: Ich träume nur noch ab und an von ihr, dann aber umso intensiver. Vielleicht liegt es an dem einen Anruf in Abwesenheit von einer unbekannten Nummer, und ich traue mich einfach nicht, sie zurückzurufen. Ich will nicht enttäuscht werden. So lebe ich mit der Hoffnung, dass sie es vielleicht war, besser als mit der Gewissheit, sie war es nicht. Verstehst du das?

Beste Grüße,
Patenonkel Jonas

Adriana Popescu

5 TAGE LIEBE

Betreff: London
Von: jonesfox@contact-me.de
Datum: 21.07.2013, 23:27
An: Patrick.H@contact-me.de

Patrick!

Ich muss das einfach loswerden!!! Ich habe ein Jobangebot aus London bekommen und es sofort und ohne nachzudenken angenommen. Ich weiß, das wird dich überraschen, mein Lieber, vielleicht auch etwas traurig machen, aber freue dich für mich, dann fällt mir der Abschied nicht zu schwer.

Jetzt habe ich also einen Monat Zeit, um meine Wohnung und mein Leben aufzulösen. Offensichtlich bin ich als Webdesigner begabter, als ich immer angenommen habe. Wer hätte gedacht, zu was ich alles in der Lage bin, wenn ich mich aufs Arbeiten konzentriere und jeglicher Ablenkung und den Erinnerungen an Maya gekonnt aus dem Weg gehe? Danke für den Tritt in den Hintern.

Ich rasiere mich auch wieder und gehe fleißig zweimal die Woche zum Sport. Dein Ernährungsplan wirkt auch Wunder, ich passe wieder in alle Hosen.

Danke für den Vorschlag, das Verschwinden meines T-Shirts als Metapher zu sehen und endlich loszulassen. Zeit für eine modische Veränderung? Ich weigere mich noch.

An Maya denke ich nur noch, wenn ich allein bin. Dann aber umso mehr. Aber mach dir keine Sorgen, es geht mir gut. Eigentlich denke ich kaum bis gar nicht mehr an sie. Aber wer bin ich zu glauben, ich könnte meinen besten Freund anlügen?

Adriana Popescu

Du hast neulich Abend bei Pasta und einer Flasche Rotwein gefragt, was ich ihr in dem Brief geschrieben habe. Ich weiß, ich habe vorher nie darüber gesprochen und behauptet, ich wüsste es nicht mehr. Aber die Wahrheit ist, ich habe es in den untersten Schubladen meines emotionalen Maya-Schrankes eingesperrt und jetzt kotze ich es dir vor die Füße. Erschreckend, dass ich mich noch genau an jedes Wort in dem Brief, den ich für sie geschrieben habe, erinnern kann. Ich habe es für dich mal abgetippt. Vielleicht kann ich dann wirklich loslassen?

Liebe Maya,
wie recht du doch hattest. Fünf Tage mit dir haben gereicht, um alles zu erleben, was man in einer Beziehung erleben kann. In deiner jetzigen Realität ist kein Platz für mich, und ich brauche nicht noch mehr Tage, um das zu verstehen. Ich will dir nicht im Weg stehen und wünsche euch als Familie alles Gute.

Dir möchte ich danken, weil ich all das mit dir erleben durfte. Ich habe in diesen fünf Tagen alles erlebt, worauf manche ein Leben lang vergeblich warten. Vielleicht hast du mich in dieser Zeit ja auch geliebt. Ich hoffe schon – nur die letzte Gewissheit willst du oder kannst du mir nicht geben. Vielleicht ist das die Schutzmauer, die du dir einfach bewahren musst. Wenn das so ist, will ich diese Festung nicht auch noch stürmen.

Ich nehme alle Erinnerungen mit und lasse dir eine hier. Ich denke, ihr könnt die Couch gut gebrauchen. Sehe es als Willkommensgeschenk in deiner neuen Wohnung und als Abschiedsgeschenk zu gleichen Teilen an.

Te eché de menos. Falls du es vergessen haben solltest.

5 TAGE LIEBE

Dank Alejandros Hilfe habe ich nicht nur die Couch in ihre Wohnung geschafft, sondern auch endlich den spanischen Satz verstanden, den Maya mir damals in meiner Küche gesagt hat. Es heißt „Du wirst mir fehlen". Und das tut sie. Auch jetzt noch. Tag für Tag. Ist das albern?

Jonas

Adriana Popescu

5 TAGE LIEBE

MAYA

„Das ist der letzte Karton. Damit sollte alles verpackt sein."

Patrick zieht das breite Klebeband über den Karton und Melanie, die mit einem schwarzen Marker alle Kartons liebevoll beschriftet, schreibt „Kunstbücher" in geschwungenen Buchstaben quer über den Deckel. Dahinter malt sie einen Schmetterling, weil sie es niedlich findet. Da sie schwanger ist und wir die Hormone als Entschuldigung gelten lassen, beschweren sich weder Patrick noch ich. Wir nehmen es mit einem Lächeln zur Kenntnis, und ich verdränge erfolgreich den Gedanken an die Gesichter der Möbelpacker, die morgen all diese Kartons verziert mit Schmetterlingen, Maikäfern, Blumen und Smilies in den LKW laden dürfen.

„Geschafft!"

Meine Wohnung ist so gut wie leer, wenn man von einer kleinen Festung aus Kartons absieht. Meine Möbel habe ich in den letzten Wochen bereits in kleinen Etappen verkauft, verschenkt oder gespendet.

Nur wenige Sachen nehme ich nach London mit, da mir die Wohnung dort bereits mehr oder weniger eingerichtet wird. Ich werde mir manche Dinge dazukaufen müssen, um dem ganzen englischen Stil meine Marke aufzudrücken; aber im Moment bin ich mit den Dingen in diesen Kartons zufrieden.

„Fehlt denn noch was?"

Patrick sieht sich im Flur um. Keine Bilder an den Wänden, keine Poster, keine kleinen Postkarten, die wir von unseren zahlreichen Kneipentrips mitgenommen haben. Nichts mehr, nur eine weiße Wand, die wir zum Glück vor meinem Auszug nicht neu streichen müssen.

„Ich denke, wir haben alles."

Aber das stimmt nicht. Gerade Patrick und Melanie würde ich nur zu gern ebenfalls in die Kisten packen und mit in mein neues Leben nehmen, weil ich mir ein Leben ohne Patrick nicht vorstellen kann. Ich weiß ja nicht mal, wie das ist, wenn er kein Teil meines Lebens ist. Ein Anruf und ein Sixpack Bier entfernt, wann immer ich ihn brauche.

„Gut. Dann schaffen wir es ja doch noch zu einer Dusche nach Hause, bevor deine große Abschiedssause startet."

Er sieht mich grinsend an. Ich war tapfer, so wie es alle erwartet haben. Im letzten Monat habe ich mich bei so vielen Leuten verabschiedet, und immer habe ich es mit großer Fassung getragen, weil ich nicht zugeben will, wie schwer mir dieser Abschied wirklich fällt. Ich kenne nur Stuttgart. Ich kenne nur dieses Leben und nur diese Freunde, die ich mir über die Jahre hinweg in mein Leben eingeladen habe und jetzt loslassen muss. London ist nicht am anderen Ende der Welt, und sicherlich male ich es mir jetzt viel schlimmer aus, als es wirklich sein wird. Aber wäre es nicht falsch, alles Bisherige einfach loslassen zu können, ohne noch einen Blick zurückzuwerfen und die

5 TAGE LIEBE

guten Momente in einer Art Montage vor dem geistigen Auge vorbeiziehen zu lassen?

London wird neu und anders. Ich bin mit zwanzig Jahren von zu Hause ausgezogen und habe die Abnabelung von meinem Elternhaus mit Bravour und viel Alkohol geschafft. Aber Patrick war immer da, egal welchen Schritt ich gemacht habe. Sicherheitsnetz und doppelter Boden.

Mit neunundzwanzig werde ich also endlich erwachsen.

Es klingelt an der Tür.

„Die Möbelpacker kommen erst morgen?"

Ich nicke und bewege mich durch den Flur zur Tür, werfe einen Blick durch den Spion und greife krampfhaft nach der Türklinke. Nicht um die Tür zu öffnen, nein, ich muss mich einfach nur festhalten. Durch den Spion wird alles verzerrt, aber hiermit habe ich den empirischen Beweis: Erinnerungen lassen sich nicht verzerren. Sie bleiben wie in Stein gemeißelt, so wie wir sie abspeichern. Ich lehne meine Stirn an die Tür, betrachte sie durch das Fischauge des Spions und habe nicht den Mut, die Tür zu öffnen. Nicht mal diese Verzerrung vermag ihre Schönheit zu zerstören. Aber was kommt dann? Eine Umarmung? Ihre Stimme? Ihr Geruch? All die Dinge, die ich in den letzten Monaten so weit von mir weggeschoben habe, sollen jetzt alle wieder auf einen Schlag da sein? Ganz ohne Vorwarnung und Zeit? Ich habe keine Minute, um mich auf diese Situation vorzubereiten. Ich habe nur die wilden Szenarien in meinem Kopf, die alle so weit weg von der Realität sind, wie ich es von Mario Gomez bin.

Es klingelt erneut.

Patrick tritt hinter mich. Da ist er, mein doppelter Boden. Langsam drücke ich die Klinke herunter und ziehe die

Tür auf. Gefühlte dreißig Minuten vergehen, dann sehe ich sie an: Maya.

„Hi."

Barcelona tut ihr gut. Sie hat die Haare etwas länger, einen schönen sommerlichen Teint und ein schüchternes Lächeln auf den Lippen. Sie sieht viel zu gut aus, was mich wütend macht. Eines meiner Szenarien habe ich besonders gern. Sie klingelt wie auch jetzt an meiner Tür, sieht traurig und dünn aus, gesteht mir, wie sehr sie mich vermisst hat und wie dreckig es ihr ohne mich ging. Dann will sie mich zurück und gesteht mir ihre Liebe.

Ich bin froh, dass es ihr gut geht, weil ich niemals wollte, dass es ihr schlecht geht. Aber es tut ein bisschen weh, weil sie ohne mich so gut aussieht und es mich Monate gekostet hat, an diesen Punkt zu kommen.

„Hallo."

Ich will auch gut aussehen, will aussehen, als käme ich gerade von den Kanaren zurück und hätte mit drei Blondinen im Arm eine schöne Zeit verlebt. Aber stattdessen habe ich mir erst mühevoll mein Leben zurück erkämpft und renne jetzt davon, damit ich in einer fremden Stadt keine Erinnerungen an sie habe. Ich habe Kisten gepackt und Möbel getragen – und genau so sehe ich jetzt auch aus.

„Maya, das ist ja eine Überraschung."

Patrick versucht, die Situation in irgendeiner Art zu entschärfen, aber ich bin mir nicht sicher, ob es ihm gelingen wird. Noch nie habe ich den Satz „Zwei Seelen schlagen in meiner Brust" so wörtlich genommen. Ich möchte sie umarmen, anfassen, festhalten. Und ich will die Tür zuschleudern und sie anschreien. Vermutlich in umgekehrter Reihenfolge. Ich bin wütend, weil sie hier steht und alle Gefühle einfach wieder von vorn anfangen. Ich

5 TAGE LIEBE

bin wütend, weil sie sich so viel Zeit gelassen hat, weil ich mich mit jedem Tag etwas mehr in Sicherheit gewogen habe, und weil sie jetzt hier ist und mit einem Augenaufschlag alles wieder durcheinander bringt. Ich bin auch wütend auf mich selbst, weil ich das zulasse. Weil mein Mantra „Andere Mütter haben auch schöne Töchter" in den letzten Monaten zu genau zwei Dates geführt hat, die nicht mal zwei Stunden gedauert haben, weil ich dann das erdrückende schlechte Gewissen verspürt habe, Maya zu betrügen. Nichts hat dieses Mantra gebracht, das merke ich jetzt. Ich kämpfe wie ein Ertrinkender dagegen an, paddle mit den Armen wie ein Hund im tiefen Wasser, recke den Kopf wieder über Wasser und hole tief Luft.

„Willst du vielleicht reinkommen?"

Das klingt zwar noch etwas kühl, soll es aber schließlich auch. Maya nickt und schiebt sich durch die Tür zurück in meine Wohnung und mein Leben. Patricks Blick trifft meinen. Ich lese in seinem Blick die Frage, ob er und Meli doch besser bleiben sollen, aber mit Zuschauern wird mir das alles nur noch schwerer fallen. Er versteht, und Melanie folgt ihm zur Tür.

„Aber nicht vergessen, in einer Stunde auf dem Hausdach. Immerhin bist du der Ehrengast."

Meli gibt mir einen Kuss auf die Wange, und ich erkämpfe mir ein Lächeln. Ob der Kuss der schwangeren Ehefrau meines besten Freundes wohl reicht, um Maya eifersüchtig zu machen? Einen Versuch war es wert.

Dann bin ich mit Maya allein. Ich spüre sie in meinem Rücken, konzentriere mich und drehe mich mit einem Lächeln zu ihr um. Ich werde mein Leben nicht mehr aus der Hand geben. Ich habe mich unter Kontrolle. Sie steht im

Flur und sieht mich völlig irritiert an. Zwischen den Kartons sieht sie kleiner aus, als ich sie in Erinnerung hatte.

„Du ziehst um?"

Um ehrlich zu sein: ich gehe davon aus, dass es der Grund ihres spontanen Besuchs ist. Sie hat wohl gehört, dass ich umziehe und will mich ein letztes Mal sehen. Es klingt zu romantisch, um wahr zu sein, das weiß ich selbst. Und ich weigere mich nach wie vor zuzugeben, dass ich es vielleicht sogar erhofft habe. Nein, ich ziehe nicht deswegen nach London, aber es hat vielleicht kurz ein solches Szenario in meinem Kopf gegeben. Patrick ruft sie an, erzählt ihr mit zitternder Stimme, dass ich Stuttgart und sogar Deutschland verlasse und sie sich besser jetzt noch mal bei mir blicken lassen sollte, bevor ich mit einem magersüchtigen englischen Model die Londoner Clubszene unsicher mache.

„Ja. Zeit für was Neues."

Ich gehe durch den Flur und biege ins Wohnzimmer ab. Es ist der einzige Raum, in dem man noch Sitzmöglichkeiten findet. Aber Maya folgt mir nicht, ich sehe sie über den Flur zu meinem Schlafzimmer gehen.

In der Mitte des Zimmers liegen eine Matratze und eine Nachttischlampe von Ikea, ich werde schließlich nur noch eine Nacht hier schlafen. Daneben steht meine Sporttasche, die ich bereits in Barcelona dabei hatte, unordentlich mit Klamotten gefüllt.

Ich trete hinter Maya und lehne mich an den Türrahmen. Sie geht langsam ins Innere des Zimmers, sieht sich die leeren Wände und Ecken des Zimmers genau an, bevor sie sich langsam zu mir umdreht.

„Du ziehst um?"

Ich bin mir sehr sicher, genau diese Frage vor einer Minute schon im Flur beantwortet zu haben.

5 TAGE LIEBE

„Das sagte ich bereits. Ja. Genau genommen hast du irrsinniges Glück. Heute ist meine letzte Nacht hier."

Sie hat also nicht gewusst, dass ich die Stadt verlasse? Soweit ist mein heimlicher Plan, den ich selbst bei Androhung einer Jahreskarte für den KSC nicht zugeben würde, nicht aufgegangen. Was keine Rolle mehr spielt, weil sie ja trotzdem hier ist.

„Wo ziehst du denn hin?"

„London."

Jetzt wünsche ich mir, es etwas spannender gemacht zu haben. Nicht sofort mit der Wahrheit rausrücken, sie noch etwas mehr quälen. Ungefähr vier Monate lang. Aber zu spät, es ist raus. Ihr ihr Gesicht verrät eine gewisse Überraschung.

„Du gehst nach London?"

Ich habe mir die letzten Wochen überlegt, ob London imposanter daherkommt als Barcelona. Immerhin ist es einer der Trendmetropolen. Irgendwo im Mülleimer liegt eine Liste mit Pros und Contras zwischen Barcelona und London. Ich will nicht kleiner dastehen, nur weil ich keinen sonnigen Strand in London habe. Sie hat mich aufgegeben und im wunderschönen Barcelona ein komplett neues Leben begonnen. Sie kümmert sich um ihren Bruder, ist bei ihrer Mutter, hat eine unverschämt bequeme Couch und bestimmt inzwischen einen tollen Job, der Lichtjahre von ihrem alten Gelderwerb entfernt ist. Ich gehe nach London, werde mir ein Jahresticket für die Tottenham Hotspur holen, in Clubs und Bars mit den Promis der Brit Pop-Szene rumhängen, mit der Tube zur Arbeit fahren und mir ein Brustwarzen-Piercing verpassen.

Zugegeben, aus Letzterem werde ich mich bei gegebener Zeit noch rausreden, aber das muss ich ja nicht zugeben.

„Wow. Ich wusste nicht ... also. Das ist ..."

„Toll, ich weiß."

Alle sagen, dass es toll ist. Alle wünschen mir Glück. Alle sagen, sie werden mich vermissen. Maya wird mit ihren Glückwünschen in diesem Meer von Freunden untergehen. Hoffentlich weiß sie das auch.

„Überraschend."

Ich zucke die Schultern. In der Zwischenzeit kostet es mich alle Energie, sie nicht fest in die Arme zu nehmen und laut anzuschreien. Ich denke, die Wut wird diesen Kampf im Inneren gewinnen. Links habe ich diesen blonden Engel, der mir mit süßlicher Stimme immer wieder ins Ohr flüstert wie toll sie aussieht, wie schön ihre Haut aussieht, wie sehr ich sie doch umarmen möchte – aber im Moment ist das Teufelchen auf der rechten Schulter lauter. Es schreit mir zu, wie schlecht ich mich gefühlt habe, was ich alles für sie getan habe und wie dann vor dem Museum ihres Herzens die wichtigste Frage einfach unbeantwortet blieb.

„Es ist nicht wirklich überraschend. Ich habe in den letzten Monaten ziemlich gute Arbeit geleistet, das Angebot kam zur rechten Zeit."

Was ich sagen will: du warst nicht da, als sich in meinem Leben alles verändert hat. Da ist London gar nicht mehr so überraschend, wenn wir ehrlich sind.

„Das freut mich für dich."

Es soll sie aber nicht freuen, Herrgott noch mal! Es soll sie traurig machen, weil ich weggehe und wir uns dann wirklich nicht mehr sehen. Sie hat keinen Grund, nach London zu kommen, oder doch? Stuttgart, hier hat sie

5 TAGE LIEBE

noch andere Freunde, sie besucht vielleicht Jessie ... Aber in London?

„Danke."

Und dann diese unendliche Stille. Sie sieht mich an, ich schaue zurück. Zwischen uns liegen nur vier, vielleicht fünf Schritte. So nah war sie mir nicht mal mehr in meinen Träumen, und jetzt könnte ich sie so einfach berühren. Doch mein Körper ist wie erstarrt.

„Willst du was trinken?"

„Gerne."

Ich haste über den Flur in die Küche und finde eine angebrochene Flasche Cola, viel mehr lässt sich hier nicht mehr finden. Auf einem Karton stehen Pappbecher, die Patrick und ich während des Umzugs immer wieder benutzt haben und auf die ich jetzt wieder zurückgreifen muss.

Maya steckt den Kopf durch die Tür.

„Kunstbücher?"

„Wie bitte?"

„Der Karton. Hier steht Kunstbücher."

Ertappt. Verdammt!

„Ja, ich habe mir ein paar Sachen angesehen."

„Ein paar Sachen? Das scheint ein ganzer Karton zu sein."

Sie beobachtet mich, ich muss schnell eine Erklärung finden, die nicht eine emotionale Zeitreise nach Barcelona bedeutet.

„Berufliche Recherche."

Ich lüge, und sie weiß es. Sie weiß genau, wieso ich mir die Bücher gekauft habe. Sie kennt mich, und ich kenne sie. Es war meine Art, irgendwie ein Stück von ihr bei mir zu haben. Sie nickt, tut mir endlich den Gefallen und wechselt das Thema.

„Ich weiß noch, wie sehr ich deine Wohnung gemocht habe. Schon beim ersten Mal. Ich mochte die Art und Weise, wie du sie eingerichtet hast."

Sie streicht mit dem Finger an der Wand entlang. An einer Stelle ist sie etwas ramponiert, und ich weiß noch ganz genau, wie ich wütend mein Glas dagegen geschleudert habe, als sie zu ihrer Arbeit gegangen ist und mich zurückgelassen hat. Wenige Minuten später war sie wieder in meinen Armen, und wir haben zum ersten Mal miteinander geschlafen. Wie unendlich weit weg sich das jetzt anfühlt.

Ich reiche ihr ein Glas voll Cola und nicke.

„Ich habe schon einen Nachmieter gefunden. Der wird es bestimmt genauso schön einrichten."

Sie nimmt einen kleinen Schluck und schüttelt den Kopf.

„Das wird nicht das Gleiche sein. Du wirst dann nicht mehr da sein."

Ich kann das Gerede kaum ertragen. Ich will endlich wissen, wieso sie hier ist. Wieso sie so lange damit gewartet hat – und wieso sie mich nicht einfach küsst.

„Was macht das Leben in Spanien so?"

Ein kurzes Lächeln huscht über ihr Gesicht, und ich weiß jetzt schon, es geht ihr gut. Eine angenehme Wärme macht sich in meinem Inneren breit. Ich will so sehr, dass es ihr gut geht.

„Es läuft sehr gut. Fabian macht große Fortschritte und wir haben die Medikamente extrem reduziert."

„Das ist toll."

5 TAGE LIEBE

Es freut mich. Es gibt meiner Reise einen ehrlichen Sinn. Etwas mehr als „verrückte Verliebtheit in die Stripperin meines besten Freundes".

„Meine Mutter hat eine Arbeit gefunden und wir teilen uns die Zeit mit Fabian. Ich arbeite übrigens auch."

Noch immer habe ich es nicht geschafft, alle bösen Geister ihrer Vergangenheit zu bezwingen, auch wenn ich diese Armee in den Nächten meiner Albträume schwer dezimiert habe. Noch immer assoziiere ich Maya und Arbeit mit Prostitution.

„In einer Galerie."

In meinem Magen wird es noch wärmer. Es ist überraschend, wie sehr die Freude für einen anderen Menschen, der uns nahe steht, uns selbst glücklich machen kann. Ein breites Lächeln macht sich an meinen Lippen zu schaffen, zieht sich über mein Gesicht. So also fühlt sich Lächeln wieder an.

„Das freut mich sehr für dich."

Es mag wie eine Alltagsfloskel klingen, aber ich meine es ernst. Erst jetzt ertappe ich mich dabei, ihre Erscheinung etwas genauer zu untersuchen. Gibt es Anzeichen für einen neuen Mann in ihrem Leben? Ringe? Halskette? Ein verliebter Schimmer in ihren Augen? Es heißt doch immer, Frauen würde man die Verliebtheit sofort ansehen. Aber ich finde keine Indizien und habe bei weitem nicht den Mut, sie zu fragen.

Um mich abzulenken, werfe ich einen schnellen Blick auf meine Uhr.

„Du musst bald los, ich weiß."

„Ja, Abschiedsparty. Wir grillen auf der Dachterrasse eines Freundes."

Maya nickt, sieht mich an, hält sich an ihrer Handtasche fest.

„Willst du vielleicht mitkommen?"

Es sollte in meinem Gehirn diese Sicherheitsabfrage wie bei Windows geben: Sind Sie sicher, dass Sie das sagen wollen? Ja. Nein.

Das würde mir manchmal echte Magenschmerzen ersparen. Denn wenn sie jetzt nein sagt, weil sie mit diesem äußerst attraktiven Spanier mit dunklen Haaren und dem strahlenden Lächeln, den sie „ihren Freund" nennt, noch irgendwo essen gehen will, dann übergebe ich mich auf diesen Fußboden.

„Wenn ich darf, sehr gerne."

Noch immer weiß ich nicht, wieso sie hier ist, wie lange sie bleibt, ob sie mich vermisst hat, wegen mir hier ist, mich anfassen will. Ob sie einen Freund hat und wieder aus meinem Leben verschwindet und dabei ein Messie-Haus der Gefühle hinterlassen wird. Aber wir verlassen gemeinsam meine Wohnung und machen uns durch die Sommerluft auf den Weg zu meiner Abschiedsfeier. Das ist so surreal, schön und unpassend – alles zugleich.

5 TAGE LIEBE

EIN STAPEL PAPIER

Den ganzen Weg reden wir nicht. Ich gebe mir unendlich viel Mühe, sogar in der engen S-Bahn keinen Körperkontakt zu ihr aufzunehmen. Ich lehne mich so weit von ihr weg, als hätte sie eine erschreckend ansteckende Krankheit. Dabei lande ich fast in der unrasierten Achselhöhle eines Mannes, der hinter mir steht und sich an der Stange festhält. Alles ist besser, als Mayas Haut spüren zu müssen. Das klingt jetzt sehr negativ, ist aber unter keinen Umständen so gemeint. Unter anderen Umständen würde ich alles dafür geben, sie berühren zu dürfen, aber inzwischen ist so viel passiert. Keine weltbewegenden Dinge, keine weiteren Terroranschläge auf die westliche Welt, keine Prinzenhochzeit, kein verlorenes WM-Finale. Aber in mir drin hat sich einiges verändert, und ich habe die starke Annahme, bei ihr auch. Ich habe gelernt, dass Liebe nicht immer Gegenliebe erzeugt, ich habe gelernt, dass Patrick und Melanie eine einzigartige Geschichte sind und sich die Geschichte nicht zwingend wiederholen muss. Ich habe gelernt, dass Hunde lächeln und Delfine kranken Kindern helfen können, aber Liebe erzeugt nicht immer Gegenliebe. Das ist ein romantisches Ideal und ich bin ihm gefolgt, angespornt durch die Geschichte meiner Jugend. Durch mein Dasein als Zuschauer bei meinem besten Freund.

Maya hält sich die ganze Zeit an ihrer Umhängetasche fest, als wäre darin ein unsichtbarer Rettungsring. Sie sieht mich manchmal an, dann bekomme ich ein Lächeln. Von Lucy ist nichts mehr in ihrem Gesicht zu erkennen. Ihr Lächeln ist losgelöster, keine dunklen Wolken mehr in ihren Augen. Ich schreibe mir einen kleinen Teil davon als Erfolg auf mein Konto.

„Du siehst gut aus."

Ich möchte mein Herz anschreien, mit diesen verfluchten Luftsprüngen aufzuhören. Vermutlich will sie nur höflich sein.

Wir stehen nebeneinander im Aufzug und fahren all die Stockwerke ruckelnd nach oben. Ich muss sie nicht ansehen, ich erkenne ihr Gesicht in der verspiegelten Fahrstuhltür, sie lächelt und dummerweise tue ich es auch. Nur kurz, aber ich zeige es.

„Danke. Du auch."

Ich muss es sagen. Nicht nur, weil ich es meine und es so ist, sondern weil es sich so gehört. So wurde ich erzogen. Ich sage es nur deswegen und nicht, weil das Sommerkleid ihr unendlich schmeichelt.

„Hast du …"

Ich warte, beobachte ihr Gesicht, aber sie spricht nicht weiter, weicht meinem Blick aus. Typisch, daran habe ich mich gewöhnt. Ich würde gerne wissen, was sie sagen will, aber ich werde nicht mehr nachfragen. Ein bisschen stolz bin ich auf mich, weil ich mich trotz der emotionalen Karussellfahrt erstaunlich gut schlage.

„Jonas, hast du jemanden kennengelernt … also gibt es jemanden in deinem Leben. Im Moment?"

Ihre Stimme überschlägt sich, es klingt gepresst, als wolle sie die Frage so schnell wie möglich aus ihrem Mund spucken. Ich sehe sie überrascht an, und diesmal schafft sie

5 TAGE LIEBE

es, mir in die Augen zu sehen. Sie will tough wirken, wie immer, aber ich kenne sie auch nach dieser Pause noch besser, als sie annimmt.

„Also, eine Frau, meine ich."

Wenn man ehrlich ist, geht sie das nichts an.

„Ja."

Sie sieht sofort weg, ihre Hände greifen wieder nach ihrer Umhängetasche, sie nickt. Ich lächle. Niemals hätte ich gedacht, dass man die Gefühle anderer Menschen wirklich so klar und deutlich spüren kann. Ich könnte die Hand ausstrecken und würde ihre Enttäuschung spüren.

„Nein."

Die Tür geht auf, wir sind da.

„Was?"

„Nein, ich habe keine Freundin. Ich wollte nur sehen, ob du enttäuscht bist."

Sie sieht mich aus großen Augen an und lächelt verwirrt, während wir aus dem Fahrstuhl gehen. Zum ersten Mal habe ich die Gewissheit, sie weiß, wie es sich anfühlt, mit einem Herzen voller Hoffnungen eine lange Reise auf sich zu nehmen und dann bitter enttäuscht zu werden. Vielleicht weiß sie nicht, wie ich mich in Barcelona gefühlt habe, aber ein kleiner Teil ihrer Hoffnung hat sich gerade suizidal verabschieden wollen.

Auf der Dachterrasse stehen zwei Grills, Fleischgeruch liegt in der Luft, in einem großen Eimer voller Eiswürfel liegen verschiedene Biersorten. In einem etwas kleineren direkt daneben unzählige Colaflaschen. Musik vermischt sich mit den Hintergrundgeräuschen der Stadt, um einen Pavillon hängen Lichterketten, die zu später Stunde dem Ganzen etwas Charme verpassen sollen. Viele vertraute

Gesichter, gemischte Erinnerungen an unterschiedliche Momente meines Lebens.

Sofort wird mir ein Bier in die Hand gedrückt, eine Plastikblumenkette um den Hals gelegt. Eine Umarmung folgt, die Ansage, dass der Ehrengast endlich da wäre, kurzer Applaus. Ich werde von einer Umarmung in die nächste gezogen, drehe mich einige Male zu Maya um, aber sie wird von einer Schulfreundin aus der Unterstufe an einen der Tische gebracht, ebenfalls mit Bier versorgt und dann in eine Unterhaltung verwickelt. Sie sieht zu mir und lächelt.

Es läuft alles wie im Film ab. Mit den verschiedenen Gesprächspartnern aus verschiedenen Epochen meines Lebens kommen kurze Momente und Szenen auf, die mal lustig, mal peinlich, mal rührend sind. Man vergisst schnell, wie viel man mit Menschen während der Schulzeit teilt – um sich Jahre später, nachdem man die Erinnerung lange Zeit nicht mehr aufpoliert hat, doch noch an alles erinnern zu können. Sicherlich schmücken wir manche Stellen aus, einfach weil man sie etwas größer wiederbeleben will.

Patrick reicht mir ein weiteres Bier, ich sehe Melanie an Mayas Tisch sitzen. Die beiden unterhalten sich, und Patrick stößt mit mir an.

„Hat sie gesagt, was sie hier will?"

Ich zucke wahrheitsgemäß ratlos die Schultern.

„Es macht keinen Sinn."

Ich stimme Patrick zu und wende mich wieder von ihr ab. Je länger ich sie ansehe, umso größer wird der Wunsch, sie direkt nach dem Grund ihres Besuchs zu fragen. Und wenn ich ehrlich bin, egal wie die Antwort ausfallen würde, sie wäre immer denkbar schlecht. Sie wollte wissen, ob

5 TAGE LIEBE

ich eine Freundin habe. Aber hat sie einen Freund? Will ich es wissen? Schlimmer noch, könnte ich es verkraften?

Patrick und ich sitzen auf zwei Strandstühlen am Rand der Terrasse und blicken über das Häusermeer unserer Heimat.

„Du wirst mir fehlen."

Patrick sieht mich nicht an. Sein Blick ist starr auf Stuttgart gerichtet, und ich weiß nicht, was er dort sieht. Vielleicht kleine Erinnerungen, die ich wie einen Schatz sicher in mir hüten werde, wenn ich nach London gehe.

„Dann kommt mich oft besuchen."

Ich will locker klingen, aber seitdem ich dieses Dach betreten habe, schnürt sich mein Hals gefährlich zu, und der Kloß wird größer und größer. Aber ich bekämpfe ihn mit einem weiteren Schluck Bier.

„Das werden wir. Aber es ist nicht dasselbe."

Jetzt sieht er doch zu mir und ich meine, Tränen in seinen Augen zu erkennen.

„Ich kenne dich, solange ich denken kann. Es gibt keine nützliche Erinnerung an die Zeit vor unserer Freundschaft."

Ich weiß so sehr was er meint. „Patrick und ich" – das gehört seit der Schule zusammen wie „Bud Spencer und Terence Hill". Wie „Batman und Robin". Er fehlt mir schon jetzt.

„Vielleicht habe ich das nicht so oft gesagt, aber du bist ein ganz wunderbarer bester Freund, Jonas."

Da sind sie wieder, die Erinnerungen von uns beiden in so ziemlich jedem Alter ab sechs Jahren: Fußballverein, Kinderdisko, Nachhilfe in Mathe, Schulhofrauferei, erste Zigarette, Führerschein fürs Moped, schlimme Frisuren, Modesünden, erste Liebe, erster Herzschmerz, letzter

Adriana Popescu

Herzschmerz – und jetzt sitzen wir hier ein letztes Mal beisammen. Natürlich werden wir uns wiedersehen. Natürlich wird er mit mir durch Londons Plattenläden stöbern. Dessen sind wir uns beide bewusst, und doch wird alles von jetzt an anders. Ich kann ihn zwar anrufen, wann immer ich seine Stimme hören will, aber wir können uns nicht einfach so auf ein Feierabendbier treffen.

„Du auch."

Er reicht mir ein quadratisches Etwas, kleiner als eine Postkarte.

„Ironie des Schicksals, dass du jetzt kein Foto mehr brauchst, um sie zu sehen."

Ich schaue auf das Polaroidfoto in seiner Hand und nehme es zögernd an. Die letzten Monate habe ich damit verbracht, es zu vergessen. Jetzt ist alles ein bisschen zu real für meinen Geschmack.

„Danke."

Mehr kann ich nicht sagen, weil ich nicht zugeben möchte, wie sehr er mir fehlen wird und er nicht sehen soll, wie sehr mir Maya gefehlt hat. Wenn auch nur als Polaroidfoto. Patrick ist nur ein paar Wochen älter und doch der Bruder, den ich nicht hatte. Er war und ist immer für mich da.

Doch bevor ich mehr sagen kann, steht er auf, klopft mir auf die Schulter und murmelt etwas von frischem Bier. Dabei weiß ich, seines ist noch mehr als halb voll. Auch, wenn es für uns kein Problem ist, vor dem anderen zu weinen ... aber nicht auf einem Dach mit meinen ältesten Freunden. Also lasse ich ihn gehen. So, wie er mich gehen lässt.

Ich wische mir schnell über die Augen, als sich jemand auf den Stuhl nehmen mich setzt, wo eben noch mein bester Freund saß. Es ist Maya.

5 TAGE LIEBE

„Störe ich?"

„Gar nicht."

Sie nickt, sieht über Stuttgart, atmet tief ein, um dann wieder zu mir zu sehen.

„Heute bist du sehr gefragt."

„Abschiedsparty und so."

Maya nickt.

„Ich habe nämlich etwas für dich, und das würde ich dir gern geben."

Aha, daher weht der Wind. Sie will mir etwas geben. Ich habe keine Ahnung, was. Verdient hätte ich eine Couch, aber das sage ich nicht. Ich sehe sie einfach nur an, was sie nervös macht. Das hat es früher nicht.

„Als Abschiedsgeschenk, auch wenn es nicht so geplant war."

Sie greift in ihre Umhängetasche und fischt einen imposanten Stapel Papiere aus dem Inneren. Dabei fällt eine kleine Plastiktüte auf den Boden, die ich aufhebe und sofort lächeln muss.

„Jelly Beans?"

Sie lächelt mich an und zuckt die Schultern.

„Ein Laster hat jeder, oder?"

Sie stopft die Tüte zurück in ihre Tasche und hält den Stapel stolz vor sich. Ich verstehe nicht, und von daher weiß ich nicht so recht, welche Reaktion angebracht ist oder erwartet wird.

„Ta-dah!"

In ihrer Stimme klingt Stolz.

„Druckerpapier?"

„Ursprünglich ja. Eigentlich schenke ich dir einen Baum. Aber es geht um das hier ..."

Sie dreht es um, und ich sehe, die Seiten sind bedruckt.

Adriana Popescu

„Das ist für dich. Weil ich immer ..."
„Jonas, komm her, es ist Zeit für eine Rede!"
Ich drehe mich zu der Stimme in meinem Rücken um. Es ist Volker, Klassensprecher in der achten Klasse. Ich will ihm sagen, dass ich jetzt gerade in diesem Augenblick keine Zeit habe, aber die Musik wird bereits abgestellt und er schnappt sich das Mikrophon. Die Leute erwarten mich, und ich stelle erneut fest, ich habe kein besonders gutes Timing.
„Geh nur. Ich warte."
Maya lächelt und will tapfer klingen, dabei hat es sie eine gehörige Portion Überwindung gekostet, um endlich mit der Sprache herauszurücken. Ich nicke und erhebe mich. Meine Freunde klatschen und ich spiele mit. In meinem Kopf frage ich mich noch immer, was wohl die bedruckten Papierseiten in Mayas Armen zu bedeuten haben, aber jetzt muss ich einen Weg zurück in diese Realität finden.
„Ich kenne den guten Jonas schon unendlich lange. Wir sind Kumpels seit der Schulzeit."
So fangen alle Reden wohl an. Ich nicke an den richtigen Stellen, spiele mit, weil sich alle Mühe gegeben haben und ich unseren letzten Abend nicht ruinieren will. Volker erzählt von Momenten in der Schule; wie ich mir auf einer Freizeit mit einer Sicherheitsnadel selbst ein Ohrloch gestochen und binnen Sekunden das Bewusstsein verloren habe; und wie ich danach von meinen Freunden verlangte, es a) niemandem zu sagen, und mich b) zu Ehren des verstorbenen Johnny Ramone nur noch mit Johnny anzusprechen. Er entschuldigt sich dafür, Versprechen a) zu brechen, aber die Lacher der Gäste geben ihm Recht, und ich lache mit. Hauptsächlich, weil es wirklich lustig ist,

5 TAGE LIEBE

aber auch ein bisschen, weil ich Maya zeigen will, dass sie hier nur eine Nebenfigur ist.

„Viel wichtiger, lieber Johnny, ist aber die Tatsache, dass du uns hier fehlen wirst. Als Mensch und Freund, aber es beruhigt mich, zu wissen: wer dich einmal in seinem Leben hat, der verliert dich nie. Egal wie weit weg man ist."

Er hält seine Bierflasche in die Luft und alle trinken auf mich. Ich bedanke mich artig und brauche mehrere Schlucke, um den Kloß in meinem Hals runterzuschieben. Das wird hier heute nicht ohne Tränen enden, das wissen alle.

Volker umarmt mich, und dann auch noch seine Freundin. Und deren Freundin, die ich in der Oberstufe kurzzeitig süß fand, und dann noch ein anderer Freund. Ich umarme viele Menschen, nur nicht die Person, die ich doch so gerne in meine Arme nehmen möchte.

Maya sitzt noch immer da, hat aber einen neuen Gesprächspartner. Eine meiner Ex-Freundinnen, und ich halte das für keine gute Mischung. Aber bevor ich zu einer Unterbrechung ihrer Unterhaltung eingreifen kann, greift eine Hand nach meinem Arm und zieht mich in eine andere Richtung.

Ich bekomme ein frisches Bier, schon werde ich in einen neuen Strudel aus Erinnerungen gezogen. Ich wehre mich nicht mehr, was ohne Zweifel auch am Bier liegt. Ich lache, weil ich es zulasse. Ich trinke, weil ich es möchte, endlich genieße ich diesen Abend. Manchmal spüre ich ihren Blick in meinem Rücken und das tut gut. Sie ist hier, das habe ich mir vor ein paar Stunden noch nicht einmal erträumt – und jetzt ist sie mit mir zusammen auf diesem Dach. Aber ich kann nicht nur noch an sie denken, ich muss auch an mich denken. Sie ist mir viel zu nahe gekommen in den wenigen Momenten, die wir zusammen verbracht haben.

„Kann ich ihn kurz entführen?"

Ihre Hand schiebt sich in meine Hand. Es fühlt sich sofort so an, als wäre sie das letzte, entscheidende Puzzlestück.

„Sicher, gib ihn nur am Stück wieder."

Patrick sagt es im Spaß und alle lachen. Aber ich verstehe, was Patrick damit sagen will und nehme seine Worte als Warnung mit, während ich Maya folge. Ihr Blick fällt auf das Foto in meiner Hand. Sie scheint es sofort zu erkennen.

„Du hast es noch?"

Mir fällt keine passende Lüge ein. Ich starre auf unsere Gesichter vor dem Museum in Barcelona und sofort wollen alle Erinnerungen ausbrechen, mich überfallen und zu Boden drücken. Ich stopfe das Foto hastig in die Hosentasche. Maya sieht schnell weg, spricht aber weiter.

„Ich weiß, ich habe heute kein besonders gutes Timing, aber ich muss noch was loswerden. Und heute passe ich irgendwie nicht hierher."

Maya, die große Maya, die sich überall wohlfühlt, die alle mit ihrem Charme verzaubert, steht hier vor mir und wirkt fast verschüchtert und unsicher. Der Wind hier oben auf dem Dach bringt ihre ohnehin schon wilde Mähne noch mehr durcheinander, und sie hat Schwierigkeiten, die Locken zu bändigen.

„Das sind nur meine Freunde. Die beißen nicht."

„Ich weiß. Aber ich bin hier, weil ich dir etwas geben will."

Sie deutet nickend zu den beiden Strandstühlen, die inzwischen von anderen eingenommen sind. Dort liegt der Stapel Papier, darauf eine Flasche Bier als Briefbeschwerer.

5 TAGE LIEBE

„Was ist das denn genau?"

Ich halte die Frage für einfach, deswegen wundert es mich, wieso sie mich nur ansieht und tief Luft holt. Das tut sie nun zum wiederholten Male. Es wundert mich, weil es ihr doch nie schwer gefallen ist, zu sagen, was sie denkt. Oder zu verschweigen, was sie fühlt.

„Es ist ein Geschenk. Für dich."

„Ja, das sagtest du. Aber was ist es?"

Sie greift langsam nach meiner Blumenkette, die vermutlich aus der Zeit der Fußball-WM in Deutschland stammt, und spielt mit den Plastikblüten zwischen ihren Fingern.

„Ich dachte, ich schreibe einfach, was ich so zu sagen hatte."

Sie sieht mich nicht an, aber ich lasse ihre Augen, ihr Gesicht keine Sekunde aus den Augen.

„Fabian hat mich gefragt, wieso ich weine und wieso du nicht wieder kommst. Und ich sagte, es geht nicht mit uns beiden. Du hast ein eigenes Leben und könntest es nicht aufgeben."

„Aber ich ..."

Sie legt mir schnell den Finger an die Lippen und hindert mich am Sprechen, also folge ich ihrer Anweisung und bleibe stumm. Erst jetzt sieht sie mich an.

„Ich weiß, ich habe gelogen. Ich dachte, es würde gehen. Aber ohne dich war es unendlich leer. Also habe ich angefangen, alles aufzuschreiben. Einfach alles. Jetzt kann ich nicht länger warten. Du sollst es endlich wissen."

Ich sehe zurück zum Stapel, der nur wenige Meter von mir entfernt ist. In einem dicken Stapel sind also alle Antworten auf die Fragen, die mich die letzten Monate verfolgt haben. Mein Herz schlägt schneller, und ich hoffe, es liegt nicht am Alkohol. Sie hätte früher kommen sollen, früher kommen müssen. Aber ich spüre jetzt, es gibt kein gutes oder schlechtes Timing. Jeder ist irgendwann bereit, zu sagen, was er sagen muss, weil es ihn sonst im Inneren verbrennt. Unausgesprochene Worte sind wie Magengeschwüre, sie tun weh und schlagen auf die Gesundheit. Nicht nur bei dem, der sie sagen sollte, auch bei dem, der vielleicht ein Leben lang darauf wartet, sie zu hören.

Ich werfe einen Blick auf meinem Stapel Papier, dann sehe ich wieder zu Maya.

„Vielleicht sollte ich dann mal lesen, was du so zu sagen hast."

Sie nickt und lächelt, mein Herz schlägt noch schneller. Und dann passiert es!

Es heißt, bestimmte Szenen passieren in Zeitlupe, weil sie mehr Dramatik verdienen als andere. Ich denke, sie passieren doppelt so schnell wie andere Dinge, weil man sie nicht aufhalten kann, nur deswegen nehmen wir sie verlangsamt wahr.

Volker greift nach der Flasche Bier, die meine Antworten zusammenhält. Ich will losschreien, aber ich bleibe stumm, weil Maya schneller ist. Doch auch ihr Schrei ändert nichts an dem, was jetzt passiert.

Kaum ist das Bier in Volkers Hand, flattern die Blätter wild in die Luft, über unsere Köpfe, weg vom Dach, tanzend in den Himmel. Wir rennen zeitgleich los, Volker lässt das Bier fallen und versucht, so viele Blätter wie möglich zu erwischen. Patrick und Melanie tun es ihm gleich. Ich erwische ein paar Seiten und sehe doch unzählige für immer verschwinden. Ich werfe einen Blick auf das Papier in meiner Hand.

„Du hast mein Leben für immer verändert, du warst immer für mich da. Dafür bin ich dir unendlich dankbar."

5 TAGE LIEBE

Ich versuche, mehr Zettel aus dem Himmel zu pflücken, wie inzwischen fast alle meine Freunde. Es muss unendlich lustig aussehen, aber es fühlt sich an wie eine emotionale Katastrophe.

„Jetzt sind es schon vierundzwanzig Tage, und ich vermisse dich noch immer genauso sehr wie am ersten Tag, als ich auf deiner Couch hier eingeschlafen bin. Sie riecht nach dir und ich habe das Gefühl, dir ganz nah zu sein."

Wie ein Verrückter reiße ich alle Blätter an mich, die ich finden kann: Maya hat Tränen in den Augen, sieht ihr Werk im Stuttgarter Abendhimmel verschwinden.

„Ich träume so oft von dir, Jonas. Aber jedes Mal, wenn ich dich berühren will, löst du dich in Luft auf. Ich wünschte so sehr, ich hätte den Mut, dich endlich anzurufen."

Ich lese hastig durch die Blätter in meiner Hand, mein Herz rast wie verrückt, ich vergesse das Atmen, das Blut rauscht in meinen Ohren und meine Hände zittern.

„In meinem Traum war ich heute wieder im Picasso-Museum und habe dich dort getroffen. Ich träume mich oft zu dir und wünsche mir, nicht aufzuwachen, weil ich dich dann wieder verliere."

Schnell, irgendwo hier muss es stehen. Irgendwo hier steht es bestimmt geschrieben. Ich weiß es. Einer dieser Zettel enthält meine Antwort.

„Jonas, ich habe Angst, es ist zu spät, und du hast mich vergessen. Bitte sage mir, dass du mich nicht vergessen hast, dass du noch immer an mich denkst."

Ich sehe zu Maya, die mit hängenden Schultern auf die Straße unter uns blickt, wo viele Blätter den Gehsteig pflastern.

Adriana Popescu

„Fünf Tage mit dir waren und sind nicht genug, ich bin so schrecklich dumm gewesen. So, so dumm! Aber würdest du mir verzeihen?"

Ich folge ihrem Blick, vielleicht ist es eines der Blätter da unten.

„Ich schlafe jede Nacht in dem T-Shirt, das ich aus deinem Schrank geklaut habe. So bilde ich mir ein, in deiner Umarmung zu liegen."

Da unten liegt meine Antwort. Ich muss sie holen, aber Maya hält meine Hand fest.

„Es ist nicht wichtig, Jonas"

„Es ist wichtig! Mir ist es unendlich wichtig! Du hast all das für mich geschrieben!"

Ich wedle mit den Blättern in meinen Händen wild vor ihrem Gesicht herum, meine Stimme überschlägt sich.

„Ich muss es wissen. Und ich werde diese eine Seite auch finden!"

Maya sieht mich an, greift nach meinem Gesicht und hält es fest in ihren Händen. Unsere Lippen berühren sich fast, nur mit viel Willenskraft unterdrücke ich meinen Instinkt sie zu küssen, zu sehen ob es sich noch immer so anfühlt.

„Das musst du nicht!"

Sie beliebt zu scherzen. Ich habe alles in meinem Leben verändert, um nicht mehr an sie denken zu müssen. Ich habe alle Gefühle verdrängt, mich gewehrt und Erinnerungen gelöscht. Und alles war eine billige Lüge, weil es wie das Olympische Feuer ununterbrochen in meinem Inneren gebrannt hat. Ich wollte es all die Zeit wissen – und jetzt weht der Wind meine Erlösung einfach durch die Luft. Ich will nicht schreien, tue es aber vermutlich trotzdem.

„Doch, ich will es lesen."

5 TAGE LIEBE

Es kommt aus dem Nichts, es ist wie eine Attacke bei Dunkelheit. Nein, wie etwas Schönes. Eher wie ein Feuerwerk, mit dem man nicht gerechnet hat und das plötzlich den ganzen Himmel in den buntesten Farben erleuchtet.

Maya küsst mich. Es wird ganz still auf dem Dach. Ich höre nur noch das Rauschen des Windes, höre mein Herz, und irgendwo in meinem Inneren höre ich endlich auch wieder ihr Herz, das noch immer im gleichen Rhythmus mit meinem schlägt. Und es schlägt laut.

„Du musst es nicht lesen."

Sie flüstert es gegen meine Lippen, nur ich kann sie hören, ich halte die Augen geschlossen, zu groß ist das Risiko, sie könnte sich einfach so wieder in Luft auflösen. So wie in all meinen Träumen, die mich in regelmäßigen Abständen heimsuchen und mir schrecklich wehtun Aber diesmal traue ich mich doch. Ich öffne die Augen und da steht sie, breitet die Arme aus, holt tief Luft und dann reißt der Wind ihr auch schon die Worte von den Lippen und trägt sie, zusammen mit all den Blättern, über die Dächer Stuttgarts:

„JONAS FUCHS, ICH LIEBE DICH!"

Adriana Popescu

5 TAGE LIEBE

EPILOG

Mein Name ist Jonas Fuchs. Ich trinke am Wochenende immer weniger Bier, langweile mich inzwischen bei Big Brother und hasse es immer noch, wenn beim Tischfußball gekurbelt wird. Dies war meine ganz persönliche Liebesgeschichte. Vielleicht war sie nicht ganz so aufgebauscht wie mancher New Adult-Roman, aber dafür war sie ehrlich. Sie war schmutzig, süß, bitter und echt. Wenn man im 21. Jahrhundert lebt, kann man nicht davon ausgehen, dass alles nach einem bestimmten Plan verläuft. Man lässt sich zu sehr vom Leben mitreißen, wacht dort auf, wo man hingetrieben wird, ob es einem passt oder nicht. Die Frage „Bist du bereit dafür?" bleibt im Jahre 2013 aus. Zumindest bei mir. Ich habe mich einfach verliebt. Damit fing das ganze Unheil an. Aber ich bereue keine Minute, außer vielleicht die Tatsache, eine ganze Packung Jelly Beans auf einmal gegessen zu haben. Die Spielregeln für das Leben habe ich ebenso wenig verstanden wie die Gebrauchsanweisung meines Stehmixers. Inzwischen habe ich einen Plan (jetzt sogar einen Plan B) für meine Zukunft. Ich habe nur das echte Leben – und das, was es für mich bereithalten wird..

Ich halte Maya in meinen Armen, auf einer vereinsamten Matratze in einer fast leeren Wohnung im Stuttgarter

Westen. Sie trägt mein Lieblingsshirt und hält unser Foto in der Hand, als würde sie es nie mehr loslassen wollen.

Wo ich morgen schlafen werde, weiß ich noch nicht. Ich weiß nur, neben wem ich aufwachen werde, egal wo.

5 TAGE LIEBE

DANKSAGUNG

Mams und Paps! Danke, dass ihr mich jeden Tag aufs Neue ermutigt, nach vorne zu schauen – und ab und an auch mal nach oben, um nach den Sternen zu greifen.

Thomas, als Wortschmied, Kollege und Freund bist du in kurzer Zeit unersetzlich geworden. Danke für alles.

Marc, ich habe dich gefunden, verloren und werde dich vielleicht eines Tages wiederfinden.

Marco, du hast alle Bücher gelesen, als perfekter Leser und bester Freund bist du fest in meinem Leben verankert.

Ein besonderer Dank geht an: Annett, Joe, Marco, Cathrin, Jonny, Notker und Sabine! Ihr wißt warum.

Dank auch meinen Testlesern Daniel, Hatice, Nesli, Michaela und der Familie Hart für einen festen Platz in ihrem Herzen!

Ein dickes DANKE auch an all die wunderbaren Menschen, die bei Facebook auf „gefällt mir" gedrückt haben! Ihr seid die Besten, es ist toll euch als Leser zu haben – ohne euch wäre das alles nicht möglich!

Adriana Popescu

5 TAGE LIEBE

DIE AUTORIN

Adriana Popescu wurde 1980 in München geboren. In ihrer Jugend schrieb sie Kurzgeschichten und drehte Video 8-Filme, bevor sie nach dem Abitur ihr Glück in der TV-Branche suchte und fand. Sie studierte die Kunst des Drehbuchschreibens in Stuttgart und Literaturwissenschaften in Hagen. Sie arbeitete unter anderem als Continuity, Journalistin, Fotoredakteurin, Kolumnistin und Drehbuchautorin. Seit 2010 verdient sie als freischaffende Autorin ihr Geld, das sie für Sushi, DVD-Boxen und Schuhe ausgibt.

Ihr Roman »Versehentlich verliebt« wurde zum großen E-Book-Überraschungserfolg. Im Juli 2013 erscheint ihr Roman „Lieblingsmomente" beim Piper Verlag.

Die Autorin wohnt, lebt und liebt in Stuttgart.

www.adriana-popescu.de

Adriana Popescu

5 TAGE LIEBE

Mach jeden Moment zu einem Lieblingsmoment! ♡

*Ab Juli als E-Book,
ab August als Taschenbuch!*

Triff mich auf Facebook
www.facebook.com/Adriana.Popescu.Autorin

Adriana Popescu

"Versehentlich verliebt"
Die Geschichte von Pippa & Lukas

Als E-Book & Taschenbuch
bei Amazon!

Triff mich auf Facebook
www.facebook.com/Adriana.Popescu.Autorin

Printed in Germany
by Amazon Distribution
GmbH, Leipzig